U0501255

作家文库系列

吴克敬散文选

伤手足

西安出版社

图书在版编目（CIP）数据

吴克敬散文选：伤手足/吴克敬著.—西安：西安出版社，2009.8
（作家文库系列）
ISBN 978-7-80712-545-7
Ⅰ.吴… Ⅱ.吴… Ⅲ.散文—作品集—中国—当代
Ⅳ.I267
中国版本图书馆CIP数据核字（2009）第153717号

作家文库系列·吴克敬散文选
伤手足

著　　者：吴克敬
出版发行：西安出版社
社　　址：西安市长安北路56号
电　　话：（029）85253740　85264440
邮政编码：710061
网　　址：www.xacbs.com
印　　刷：西安新华印务有限公司
开　　本：787mm×960mm　1/16
印　　张：17
字　　数：215千
版　　次：2009年8月第1版
　　　　　2009年8月第1次印刷
ISBN 978-7-80712-545-7
定　　价：32.00元

目 录

果岭学人

对于国人而言，通常情况下，果岭还是个略显神秘的地方，换而言之，也就是说，在我们国人之中，谁又能潇洒地游走在果岭之上？

毋庸讳言，能上果岭的人，自然是一些事功高标的有闲之人了。当然，还有一些别有所求的人，如我认识的几位球友，就把神秘的果岭，当作了人生的一个大课堂，他们所以游走在果岭上，健身养性是一方面，重要的是，他们在挥杆之余，还有交流，这个交流不是一般意义的，有高贵的情感融合，有深远的思想碰撞。我欣幸忝列他们之中，亦然上了果岭，与他们一起游走了几个日头，既有眼见，并有耳闻，发现他们的交流是广泛的，是有益的，那种炽热的情感，让我顿然觉悟，他们不仅是一群行业上的成功人士，更是一群心有所思、敢于担当、勇于负责的学人。于是，我就只有敬仰着他们了。

时间是去年的深秋，地点在南国的广州，几个在清华、北大和香港大学深造的人，相约来到这里，他们是陕西的陈维礼，云南的赵廷波，山西的韩六平，辽宁的桑杰男，以及广东本土的祝克明，此外，从他们一路上的念叨里，我还知道有位重庆的宋春梅，这可是名实相符的一个豪华团队了，谁的身后，都有一家甚至数家红红火火的经济实体，他们上了果岭，能只是一场风平浪静、波澜不惊的游戏吗？

显然是不能的。

我知道，认识他们是要费些眼光的。我有这个眼光吗？和他们走在一起，不到果岭上来，我是很不自信的，觉得他们的文质彬彬，他们的礼貌周全，我是不能很好地认识他们了。可是上了果岭，情况变得大不一样，我对自己充满了信心，自信我有这样的眼光，也有这样的心态，我是能够认识他们了，而且还能确定，通过认识他们，使我亦能成为他们的朋友。

挟着风、裹着电地挥杆，在高尔夫球场的发球区，划出一道美丽的弧线，接着又是一道，一道又一道，我举着照相机，把他们矫健优雅的身姿，凝固在我的照相机镜头里了。

此一时也，我的神思该是恍惚的、疑惑的，我照相机镜头里的他们，像是从一片竹林里走来的贤者，十分的浪漫，十分的洒脱。挥动的球杆，每完成一个漂亮撞击，我的眼前，就有一枚叫作高尔夫的白色小球，腾空而起，牵动着我的眼球，向前，向前……一直向前，向前到一片幽深的竹林呢！

竹林，那片永远葱茏碧青的竹林啊，应该是我们民族文化记忆中，最为绚丽迷人的一个去处了。

这片竹林生在中原故土的山阳，也就是今天的河南省修武县西北方向，是在一千四百年前的晋朝之初。此处偏在太行山的南面，能够生出一片竹林，该是很难得了，偏又有幸邂逅了一个叫嵇康的人，因为嵇

康的不平凡，这片竹林也就变得不平凡了。家在谯郡，亦今安徽省亳县的嵇康，迁居这片竹林，不知是怎样的一种机缘，我是不好猜想的，总之，他到这里来了。他这一来，像是在竹林里竖起了一面旗帜，就又引得阮籍、山涛、刘伶、阮咸、向秀、王戎都到竹林里来了。他们几个人凑到一块，不成想，就给我们的文化史凑出了一个现象，也就是我们吊在嘴上羡慕不已的魏晋风度。

而且是，他们几个人，以嵇康为代表，就在这个让人羡慕的文化史上，贴上了一幅自己的标签，亦即“竹林七贤”之所谓也。

历史已有定论，魏晋风度是一个群体现象，其中有一大群的政治家，一大群的雄辩家，一大群的阴谋家，以及一大群的文化精英。我所崇尚的“竹林七贤”，毫无疑问，都属于文化精英的范畴。他们七人中，是贵族的，就有贵族的派头；是布衣的，就有布衣的风采。而且绝不因为贵族、布衣之分，就坐不到一起来，恰恰相反，他们一开始便毫无芥蒂地坐到了一起，并且共同度过了一段蜜月般的甜美日子。如不然，也便没有了“竹林七贤”这个让后人津津乐道的群体文化现象了。

那么，让我们回顾一下“竹林七贤”，看看他们在那片竹林里，究竟是怎样地快活着了。

七人当中，是有几个豪饮者，也有几个精通音乐的。像阮籍、阮咸、刘伶等几人，就都特别好酒，见酒几乎都要醉到忘命。但他们三位的酒量都不如山涛，据说山涛一场酒喝下来，没有八斗就难过瘾。酒酣耳热之后，他们又该干什么呢？自然是要歌舞了。就像今天的好哥们，在酒楼饭店里一顿大吃大喝后，相扶相携去唱卡拉OK一样，相聚在世外桃源般的竹林里，且歌且舞了。他们都是人杰，即便不是特别精通音乐，却也是有自己独特的一手。譬如嵇康，他是公认的弹琴大师，而阮咸不大弹琴，却被世人尊其为“神解”，也就是说，他对乐舞的感知能力，却是超乎想象的强大。发展到大唐时期，为乐舞行里人所敬慕，创制了一种

器乐，就用了阮咸的名字来命名。

竹林聚会，持续了二十年之久。我查检了一下史籍，发现从嵇康弱冠之年就开始了，先是三贤，而后五贤，最后为七贤。可以说，他们相聚在山阳的竹林里，一个一个，活得都是那样地特立独行、精彩夺目。但在今天的人看来，似乎觉得他们又有点儿放浪形骸，愤世佯狂。我想，这是不好怪罪他们的。他们所在的时代，只有自然生长的竹林，而没有如今人工化了的果岭。我这么提出问题，不是说自然生长的竹林不好，也不是说人工化的果岭就好。我想说的是，自然生长的竹林和人工化的果岭都好。当然，这个好与好是不一样的。例如果岭的好，对走到这里的人，有着许多制度上的约束，穿什么鞋，穿什么衣服，都不能由了自己，唯如此，才像一个果岭上的人。而在晋时山阳的那片竹林里，就没有这样的约束了。但这又有什么妨碍呢？因为我所认识的陈维礼、赵廷波、韩六平、桑杰男、祝克明、宋春梅他们，从灵魂和感情上是暗通着山阳旧时的那片竹林，以及竹林里的七贤的。

所以暗通，与物质没有多少关系，纯然精神意义的东西。

只说有着代表意义的嵇康吧。他可是个大有名头的人物。其父嵇昭、哥哥嵇喜，都是曹魏政权中的显赫人物，他自己呢，又生得“龙章凤质”，相貌才华都是超一流的。本指望追随父兄的足迹，也在政坛上一展身手，哪成想，不幸遭遇了司马昭的狼子野心，曹魏政权也便风雨飘摇，很是危险了。因此，他领了一份散中大夫的俸禄，钻进他家的竹林里，想要做个避世的野鹤。不知作为他家物产的那片竹林还在不在，如果幸运地保存至今，开发出来，招个商，引个资，肯定是个旅游发财的好去处。写了《水经注》的郦道元，后来到那里做过专门考察，并对那里的形胜作了专门的描写，让我知道那片竹林的确是不错，好像就在一面占地数十亩的坡上，有山泉，有小溪……中间呢，还有一块平地，摆放了石桌石凳，并且还有竹编的琴台和躺椅，以及奇形怪状的酒葫芦，胡乱地挂在一旁的大榆树上。这一切是好理解的，他们竹林七贤，要喝酒，要歌舞，那样的摆设就是必须的。但是，让人不解的是，大榆树下，还盘了一个铁匠炉子，散中大夫嵇康，所得的那点儿俸禄，显然不够他们在竹林里的用度，他就只有打铁来添补了。

想来嵇康打铁的手艺还是不错的，史称其“性绝巧而好锻”。有这样的好身手，是比家藏万贯都有用的。我们可以想象，赤日炎炎的大榆树下，向秀来帮嵇康扯风箱了，他把炉火烧得是非常旺的，铁块埋在炉膛里，一会儿烧得红透了时，嵇康便要掌着钳子夹出来，放在铁砧子上锻打了。飞溅的铁花周遭都是等着买他铁器的人。

挥舞着铁锤的嵇康，是个言语不多的人。给他扯风箱烧火的向秀，也是个默默寡言的人。其时，向秀研讨庄子入了迷，他来竹林，主要是向嵇康求教的。两个不善言语的人，把他们一片心思，仿佛全都用在打制铁器上，让嵇康家的这片竹林，透出一股莫可名状的神秘来，别人可能参悟不到什么，而他们是一定有所悟的。

有所悟时，他们就在竹林里啸叫。

这太有趣了。魏晋之时，一个非常时尚的举动，便是啸叫，而且还是长啸。“建安七子”中为首的王粲先生，就是个长啸的好手，这叫我不禁窃喜，觉得他如果生逢当下，凭那样一副好嗓子，弄个男高音歌唱家的帽子戴上，肯定是会红透天下的。可怜他生不逢时，所以就只有学驴叫了。这驴叫的声音就那么好听吗？在他死后，身为魏国君王的曹丕，还带着一班朝臣，在为他送行时集体学着驴叫。这似乎成了“竹林七贤”的一个启示，他们快活时长啸一声，不快活时又长啸一声。据传长啸者中，最厉害的角色当数阮籍，他要长啸一声，数里之外也能听见。

在果岭上，山西人杰韩六平每打一杆好球，都要情不自禁地长啸一声的。这使我想起“竹林七贤”的长啸，便追着他们，说该不是七贤的灵魂转化而来。想不到他满盆子满碗地应承了下来，并说他很是追慕那

竹林里的七贤的。

一时之间，这成了我们在果岭上的谈话主题。陈维礼、赵廷波、桑杰男、祝克明、宋春梅他们，在各自热爱的领域做出了骄人成就的人，从四面八方云集在清华、北大和香港大学继续深造时，又一起相聚在高尔夫球场的果岭上，全然“竹林七贤”转世的一副神情，把现代化的果岭，差点儿当成了旧时山阳的竹林，应和着韩六平的长啸，每个人都要啸叫了。

像我没法觉悟“竹林七贤”的长啸一样，对他们尊荣加身的几位朋友，在果岭上的长啸亦然没有觉悟。这使我有点沮丧，举头晴空，看见游来几朵云彩，我忽然明白，也许云彩觉悟到了。

我不能隐瞒我的喜悦，于是我对云说，你知道陈维礼吗？他可是个手捧鲜花的男人哩！我这么说，是一点夸饰都没有的，他自下海创业之初，就为自己的公司起了个“百合花”的名字，快有二十年了，这朵娇艳的花朵，也曾经历过风雨，也曾经历过霜雪，但却一点都没褪色，而且还因为风霜雨雪的洗礼，比起初还要绚烂许多。当然，这要归功于捧花人陈维礼了，他每时每刻都不忘自己的职责，小心翼翼又大刀阔斧，并呕心沥血地呵护着流芳长开的百合花。

自然，我还要对云说，你知道赵廷波吗？他可是个心热脸红的男人哩！本来是，作为人都会羞涩脸红的，现在却非常稀缺了。要知道，人和动物的区别，最本质的东西就是人是会脸红的，而动物不会脸红。我们在自己的记忆中搜索一下，也许最可贵最能打动自己心灵的，就是曾经遭遇到的一次羞涩，那是人世间至为绚丽动人的闪光呢。许多人都在退化，不懂得羞涩，也没有脸红，突然地，从赵廷波的脸上看到了，你能不为他而感动吗？你会顿然觉悟，自己活得有了意义。

好了，我又还要对云说，你知道韩六平吗？他可是心暖如春的男人哩。在果岭上时，他会大喊大叫，意气昂扬，但从果岭上下来，他蓦然变得轻声软语，细致严谨得仿佛一个高超的艺术家，用琴鸣弦啼的律动给

他人彩绘出一片风和日丽般的暖色，弹奏出一曲高山流水般的春景。

是的，我对云说，你知道祝克明吗？他可是个勇立潮头的男人哩。站立两个字，在这个弄潮商海的男人身上，曾经留下了非常深刻的记忆。他的故乡在河南省的信阳乡村，他算不得村里考上大学的第一人，但却绝对是一个特殊的人，从信阳市的火车站搭乘火车到辽宁省的沈阳市，没有直达的快车，他就先乘火车到北京，再从北京到沈阳。火车上的乘客太多了，他找不到能坐的座位，便只有站着走了，火车走了三十九个小时，他在火车上站了三十九个小时。从长春的大学毕业了，他回到了故乡，几年后南下广州寻找商机，结果又在火车上站了二十多个小时，这能说不是一种宿命？神秘的宿命在考验他，他就只有勇敢地站立着了，像根擎天的石柱，站立在火热的商潮之中。

啊啊，我对云说，你知道桑杰男吗……你知道宋春梅吗……云不回答我，她舒卷自然地掠过果岭，给绿草如茵的果岭留下一抹清丽的云影。

让人流连忘返的云影啊！

我在想，不只留在广州郊外的果岭上，她还执拗地留在了天南海北所有的果岭上。这是毋庸怀疑的，在我动了心思，要为陈维礼他们的一班人做点文字记录的时候，我们已经跨海来到海南岛的一个名叫南丽湖的地方，那里有几处风格面貌不同的高尔夫球场，但在这里，他们没有走上果岭，而是老实地呆在一座酒店的大会议室里，聆听北京大学的一位经济学教授给他们作专题讲座。我不是他们的同学，却也不受限制地坐在会议室里，认真地听了一阵，我听到那位教授在讲一个小故事，那个故事的主人公，在我们民族的记忆中，是一个人皆知之的人物，那便是神医扁鹊。

教授讲了，说是有人问扁鹊：你们家兄弟三人，都精于医术，到底哪一位最好？扁鹊回答：长兄最好，中兄次之，我最差。问扁鹊话的人不解，又问：那你为什么最出名呢？扁鹊回答：长兄治病，是治病于病情发

作之前。由于一般人不知道他事先能铲除病因，所以他的名气传不出去；中兄治病，是治病于病情初起时，一般人以为他只能治轻微的小病，所以他的名气只及乡里；而我是治病于病情严重之时，一般人都看到我在经脉上穿针放血，在皮肤上动刀敷药，所以以为我的医术高明，名气因此传遍全国。

教授不是说书艺人，可他讲了一个故事后，似乎意犹未尽，接着又讲了一个，似乎仍不满足，还要往下再讲故事了，缺少耐心的我，便听不下去，悄悄地离了座，悄悄地走出来，走上了南丽湖的一处果岭上……在我的经验中，果岭称不上热闹，但也从不寂寞，总有打球的人游走其中，但在这个上午，却清寂得只有我一人，无所事事地漫游着，这就走进几个修剪果岭草坪的工人师傅中间，看他们操作着专门的机械设备，谨慎小心地修剪着看上去已很规范的草坪。

工人师傅乐意和我东拉西扯。我给他们讲了从教授那儿听来的故事，想听他们有什么反应，很遗憾，他们都只憨厚地笑了笑，依然操作着专门的机械设备，小心谨慎地修剪着果岭草坪。

认真是工人师傅的基本素养，他们比绣花女还要仔细地做着他们该做的事，给果岭剪了草坪后，还注意收集好草屑，一根不留地移出果岭，接下来呢，就还施了肥，浇了水，让我在一边看了，知道对于果岭的看护，是怎样的细致入微。这是不错的，在中国的土地上，果岭存在的时间还不是很长，其中还多有误解，确实是需要认真仔细地来对待了。

我不知道，北京大学教授的讲座进行到了怎样的程度，总之，没有见到一个逃学出来的人。这让我对陈维礼他们这些商海里的骄子，倏忽又多了一重敬仰，并且还又想到他们中的一些人来，那便是气度和胸怀都堪称赞的郭宝华、罗富朝、张德霖、徐凌华、陈大海和张萍们了。我无意把他们与晋时的“竹林七贤”类比，而且可以肯定地说，一切类比都将是伤脸的，但我又无法分清他们的面目，因为历史上的“竹林七贤”身

披着学人的外衣，陈维礼他们今天也披着学人的外衣。

学人的外衣是不好披的，谁要披在身上了，其实就是披上了一种责任，让民族强盛的责任啊！

用他们自己的话说，想承担起这样的责任，就必须：

读一流的书，

交一流的朋友，

养一流的精神，

干一流的事业。

2008年2月26日于西安后村

楚狂傲步锦绣林

——缘结熊召政

如果说在京获得长篇小说《张居正》被评为茅盾文学奖的第二日，熊召政到西安与朋友喝酒是偶然的话，到他从浙江的乌镇领取了茅盾文学奖的第二日，又一次到西安与朋友喝酒，恐怕就不能用偶然来解释了。

这该是缘分了。一个很深很深的缘呢。

熊召政是那么地热爱西安，在他每有大举动前，都会到西安来，四处走走，去黄帝陵祭祖，到法门寺礼佛，登华山拜天。他给我说过，他是来养气的。西安有这样的功能吗？别人可能有收获，我却不能，因此就只平庸下去。但这不影响我对熊召政的热爱，就像宋丹丹在小品里说她热爱赵忠祥一样，是打心窝里说出的肺腑之言。都这样了，他到西安来，我是肯定要陪的。陪他养气，陪他喝酒，陪他到大学里去演讲。

恰是他以长篇小说《张居正》捧回第六届茅盾文学奖后，作的第一

场报告选在西安电子科技大学。围绕《张居正》的创作，他满怀深情娓娓道来，在一个多小时的报告里，赢得了西电学子近三十次的掌声，也就是说，几乎是三分钟就要爆发一次掌声。自然我也一次次鼓了掌，隔了一夜，手掌竟然还是疼的。

正是那一次听他报告，这才知道他之所以要创作长篇小说《张居正》，原来是为他的死后作准备的，准备一本能垫后脑勺的书。确实，他做到了。

但我熟悉并与熊召政结缘，首先是他的诗。那时候他在秦岭的南边一个叫英山县的文化馆做群众文化辅导工作，我在秦岭北边的扶风县文化馆和他做着同样的工作；他出身木匠世家，我亦出身木匠世家；他会一点木工手艺，我亦会点儿木工手艺。遗憾的是，我与他只能心交，却无法面谈。但我知道自己就是从那时起，即用心地热爱上了他，热爱上了他的文字。我读着他的诗，默默地读着，到了1980年，从《长江文艺》一月号上读到了《请举起森林般的手，制止》，我的心像是遭了电击，一下子狂跳了起来。一时之间，全国轰动，从北京到各地，几乎所有的报刊都有转载，二百一十八行的诗，到后来整理诗评文章，竟然达三十多万字，而且可以肯定地说，绝对不止那个数。

理所当然，那首诗为他赢得了荣誉，在1979－1980年度全国中青年优秀新诗评选中，获得了大奖，一举奠定了他在中国诗歌界的地位。我敢说，中国的文学史在他跟前是绕不过去的，因为《请举起森林般的手，制止》这首诗，还因为二十三年后的《张居正》这本历史长篇小说。他豪迈地走出偏僻的英山县文化馆，走进湖北省作家协会，成了那里最年轻的专业作家。

然而，关于这首诗的争论却还在他的故乡潜动，地、县两级的有关部门甚至组织了“大批判组”，不仅要围剿作品，还要对作者熊召政采取惩罚措施。他们大喊大叫，把《制止》看成了“一份报告”，一份“控诉

书”，认为“作者把今日的英山县写得暗无天日”，说什么“作者把人民生活贫困的原因，统统归罪于英山县的各级干部”，武断地判定熊召政的诗歌是“不真实”的。来势汹汹的杀伐，阻挡不了一首好诗的流行，在那些个日子里，著名文学评论家邹贤敏、杨匡汉、李准等站了出来，发表诗评文章，支持熊召政，表扬“作者没有凭空去编织五彩的花，昧心去填动听的颂歌，而是直面生活，挖掘诗的矿石，揭示生活的真相”。专业评论家支持熊召政，当地的老百姓更是坚决地站在他的一边，到他赴京领奖归来，原为老区的英山百姓，自发准备了锣鼓，购买了鞭炮，夹道欢迎他这位敢为人民代言的诗人。为此，有人还编了个顺口溜在英山百姓中间传扬着：北京大晴天，省里起乌云，市里发大水，县里淹死人。

我因此而想，什么是好诗？百姓欢迎就是好诗。

雄心勃勃的熊召政在喊出“制止”的声音后，不几年的时间里，先是出任《长江文艺》杂志的副主编，接着又当选了湖北省作协的副主席。按说，他这么顺顺当当地走下来，是不会成为问题的，他还年轻，前面的路还很长。却突然地一夜之间，他被“制止”了，只剩下一个职务：专业作家。

什么是专业作家呢？对别人是另一种解释，对熊召政来说，就完全是个“闲人”了。就如他去年出的旧体诗集一样，起名时，不假思索，提笔就写下《闲人诗稿》四个字。我没问熊召政，他这么题写书名，可是对那段日子的怀念。因为有了闲在的时间，他也好读一些书，而且可以很好地钻研他本已高妙的书法，哪一天都少不了写上几幅。为此，他刻了一枚闲章，上书“抱壶一驼”四字，每有书作写成时，都要紧握这枚闲章，极为工整地钤在书作的右上角。他还收集古陶和瓷器，几年下来，家里就不像家了，变成了一个颇具规模的博物馆了。

顺便告诉大家，熊召政来西安养气，最后都有所收获的，不是几个古陶罐，就是几只古石狮。为此，他曾写过一首古体诗，记述贾平凹先

生送他“一只小陶羊”。

终究闲着，就不是熊召政了。他在闲中窥测机会，发现文人下海也是一个不错的选择。而且是，他受了一个大刺激，外地有人邀他参加笔会，他没买上硬卧，听人说软卧有剩，就想托人买一张。可人家说，你什么级别？专业作家，不是厅局级吧？后边凉快去。不过你有钱也行，个体户就自己掏钱买软卧，他们不要人报销。熊召政感到了悲哀，他硬着头皮买了张软卧票，走到了一个垃圾筒前，把那张软卧票正面反面各看了一眼，便一点一点地撕碎……笔会他是不去了。他用一个月的工资，给自己买了一张不需登上列车的经商之路。

毕业于中南财经大学的妻子，是家乡县长的女儿。当初下嫁给工人师傅儿子的他，是欣赏他的不俗才华。结婚时，他们的洞房里，除了一张木头床，就都是装着衣物书籍的纸箱了。为此熊召政曾自嘲说，他们的日子是从“纸器”时代过来的。后来有了儿子，夫妻间更是相濡以沫，情义融融。熊召政是满足的，他的妻子也是满足的，而且还又反感作家身上的铜臭味。用妻子的话说，浑身铜臭味的人，是无法当好一个作家的。

现在，熊召政要下海经商了，他过得了妻子这道关吗？

看来是不好过的。但是不好过也得过。熊召政吃了秤砣铁了心，他说什么都要下到商海里呛几口水了。他有这个思想准备，开始可能很难。便是难，他也不干那些卖挂历、拉广告的生意；反正斯文扫地了，要做就做大生意。一年多的时间，他瞪大眼睛找商机，竖起耳朵听商情。功夫不负有心人，有个商界的朋友约他到上海，带他去了一个高尔夫球场，这时他恍然大悟：湖北也有这样的需求，也可以用“会员制”筹措资金，在武汉建一个高尔夫球场怎么样。他这一想，回到武汉就干起来了。他用从朋友亲戚手里借来的钱办下了一切所需手续，接着就在《湖北日报》打了两个整版广告。就在广告登出的那天，就有人来报名

了，几个月的时间，仅出售会员证就收回了600万元。从此脱胎换骨，行有凯迪拉克，吃有酒楼饭店，他成了武汉商界的名人。两年后，他还走出武汉，受聘深圳运通集团担任副总裁，同时又兼任上海一家房地产公司的董事长以及君安证券等大公司的首席顾问。

按天做着这些商业大事的时候，熊召政的心却还在诗文身上操着。因为经商需要，他是必须研究经济战略的，而他又不想照搬西方的东西，就从中国历史的兴衰沉浮中，探索一些发展经济、强国富民的济世良方。这其中，他读得最多的是《明史》，从《明史》里又找出张居正，觉得他的"万历新政"对今天社会是有很大启发的。

隔着历史长河，熊召政与张居正惺惺相惜。历史长篇小说《张居正》的写作念头，就这样萌发出来了。

寒暑十载，熊召政告别浮华，面壁书斋，终于完成了四卷本的历史长篇小说《张居正》的写作。这时候，朋友发现他变了，变得像他书写的张居正一样，在思考和处理问题时，充满了敢作敢为、忧患凝重的意识，同时又极隐忍、坚强。为此，他个人的分析是，这都是经商后的结果。因为"文人是感性的，热情却懂得爱。而商人是理性的，冷漠却懂得宽容"。这么看待熊召政，不知道是文人的品质帮了他经商的忙，还是经商的阅历帮了他从文的忙。

现在，他文商并举，双管齐下，一方面把他写作《张居正》时的边角余料，捡起来写了一大本《读了明史不明白》，一方面着手《张居正》的电视剧拍摄工作，据说业已全部拍竣，单等时机播放了。

前不久，我出差武汉，给我尊敬的熊老兄打了个手机，他便派车把我接到了他的书房。我知道，他于两年前，已从商海里抽出一只脚，上岸到了黄卷青灯的书斋里，脱下多套万余元的西装，往橱柜里一挂，天天穿件老头衫，趴在写字台前，做着自得其乐的码字工作。但他不会一味码字，他会周末的时候，和朋友去打一场高尔夫。说好了，我来他是

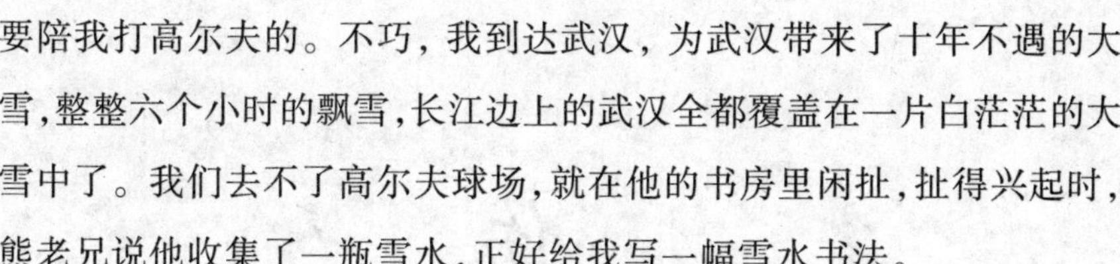

要陪我打高尔夫的。不巧，我到达武汉，为武汉带来了十年不遇的大雪，整整六个小时的飘雪，长江边上的武汉全都覆盖在一片白茫茫的大雪中了。我们去不了高尔夫球场，就在他的书房里闲扯，扯得兴起时，熊老兄说他收集了一瓶雪水，正好给我写一幅雪水书法。

他说了，也做了。我心里自然高兴，因为这是一件求之不得的好事，在中国的文学圈，书法出众的人有两位，北是贾平凹，南是熊召政。带着他赠我的书法，回到我下榻的宾馆，上网敲了“熊召政书法”几个字，跳出来的几条信息吓了我一跳，在京城的图书拍卖场上，他的一幅书法从8000元起拍，涨到了3万元被人拍走。我为我幸运着，不知道谁还会有我这样的幸运。

2007年元月29日西安后村

伤手足

一个老牛没脖项，七老八少都驮上。这说的是个啥呢？就是书面语说的谜语。这个谜语又说的是啥呢？是关中农家的大土炕了。

已有一些年头，我再没坐过热烘烘的炕头了，却在今年大年初三的日子，驱车百余公里，回到扶风的老家，坐在了二哥的土炕上，围着一张炕桌，就着油炸花生、凉拌粉丝、红油猪耳等几样凉菜，嗞儿——嗞儿——吮着一瓶陈年西凤。二哥退休回家二十四年了，他原来是好一口酒的，这几年心脏不怎么好，把那一口酒戒了。我回来看他，他是真高兴呢，就嚷嚷着和我喝起酒来。而他一旦张口，就不能抑止地连喝了三杯，唬得我从他的手里去夺酒杯，却还没夺过来。

二哥的炕头可真热呀!我坐着的屁股烫烫的，怀疑再坐下去，我的屁股非熟了不可。但我没有动，踏踏实实地坐着，和我的二哥又喝了两

杯……我喝得心头热辣辣的，眼睛也热辣辣的，心想过去的日子，逢年过节，我们坐在热炕上，围着一张炕桌坐着喝酒的可是兄弟五人呢！

多么热闹红火呀！兄弟五人，在相信多子多福的父母眼里，这是他们最大的骄傲了。而且是，我的大哥吴克义，二哥吴克仁，三哥吴克智，四哥吴克强都是吃着商品粮的公家人，这在我们那个背靠乔山，脚踏古周原，名叫自阎西村的小堡子，更是大家要津津乐道的呢。在我的前头，还有两个姐姐吴忍忍、吴洞洞。我生来最晚，因此，也就是父母最宠爱的，而且也还受着哥哥姐姐的宠爱。到了年节的时候，哥哥们从四面八方，大包小包地提回家来，每一个包里，肯定都有我的一件礼物，有玩的小汽车、绒猴儿……还有吃的水晶饼、糖豆儿……我是很享受这些玩的和吃的呢。玩着和吃着，就被哪个哥哥抱起来，举在头顶上摇一个高高，然后又转到另一个哥哥的手上，举在头顶上摇一个高高……哥哥们说了，他们举了我的高高，我就能长得高，长得赢人。我是不是长得赢人，我不敢说，但我长得确实高，是兄弟五人中个子最高的，高到我也有了资格，和哥哥们一起坐在节日的热炕上，一起举杯喝酒了。

父母在的时候，我们兄弟五人和父母一起围坐在热炕上的炕桌前喝酒。喝着呢，父母先先后后走了，我们兄弟五人还围坐在热炕上的炕桌前喝酒……我总想，我们兄弟五人在年节时，是能一直这么热气腾腾喝酒的，但却到了1994年，先是我的大哥吴克义，不幸染疾离世，后来又过去了十年，到了2004年，我的三哥吴克智，也不幸染疾离世了，这让围坐在热炕上的炕桌前喝酒的兄弟，一下子少了两人。我多么愿意，我们余下来的三兄弟，能够长长久久，年年不断地围坐在热炕上的炕桌前喝酒呀！但是，天不睁眼，就在我和二哥大年初三喝了酒后，刚回到西安不长时间，却接到老家打来的一个电话，声音哽咽地给我说，我的二哥也走了！

在村子平展展的街道上，我的二哥就只跌了一跤，便仙逝而去，连

一句话都没给我留。眼泪刷刷地流着，我翻了一下接听电话的手机，记下了这个悲伤的日子：2009年2月17日。

我不是偏心。尽管我说过哥哥们都很爱我，我也很爱哥哥，但我对于二哥，在他们几人当中，是有点偏爱的，是那种有着很强的依赖性的偏爱。我偏爱的二哥没说一声怎么就走了。

二哥工作早，在他不足十六岁时，解放军解放了关中，他瞒着家人，自觉寻到新政府的权力机关，给当着区委书记的一位老革命做了勤务员。他这一做就是三年，深得那位老革命的喜爱。到他十九岁的时候，老"革命"既恋恋不舍，又无可奈何地给他安排了一个正式的工作，直到他于文革前夕，当了扶风县一个叫五泉人民公社的副社长，再到"文革"结束，从乡镇领导干部转行，做了扶风县木材公司的总经理。

纵观二哥的一生，他工作是勤勉负责的，做人是诚恳老实的……他所独守的那一份清纯和厚道，我想与他为老革命服务了三年是分不开的。

我没有见过那位老革命，但二哥的嘴巴让我对那位老革命十分熟悉，我总听到二哥在说，老革命这样，老革命那样。这样那样的老革命，在历史的轨道上渐渐变得稀薄，最后连他的革命肉体也都变成一只精美盒子里的灰烬，我的二哥还要把老革命吊在他的嘴巴上说的。

二哥说，老革命是朴素的。

二哥说，老革命是负责的。

二哥嘴巴上吊着的老革命，在我一遍一遍的听说中，我发现我的二哥，其实如老革命一样，也是朴素的，也是负责的，我的二哥在我的眼里，和他崇敬的老革命合二成了一。

我有事实为证。在我八岁的时候，一家之长的父亲，在大过年的时候，当着回家过年的哥哥的面，把家里的财政大权毫无保留地交给我。父亲让我建立了一本账，要哥哥把他们工资收入的一半，按月交给我，由我一笔笔登记在册，年终时，再与哥哥们算总账。我的那个账本，不

但记了哥哥们交给我的收入账，还记着家里人消费的油盐酱醋等支出账。在我们那个小村庄里，只有堪称农民思想家的父亲，才会有这样一个天才的想法，让他的小儿子我，在年少懵懂时，就已承担起谋算家计的重任。

村上人知道了我在家里的责任，把我都叫了“碎当家”。

碎当家的“碎”字，在西府是作“小”字解的。但我想，也一定包含了琐碎的意思在内。我不嫌琐碎，但我的哥哥们都是会嫌的，像我的大哥吴克义、三哥吴克智、四哥吴克强，就不屑于把他们该交的收入，老老实实地交给我，让我认认真真地点过数，再工工整整地记在账册中，因此在年终的总决算中，老要和我在账目上缠磨，说我把他们的付出记少了。这其中，二哥是个例外，他非常支持我的工作，按月按时，一分不差地把他要交的钱交到我的手上。二哥没有注意，他交了自己应交的钱后，时常还要买些实物回家，例如给我的父亲买一顶崭新的瓜皮帽子，给我的母亲扯一块崭新的衣料等等，二哥把这些没有算计在他要给我交的钱数里，但我不能不把这些实物登记在账册中，虽然我不知道这些实物的准确价值，但我认真地、一丝不苟地登记下来，到年终算总账时，二哥总是超额做了贡献的那个人。

二哥为着父母，为着我们的家，无私地尽着他的责任，你说我又怎么能不偏爱他一点呢？

偏爱着二哥的，好像还不只我一个，我的四哥就也有点偏爱他，为此，我和我偏爱了一点的二哥还闹了一次不大不小的矛盾。

我说过，二哥是朴素的，大朴素呢。这首先表现在他的衣着上，这让在西安工作的四哥看不过去了，给二哥买了一件蓝卡叽的中山装上衣，从西安坐火车，到扶风县境的绛帐火车站下了车，端直去了二哥工作的木材公司，把崭新的中山装拿了出来，给二哥穿在身上。我不知道当着木材公司总经理的二哥，穿上四哥给他买的中山装，心里是怎样想

的。但我可以猜测，二哥一定是高兴的。而且是，在兄弟伙里相对心细的四哥，给二哥挑选的这件中山装，穿在二哥的身上是太合体了。二哥在一个周末的日子，穿着四哥给他买的中山装回家来了，我看了也是高兴的，我觉得朴素的二哥，过去的穿着，哪里像个木材公司的总经理，公司里随随便便一个人，哪怕只是看大门的，也穿得比二哥更像他们木材公司的总经理。朴素的二哥，太不像个总经理的样子了。穿了四哥给他买的中山装，我看着二哥，才头一次觉得他像个木材公司的总经理。现在的人不知道，在计划经济的年代里，木材公司绝对是个炙手可热的地方呢。谁家起屋架梁，或是给老人备一副棺板，能从二哥的手上获得三两寸的木材指标，那他一定是个面子大得了不得的人了。

我多么想让二哥像个木材公司的总经理呀！

我快乐地撕扯着二哥，绕着穿了崭新中山装的他转了一个圈子。我夸二哥了，说："人是衣裳马是鞍，哥呀，你看你这才像个大经理哩。"

二哥也得意着，那是他从亲情中获得的得意呢。二哥没作掩饰地给我说："你猜是谁给我买的？"

我疑惑了，原以为是他自己买的呢。听他这么说，我快乐地摇着头。

二哥就点着我的脑袋说："是你的四哥哩，你四哥给我买的中山装。"

我快乐的脸，蓦然黑了下来。二哥绝对没有想到，我会为此大光其火，咆哮着要二哥脱下来，给四哥还回去。我的理由就一条，父亲去世不在了，母亲还健康地生活着，四哥为什么就不给母亲置办衣裳呢？我高兴你买中山装，买了穿上，穿得像个总经理，这是应该的。四哥给你买就不行，他是巴结你，兄弟不该巴结。

我光火了一场，二哥当时没有脱下中山装，但事后，他脱了就再没往身上穿。

现在想起这件事，我真后悔自己，怎么那么鲁莽？而我想想，我还有更鲁莽的一件事，把我的二哥狠狠地修理了一顿。

我不知道朴素的二哥，在把他的工资一半交给家用后，他的生活是怎样安排的？因为那个时候，他收入太少了，一月到头，就只有四十二元五角的几张纸票子，他交了家用后，能余下几个钱呀！要吃、要喝、要用……那点可怜钱，一分两瓣都是不够的。我到他当着总经理的木材公司去过，吃饭的时候，他和员工一样，都排在打饭的窗口上，员工们几乎无人不打一份两份的炒菜来吃，而我的二哥，上顿打的是一碗白面，下顿就打一碗稀饭，就的小菜，切成细丝，搁在他的宿舍里，一小条一小条就着白面和稀饭吃。

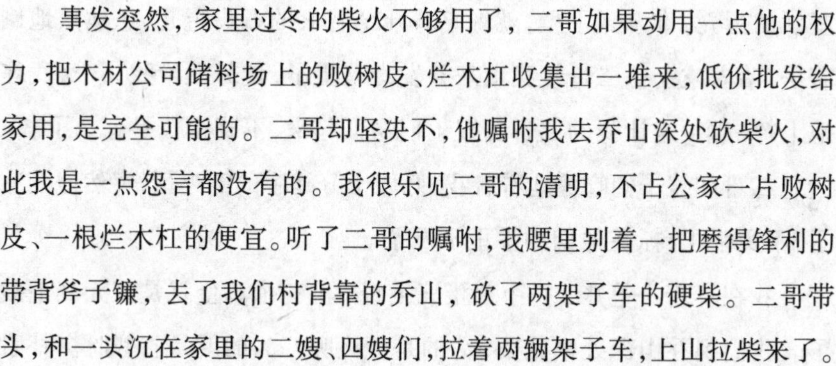

事发突然，家里过冬的柴火不够用了，二哥如果动用一点他的权力，把木材公司储料场上的败树皮、烂木杠收集出一堆来，低价批发给家用，是完全可能的。二哥却坚决不，他嘱咐我去乔山深处砍柴火，对此我是一点怨言都没有的。我很乐见二哥的清明，不占公家一片败树皮、一根烂木杠的便宜。听了二哥的嘱咐，我腰里别着一把磨得锋利的带背斧子镰，去了我们村背靠的乔山，砍了两架子车的硬柴。二哥带头，和一头沉在家里的二嫂、四嫂们，拉着两辆架子车，上山拉柴来了。

乔山深处有一架南北向的贵妃梁，传说是唐明皇宠爱的胖娇娃杨玉环走进长安的一条坡。没有去过的人，想象不来这条贵妃娘娘走过的坡有多么长，有多么陡。我爬过了，就还牛皮人人（皮影戏）流眼泪，替着古人担心了，不晓得千娇百媚的杨玉环，当年受了怎样大的磨难？才走过漫长陡峭的贵妃梁，走进纸醉金迷的大明宫，蜷曲在无限深情的皇恩之中。

二哥和我们，拉着两架子车冒了顶的柴火，肩背着车的攀绳，脚蹬着陡长的坡道，淌两溜黄汗，爬一步长坡……我们爬得精疲力尽，感觉肩上的攀绳，就是一条活的毒蛇，深深地吃进了肉里；感觉脚板儿，就是两只死了的瘦鱼，使刀子逼也走不动了……我们歇在了贵妃梁嘴上，看见嘴梢上有一股似有似无的炊烟，正袅袅地向阴郁的天空飘散。

袅袅炊烟，条件反射般惹得我们的胃肠咕咕地呻吟起来了……我看见二哥从歇脚的路边站了起来，向着炊烟飘散的地方走。我猜想，二哥是内急了呢，他要背过人去，解决好他的个人问题，然后和我们齐心协力，拉着装满柴火的架子车，翻山越岭，回到山前的家里去……我等着二哥从炊烟袅袅的地方拐回来。但我等着，等来的二哥提着他的衣襟，给我们兜来了十三个鸡蛋，二哥给大家分发着，三三两两的，分发到谁手里了，谁就急煎煎剥去鸡蛋壳，急煎煎吞咽到肚子里去。但是鸡蛋是烫的，刚从煎水里煮出来，烫得分发到手的鸡蛋，就干脆没法剥落掉坚硬的蛋壳，谁拿到手里，就像拿着几个着火的石头蛋儿，急煎煎地倒着手，哈着吃……二哥给我也来分发煮鸡蛋了，他分发给我一个，我往地上摔一个，这让我的二哥和嫂子们愣怔起来，不晓得我是怎么了。

二哥和嫂子们吃惊地看着我，好像十分烫手的煮鸡蛋，突然地变凉了，不烫手了，抓在他们的手里不倒了。

我在算着一笔账，一个鸡蛋三毛钱，十三个鸡蛋就是三元九毛钱了。我们到乔山深处来砍柴，为的是什么呢？为的就是省钱呀。朴素的二哥却突然地奢侈起来了，花费了三元九毛钱买煮鸡蛋，这可不是他一贯的作风呀！我气愤地算着账，一下子就得出二哥这次奢侈的不合算。那时的生活用煤，一公斤只有二分四厘钱，十三个煮鸡蛋的花费，可以买回家多少公斤煤？有了这些煤，我们何苦进山来砍柴受苦？

我没和二哥明算这笔账，红着眼睛盯视着他，他不好意思了。我想他从我倏忽充血的眼睛里，看懂了我对于他奢侈的反抗，他走近了我，与我的身体贴在了一起，小心地剥着鸡蛋壳，剥除了一个，他自己不吃，喂到我的嘴边，劝着我说，人是铁，饭是钢，一顿不吃饿得慌；咱上山拉柴，已经两顿饭没进热汤了，我倒不要紧，但我不能看着你肚子饥；你的身子骨还嫩，我可不能眼睁睁看着你伤了身子骨。

眼泪在眼眶里打着旋儿，我张了一下嘴，把二哥喂到我嘴边的煮鸡

蛋吞进了肚子。

我看着鸡蛋，品尝得到鸡蛋皮儿上的咸味，我想那一定是我的眼泪味儿了。

二哥把他手里的两只鸡蛋壳都剥下来，喂着我吃了后，这才弯下腰去，捡起我摔在地上的煮鸡蛋，小心地剥着鸡蛋壳来吃了。

公社里的拖拉机站给我们村分配了一个农民工指标，我很积极报了名，可我知道，在我之前，在我之后，还有八九个报名的人。要说，报名的人，谁的条件都比我好，因为我们家，大伯和父亲，在"文革"中都受了大冲击，而我也被定性"黑五类狗崽子"。这样的背景，怎么能在报名人中脱颖而出，到公社拖拉机站当农民工呢？

我想到了二哥，打了个电话到他工作的县木材公司，二哥听说后，当即回到村上来，找了主事的人，说了我的情况，希望他能做工作，让我到公社拖拉机站去。

主事的人，没说让我去，只说他家的老人年纪大了。

二哥听话听音，当即听出话中的潜台词，他很大气地告诉主事人，让他过几日到绛帐火车站的县木材公司来，他给老人批三寸上好的松木，给老人解一副好棺板。

和村里的主事人说过话后，二哥马不停蹄，又去了公社拖拉机站，和拖拉机站的主事人也说了我的事。这一次，二哥没等主事人先说，他问了主事人的老人，得知他家老人年纪也大了时，二哥就慷慨地给主事人许诺，过几日到绛帐火车站的县木材公司来，他给主事人批三寸上好松木，给家里的老人解一副好棺板。

同样的"伎俩"，二哥还到公社的大院里去，与主管拖拉机站招收农民工的公社主任谈了话，同样地批了三寸上好松木，让他给老人解一副好棺板。

这样"上下其手"，我才从村里的报名者中脱颖而出，顺利地进了公

社拖拉机站。回想过去了三十年的这件事情，我是只有感慨了，朴素、负责任的二哥，原来也有其不正之风的。但我想，他在县木材公司总经理的任上，绝对只行使了这一次，为他小弟我的前程，极为慷慨大气地使用了一次。

三副上好的松木棺材板，咋说都是我的生命途程上那块有力的撬板。从此我离开了农村，先公社小镇，再扶风县城，后西安都会，大学的本科读了，大学的硕士也读了，并在西安城的一家老牌媒体担任了很长时间的责任，现在又去了文联，出了十多部说薄不薄，说厚不厚的书本，把这一切累积起来，如果没有二哥行使不正之风为我按下那块撬板，我是不敢想象的。

时光梭行，忽然就到1984年，二哥的二儿子参加热火朝天的大学考试，结果名落孙山。二哥是要他的二儿子复读再考的，可是他的二儿子厌烦了寒窗苦读，宁愿回去修理地球，也不进昏灯暗夜的课堂里去了。

束手无策，是二哥面对二儿时说不出的伤心。我在那时，参加公开的国家干部考试，以扶风县头一名的成绩，录取后安排在县文化馆工作。二哥找到我，让我代他说说他的二儿子。我说了。像二哥说的结果一样，他的二儿子还是坚持不上复读班。

迫无奈何，二哥做出了一个让人意想不到的决定，他退休，让他的二儿子接班参加工作。

二哥的这个决定，是符合当时的政策的，只要家里有待岗的孩子，不分男不分女，谁愿意提前退休，就允许一个子女顶上来。但有一个条件，就是工作着的老子老娘必须是工人身份。

二哥可不是工人呢，正儿八经一个正科级县木材公司总经理。这么说，二哥虽然做了决定，要让他的二儿子接班，可政策上还有不小的障碍。

是政策又怎么样？二哥要向政策障碍挑战了，他的挑战是奋不顾

身的，硬是牺牲他熬了半辈子，好不容易熬了个正科级干部的头衔都不要了，也要让他的二儿子来接班。

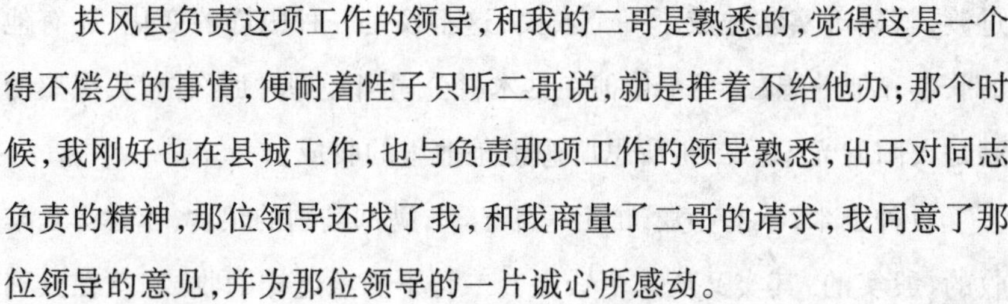

扶风县负责这项工作的领导，和我的二哥是熟悉的，觉得这是一个得不偿失的事情，便耐着性子只听二哥说，就是推着不给他办；那个时候，我刚好也在县城工作，也与负责那项工作的领导熟悉，出于对同志负责的精神，那位领导还找了我，和我商量了二哥的请求，我同意了那位领导的意见，并为那位领导的一片诚心所感动。

像那位领导一样，我也来做二哥的工作了。我给二哥说的理由是，你才五十出头的年纪，怎么就能退休呢？你要把你的干部身份转换工人身份，你都不想想这合适吗？二哥不听劝告，执意要退休，执意要让他的二儿子接班，我就还批评他，你找领导要把干部身份转为工人身份，就是搞不正之风，就是难为领导！

可能是我的话说重了，二哥没有坚持他的意见，此后的几个日子，也不见二哥找管事的领导，同样也不找我说事，我想这件事或许过去了，但却不成想，到这项工作的时限只余一个晚上的时候，二哥到我的住处来了，他来一句话不说，只是一个劲抽烟，抽着烟还流了泪。要知道，二哥是不大流泪的，我就见过，便是父亲离世时，二哥也只红了眼睛，却也没有流眼泪，他这是为谁流泪呢？

不用说，二哥是为他的儿子流眼泪了。

我不想再劝二哥了。冲了杯茶放在二哥的面前，又拧了一把毛巾送进二哥的手里，我给他说，让他在我的住处等一会，我出去一下就回。我这一说，二哥站了起来，他仿佛看到一束阴云背后投来的曙光，脸色一下子红润起来，嘴唇儿呼呼地颤动着，把叼在嘴巴上抽着的香烟，摇颤得烟灰四散……我去找了负责这项工作的领导，很不乐意地给二哥办了干部转工人的手续，紧接着办了二哥退休他二儿子接班的手续。

二哥十六岁出门，五十四岁回家，把他穿了多半辈子的干部服脱了

下来，又做起农民来了。

二哥的这一变化，是那么地自然，那么地顺理成章，几乎没有多少过渡，就确确实实地成了一个农民，这不仅是一种服饰的变化，还有他的肤色和他的想法，再不像他在县木材公司当经理时那么白皙，黑黑的满是太阳的光晕。二哥所思所想也是地里的收成。

夏种玉米，秋播小麦，忙上一年四季，满囤满囤的粮食，咋看都是丰收的、殷实的，其实又值几个钱呢？二哥不满意这样的收成，就在分到家里的责任田里栽种苹果和梨，他选择的是有市场前景的新品种，两年即可挂果，红红的苹果、黄黄的水梨，都还在树枝上摇荡着，就有腰缠现金的果品贩子，撵到地头上来收购了。

这是二哥的优势了，他在县木材公司总经理的任上，是锻炼了一些市场眼光的。他把种玉米和小麦的责任田，改种了苹果和水梨，使责任田里的收益数倍增长，给我们相对闭塞的村子，树起了一个榜样，大家纷纷向二哥讨教学习，尝试着栽种苹果和水梨，使我们村因为苹果和水梨的收成迅速富裕起来，并还带动了周边村庄，依靠苹果和水梨的栽种，迅速地富裕起来。

二哥为此而快乐着，他在电视上的农业频道上找门路，在农业科技知识读本上学方法，不断地改良和完善他的苹果和水梨栽培质量，使我们村子那一带，成了全省乃至全国有名的苹果和水梨栽种基地。

二哥七十岁，他和他的子女到西安来，为他庆祝七十岁寿诞。我安排了他寿诞的全部仪程。我们忙得团团打转，把一桌的菜都摆上了桌，把奶油写了七十岁寿诞的大蛋糕上插了蜡烛，张着嘴就要为二哥唱生日歌时，却找不到他在哪里？

他去哪里了呢？

我们分头去找，在我们为二哥作寿的地方，里里外外找了几个圈子都没找见，最后找到附近的一个果品市场上，这才发现，二哥在一家果

品摊子问几句话，又去另一家果品摊子，和这里的果品贩子，一个一个果品地问着，问他们果子的品名，问他们果品的价格，问他们果品销路……这倒把寻找他的我们，惹得都乐了起来。

我们问他，你是也想摆摊子卖水果了吗?

这是一句玩笑话，二哥没有当真，我们更没谁当真，却听二哥说，咱们栽种水果，咱是不能只问土地的，还应到市场上问问的，都问过了，咱栽种什么心里就有底了。

二哥的话让我佩服，我本来想取笑他的，却被他的话堵了嘴，我取笑不出来了。

这就是我的二哥，我多么希望他能健康地生活下去呀!却突然地接到他去世的电话，我的心疼起来了。

我急急忙忙地往扶风的老家回，在快要进村子时，我想起三国时刘备说的话，“夫妻乃衣裳，而兄弟为手足也。”对刘备近两千年前说的话，大家的理解各有不同，甚至有很深的误解。我是怎么理解的呢？我在这里说出来，想要求得大家的谅解。刘备所说“夫妻乃衣裳”的话，和“兄弟为手足”的话，是相辅相成、相得益彰的，试想夫妻的衣裳哪里就好随便脱了呢？谁要敢于随便脱，肯定是会招人唾骂的，因为我们谁都不想裸着身子活人呀!而“兄弟为手足”，那的的确确是种血肉相连的感情，谁真遇到了，谁就会有更真切的体会。

这是个天寒无雪的冬月，在二哥去世的日子，却像天公有知似地落起薄薄的雪花来，我顶着冰凉的雪粒，我为我的二哥流着泪，却也想着我的大哥和三哥，我伤心我的哥哥，像伤心我的手足一样。

2009年3月10日广州天伦

说给孩子

逼近六月的日子,大麦是要成熟了,小麦是要成熟了,我的孩子也要成熟了。孩子啊,今天是个好日子,是你们携手人生走进婚姻的好日子,众多的领导、同事、朋友来为你们贺喜,使我非常感动,我在这里感谢大家,并祝大家鸿运当头,幸福健康。

自然了,我也要祝愿我的孩子,希望你们幸福美满,白头偕老。同时,我还要给孩子们说几句话的,要你们知道,婚姻虽是两个人的事,但又不只是两个人的事,一点点的波澜,都将触动许多人的神经,你们是幸福的,关心并爱护着你们的人就是幸福的;你们是快乐的,关心并爱护着你们的人就是快乐的。我希望我的孩子和关心他们的人永远都是幸福和快乐的。

《黄帝宅经》有言:宅者,人之本。人因宅而立,宅因人得存。人宅相扶,感动天地。很显然,这里说的宅,就是婚姻,就是家。婚姻和家,

就是这么迷人，谁能不爱自己的婚姻，不爱自己的家？这是对的，大家不是都说，家是生命的避风港。但问题是，大家有了困难，有了迷惑，甚至有了伤害，都只想着到家里的避风港去歇息。可是谁认真想过，这个避风港是天然就有的吗？显然不是，这是每一个婚姻，每一个家庭里的每一个成员，叼草衔泥，辛苦筑垒起来的。据此我要说，婚姻和家庭的根本在于责任，一个人对一个人的责任，一个人对一个人的爱护，一个人对一个人的支持，还有帮忙、理解、鼓励等等，都将是一个幸福家庭的必然情愫，唯如此，才能使自己的婚姻永远保鲜如新。

我的孩子，你们结婚了，但是你们想过没有，婚姻的前头，将是一场没日没夜的生活，如果你们能够依然保留丰富的情感触角，柔软而不失细腻，敏锐而不失圆润，永远充满对朋友的无私友情，对爱人炽热的激情，对家人温馨的亲情，对生活饱满的热情……我想你们就该是幸福的，就能如那天边飘动的彩云、闪烁的星月，点燃你们人生灿灿朗朗的笑容。

我的孩子，你们其实早就懂事了，这是我所欣慰的，但我还想告诉你们，世事艰难人生多歧，不要因为你们成了夫妻，就可以高枕无忧……这可不好，你们要知道，日子还长着哩，像树叶一样地长着哩，千万不可窃喜自己的时运，因为时过境迁，运道跟着也要变化的；更不要张扬自己的能力，人上有人，天上有天，哪有自己可以须臾沾沾自喜的资本；而立之年已经逼到你们面前，努力是必须的，切实保持战战兢兢、如临深渊、如履薄冰的态度，才会抬起头来，看到天边美丽的彩虹。

前些时候，电视热播的一部电视剧叫《金婚》，我前三后四地看了几集，到全剧谢幕的时候，我心有所悟，发现美好的婚姻原来也是战争，一场旷日持久的战争，一打就是几十年，不可谓不惊心动魄，不可谓不波澜壮阔……好在是，我没有看到《金婚》里的夫妻，谁是战争里的英雄，谁是战争里的胜利者。这叫人是要惊讶了，原来在婚姻的战争里，是不需要英雄，更不需要胜利者的。

妥协！我忽然就想起了这个词，这也是电视剧《金婚》给我的启示，

在漫长的婚姻生活中，最需要的是相互妥协。当常识蒙蔽了我的眼睛时，妥协这个词似乎欠缺体面，好像妥协就是软弱，就是不够坚强。其实生活不需要这样，特别是婚姻生活，相爱着的两个人，你向我妥协了，我向你妥协了，这又有什么不好呢？没有什么体面不体面，没有什么软弱不软弱，有的只是会心的一笑，让自己的婚姻生活更加地幸福美满。

别说是妥协，哪怕是退步和忍让，在婚姻生活里也是美丽的，就像荡秋千的人，要往前荡得更高，就必须往后退得很远，是这样了，也才能感受到更多的浪漫……我的孩子，这确实是需要走进婚姻的你们细心体会的呢，不要太在乎谁的一言一语，不要太计较谁的一时一事……快乐地享受婚姻生活的妥协之美吧！因为善于妥协，不仅是一种明智，而且还是一种美德。

当然，妥协还需要一种境界，一种情操……这就像一把天梯，要想爬上幸福殿堂，这就要求爬在天梯上的人，必须自觉放下自己的身段，弯下腰来，才能一步一步很好地爬上去……这该是婚姻的姿态，所以妥协，也是一种积极的向上的妥协，为的是赢取对方的信任，滋养对方的感情。

这么说来，妥协是幸福的，但要认真学会也不是一件容易的事，因为人都是要强的，总想有所征服，总想有所斩获，然而到头来，我们向来路看看，人又能征服什么？斩获什么？发生在四川省汶川县的大地震就最能说明问题，我们一直想要战胜的地球，瞬间只是轻轻的一个哆嗦，就赚取了我们多少眼泪！所以我坚持说，人是必须学会妥协的，特别在婚姻中，如果一方妥协了，另一方就不能得寸进尺，在这个时候所能做的，就是当你感受到一方低下头时，一方就要伸出手来……好了，我的孩子，我不多说了，我要再次地祝福你们，也相信你们知道，幸福的婚姻取决于你们两个人，而要使其难堪，一个人就够了。

我祝愿你们幸福，祝愿你们美满。

2008年5月24日上午于后村

故乡人物

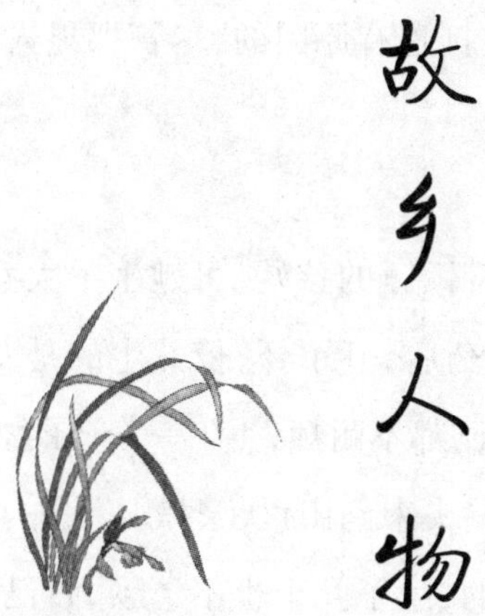

荒村姑婆

下的小豆种，甭想收豌豆。

——西府口谱

都说姑婆命苦。

姑婆是我们小堡子的姑娘，初嫁荒村时，我们叫她姑姑，上了些岁数，我们叫她姑婆。苦命的荒村姑婆年轻时很有些姿色，粉粉嫩嫩的一个美人儿嫁给荒村，小堡子人都觉着有点亏，都说一朵鲜花插在牛粪上。这么说，姑婆的男人不是个啥人物，可姑婆的男人还是要打她，下手又特别重，姑婆回小堡子熬娘家，不是鼻眼青肿，就是手脚有伤。身子上的伤势听说更重，姑婆不让看，掩饰得严严的，伤到多重没人能知道。

小堡子人不是好惹的，凭啥打我们村如花似玉的姑娘？去人一大

帮子，是背着姑婆去的，原以为能治住姑婆的男人，可那男人哭了，哭得手脚痉挛，几乎不能言语，瑟瑟缩缩的身子抖得像筛糠。那男人压得细细的哭腔说："我想要个孩娃子。""不孝有三，无后为大。"男人的要求合情合理，小堡子撵到荒村讨说法的人群动摇了，甚至可以说灰溜溜地离开了荒村。大家因此知道，姑婆挨打是有原因的，尽管那男人不是个人物，打姑婆也是没有错的。

姑婆也怪娘家人多事。

姑婆的心思，是要给男人生个带锤锤的孩娃。可她生下大女后，竟然有五个年头没再开怀。吃了些草药后，开了怀，依然生的是女孩，生到六女后，别说姑婆的男人，姑婆自己都不耐烦，生下一个，尿盆里溺死一个，一连气又有六个女娃娃握着拳头来到阳世，又撒开手去了阴间。

姑婆生孩子，先是请了接生婆的，生了几个也不请了，自己给自己接生。把剪刀扑了酒，在清油灯上燎一燎，孩子落了草，抽出脐带来，她拿剪刀剪断，连心的母子就各是各了。伤心至此，姑婆恨上了自己，觉得自己无用，盼着男人打她，打轻打重她不嫌，打了反而心头好受些。现在去想，姑婆是怀着赎罪的念头盼望男人打她的。可男人在她接连生下第十二胎女孩，并把女娃溺死时，男人没有打她，连骂都不骂她，甩手就出了门。三日后回到家，一身的酒气熏死人。

姑婆却骂上了。这是姑婆头一遭骂人，骂的还是她男人。她骂男人没有用，是死猪，是狗熊，是怨鬼……姑婆骂得很解气。姑婆骂得没了力气，怨鬼男人还不打他，姑婆就抱了男人，跪在了男人的脚前，幽幽地说：

"下的小豆种，甭想收豌豆。"

只这幽幽地一说，男人也跪了下来，也抱了姑婆，急哇哇地问姑婆："我也想过了，你去引香头呀！"

姑婆就哭起来，哭得浑身软成了一摊泥。

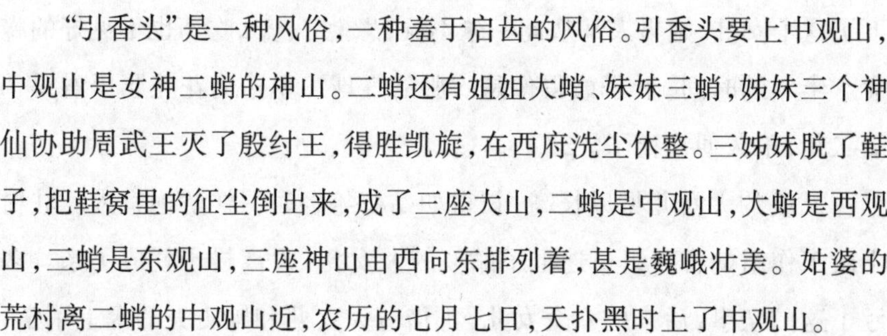

“引香头”是一种风俗，一种羞于启齿的风俗。引香头要上中观山，中观山是女神二蛸的神山。二蛸还有姐姐大蛸、妹妹三蛸，姊妹三个神仙协助周武王灭了殷纣王，得胜凯旋，在西府洗尘休整。三姊妹脱了鞋子，把鞋窝里的征尘倒出来，成了三座大山，二蛸是中观山，大蛸是西观山，三蛸是东观山，三座神山由西向东排列着，甚是巍峨壮美。姑婆的荒村离二蛸的中观山近，农历的七月七日，天扑黑时上了中观山。

到姑婆上了中观山的二蛸神庙，庙里已是人山人海，人声鼎沸。作为战神的三姊妹，不知哪个朝代，忽然都变成了饮食人间烟火的生育神，大家也都平心静气把姊妹三个叫了“娘娘”。向二蛸娘娘祈子，总是一件很无奈的事，却有这么多人，姑婆是始料未及的。轮到姑婆挤进二蛸娘娘殿，差不多已是深夜二更半。慈祥肃穆的二蛸娘娘，怀里抱着个白白胖胖的娃娃，姑婆请了布施，上了香火，把胖娃两腿间的锤锤伸手拧下来，张嘴吞进了肚子。

白胖娃娃的锤锤不怕女人吃。吃掉一个，就有人捏一个续上去。麦面捏的锤锤管饱祈子的女人吃。姑婆吃了麦面锤锤，引了一根香头，转身出了二蛸庙。姑婆不敢抬头，脸臊得像是火烧。姑婆引着香头向荒山坡去，荒坡里是有几孔破土窑的，姑婆走了几处，见土窑里都有红红亮亮的香火头。姑婆就继续往前走，看见荒草坡上也有点点的香火明亮着，她竟有些泄气，她知道有香火的地方，就有一对野合的男女。她来迟了，待她转身欲回时，有一个黑粗的野汉抱住了她的腰。粗拉拉地一抱，姑婆的身子就倒在野汉的怀里。姑婆没有觉得受辱，她甚至产生了一种感激之情，任由野汉在她身上摸揣。

姑婆和野汉倒在荒草坡上，做了一夜的露水夫妻。

引香头，说白了就是引野汉。姑婆欣幸她的艳遇，与那野汉做了一遭，日后想起，心欠欠地还想与野汉再有一次野合。

姑婆引香头，并没有引来孩娃，怀孕落草的还是一个女娃。姑婆留

下了这个女娃,她男人却从此一蹶不振,患上了怎么吃药也不见好的臌症。半年的时间,肚子鼓得像是吹胀的气球 ,里边的花花肠子看得一清二楚,不久便病死了。

姑婆的大女儿见风长高,长得如姑婆年轻时一样娇艳宜人。驻村土改工作组的青年组员迷上了姑婆的大女儿,没离村子就成了亲。多亏了这门亲事,后来的六个女儿,都借着大女儿和她丈夫的福上了学,而个个都上得极有出息,三个中专毕业,三个大学毕业。大女儿跟着丈夫住在陇海铁路边的县城,以大女儿为点,向着两端的陇海铁路发展,七个女儿分别工作在宝鸡、咸阳、西安、渭南几个大城市。姑婆不贪图女儿们的幸福生活,固执地住在荒村的老宅子里。怨鬼男人的忌日,七个女儿,像从天上降临人间的七仙女,偕同丈夫回荒村给父亲上坟,倒惹得满村人眼红流血。都说:

"姑婆好福命哩。"

苦命也罢。福命也罢。姑婆已无动于衷,盼的只是每年男人的忌日,女儿、女婿都回家来。

马坊小手

有人鞭抽牛,有人鞭抽人。

——西府口谱

一家一户的小日子,组成了互助合作社,组成了生产小队。人还在家里的锅灶上热汤煮饭,牲口却都集中起来,饲养在村头一溜新挖的五孔土窑洞里。虽然只是不费一砖一瓦、一檩一梁的土窑洞,小堡子人都高兴把这里叫作马坊。

农家汉子,听到牛吼马嚎就来精神,仿佛牲畜高吭的嚎叫是他们爱听的秦腔唱本,吸引着大家,一有空闲就会聚在臭烘烘的马坊,说笑、打

闹、吃喝，天黑都不散，点亮了马灯捉雀儿。西府人说的雀儿就是满天乱飞的麻雀，随着天色变暗，便有一群群的雀儿，从窑洞口上的麻眼钻进来，扑入草料堆过夜。雀儿没有人聪明，也没有人眼馋，见着雀儿就想到了吃。有人操起料杈吆雀儿，雀儿飞起来，往亮着马灯的地方躲，却早有人拿起端草的竹筛，兜头扣下去，一回都能扣住几只雀儿。牛粪是现成的，糊了吱吱哀鸣的雀儿，在窑门口架起火烧，一会儿烧得粪干火灭，掰开来就是一疙瘩黄嫩嫩的雀儿肉。在生活困难的乡下，有一疙瘩雀儿肉吃，就是好享受。

马坊窑的崖背上，是生产队的碾麦场。把场光在窑背上，一来利水，免得雨多塌了窑；二来收水，场上的雨水收到马坊窑院的涝池里，好饮牲口。有了这两个用途，下一场雨，都要光一次场。因此，碾麦场忙过麦收季节，一年到头都闲着，只有很高很大的麦秸垛，山一样盘踞在光光净净的场一角。而这些竟成了青年男女的乐园，念书到中学的小手，和他的一个女同学在麦草垛挖出的草洞里睡了一夜，把他女同学的肚子竟弄大了。事败小手送了劳改，刑满释放，回到小堡子戴了顶“坏分子”的高帽继续接受教育。

马坊在小手回村时还没养过一匹马，邻村一匹骒（母）马怀着驹子，到公社兽医站去看病，走到小堡子趴在地上起不来，病马疼得要死要活，急得牵马人干冒烟没办法。小手端了一碗水，拿了一块肥皂，脱了一条光胳膊，浇上水，抹上肥皂，就从马尻子捅了进去。小手亦然手小，从马尻子进出很方便，马也不觉得难受。小手从马尻子深处抓出一把马粪，接着又把手捅进去，再抓一把马粪出来……小手进去出来，抓到病马“嗵”地放了一声大大的响屁，马站了起来，抖了抖身上的鬃毛，啥事故都没有了。

小手告诉牵马人：“马肠子结住了。”

牵马人告诉小手：“我还当马要下驹子哩。”

小手手到马病除，让小堡子很是轰动了一次。小手有了当赤脚兽医的机会。小手在劳改场跟了一位劳改兽医，他学会了兽医所有的本领。但他还是没有当成赤脚兽医，小手是坏分子呀。生产队长懒娃有魄力，管你坏不坏分子，他要大用小手了。懒娃当即决定，卖了三头牛，买回了一匹马。那匹马是听了小手的意见买的，小手也从此住进了马坊，当上了一名职业桩户。所谓桩户，就是拉着儿马子给骒马配种。开桩一年，到来年，用儿马配种的收入，又买了一匹骒马。骒马生马驹。马坊从此大马叫，小马叫，马声嘶鸣。那阵子，一匹马驹抵三头壮牛的价钱。小堡子凭借小手一人之力，几年工夫成了远近眼红的富村子。小手因此也得到一个"马坊小手"的美誉。

小手很知道疼爱牲口。调马驹、调牛犊的霸王活，他不放心别人做，常常是自己给初涉农活的马驹套上拥脖，给牛犊架上套头，自己吆到地里调教。

农忙学校放了假，学生也成了劳动力。队长懒娃派我跟着小手犁杖后边点种子。小手吆着一头小牛犊，偏离开耕种生产的大部队，在麦茬地开垄沟。牛嫩地硬，进一步是一步的艰难，牛犊子忍耐不了，老要歇步，放在别人手里，早扬鞭子抽上了。小手不同，他让牛犊歇下，歇着的牛犊直喘气，和小手喘气混在一起，像是两个电力很足的鼓风机。小手说，牛犊、马驹骨头嫩，要歇寸寸。也确实歇了小会儿，小手扬起了鞭子，很温柔地抽了牛犊。让我心惊肉跳的一句话这时候蹦出了小手的口：

"有人鞭子抽牛，有人鞭子抽人。"

小手说了这句话，像是煎油浇了他的心，很痛苦地阴沉了脸，半会儿没给我再说话。我想小手肯定还有话说，便不多添嘴，等他再往下说。他果然说开了，说得口无遮拦：

"牛是鞭子抽的。人想抽就抽，抽轻抽重，牛都得受。人不是牛，人不该挨鞭子，但就有人摇着鞭子往人身上抽。给你说实话，不敢把书荒

了。念好书，你就不挨鞭子抽了。你还能摇了鞭子抽人哩！”

当上桩户，为小堡子做了很大贡献的小手还是坏分子。革命运动潮起潮落，小手总是漂浮在潮头上被运动，批斗游街，游街批斗，没完没了。作为桩户，他为太多的牲口成就了婚配，生驹育犊，接代传宗，但他自身，再没有成家立室。他把他的全部热情、全部爱心，都倾注在不会说话的牲口身上，活蹦乱跳的马驹子、牛犊子，是他的“后人”，他是它们的“先人”。

坏分子小手说毕那一串话后哭了。在空旷的麦茬地里，面对挨了他温柔鞭抽的一头小牛犊，和上着初中一年级的我，哭得气绝声咽，涕泪交流。

木匠法度

木头虽曲，匠心为直。

——西府口谱

法度是西府的柳村人。柳村无柳。有人戏言，都是法度砍了去，做了木镰肘肘卖咧。戏言不可信，但却证明木匠法度的木镰做得一定是个好。

“麦黄谷黄，秀女下床”。西府是个大粮仓，赶上谷麦收割的季节，平素大门不出的秀女也要下田使镰，还有哪个劳力能躲着日头闲在家里呢？木镰是这个季节的重要农具，是个人手上都有一把。做得一手好木镰的法度，其受欢迎的程度，不差亲爹亲妈。因为一把好木镰，必然是柳木的质地，柳木材质轻，有筋丝，使起来经久皮实。一把木镰，有镰肘（镰把），有镰头，做工极为讲究。可叹的是，镰肘还是弯曲的，像人的胳膊一样，弯得有窍道，曲得有平衡，非是把式休想做得好。木匠法度是公认的把式，他做的木镰具备了这一切优势，使起来省劲轻快、得心应手，便卖得好，大有市场。

木匠法度在集市上卖木镰，常会夸耀地说："木头虽曲，匠心为直。"

我在听到木匠法度说这话时，他人已经很老了，老得弯了腰，老得两眼昏花，眼角总有两坨怎么也擦不净的眼屎，老得自己说木镰做得没有原来好，自己降了木镰的价。有人就问他，把手艺传给孩娃家吗？我73 他摇摇头。是他的孩娃不愿意学他的手艺吗？显然不是。他的三个孩娃都偷着学，却都学不到家。但木匠法度就是不教孩娃做木镰的手艺。

木匠法度不仅木镰做得好，割风箱也是一样绝活。我们兄弟分门立户过日子前，请来木匠法度割风箱。我偏是好学木匠活，几天时间，绕在法度的身边，帮他拉锯，帮他拉墨线。法度的墨斗是牛角做的，后端装了个缠线的轮子，中间空处是墨池，前头角尖钻一个细孔，墨线就从细孔中扯出来。我扯出墨线，法度说声摁紧了，他左手按墨斗，右手提墨线，提到一定高度，眯眼一瞄，"啪"地弹在木板上，下锯使刨，都凭这一条墨线了。

几日后，再弹墨线，木匠法度竟饶有兴趣地对我说："木匠行里，一根墨线是准绳。"听着他的说道，再想他曾自夸的那句"木头虽曲，匠心为直"的话，不由对他添了十分的敬佩和百分的钦慕。

别的木匠割风箱，一个有风，一个可能没风。木匠法度割的风箱，割一个是一个，个个气粗风饱。也只是主雇几天的交往，我与木匠法度竟有了忘年之谊，到他走时，竟告诉了我割风箱的秘窍：收底钉盖时，中腰杀上一线，管保是好风箱。后来我还真学成了一个木匠，割的风箱有法度私传的秘窍指导，便个个如他所割的一样，全都风饱气粗。

我做着木匠活时，腾出手来写文章，侥幸地写了一部中篇，发在北京的一家大型期刊上，一时浪得了些名声，记者来采写我，采写时的标题忘了，只记得当时我很武断地改成了"我还是一个木匠"。直到如今，与人聊天，我还会颇多自豪地说自己是个木匠。还是个木匠的自豪感从何而来呢？仔细地想，更多地来自于木匠法度对我的感染。

严谨规范的木匠法度，却也有他幽默诙谐的时候。正是给我们兄弟分家割风箱的日子，活儿赶得急，我的帮忙有时竟成了添乱，锯板子，费了好大的劲，锯齿偏是不上墨线，伤了预想的尺寸。他就让我丢开手，自个儿锯，几个来回，锯齿就正到墨线上了。

我的羞赧惹得法度乐了。他跟我开玩笑。出了一个谜语：两人面碰面，脱光身子干。盯着一条缝，累得流大汗。乍听，我羞得脸更红了。那时我没有结婚，男女的秘密也有点神会。见我脸红低头涩笑，木匠法度怪我了，说我尽往脏处猜，不就是两个人拉大锯吗？瞎猜啥嘛猜。

料想给自己打造一副上好的老屋（棺材），木匠法度给自己准备了三寸厚的一副柏木板子，只是觉着自己还硬朗，没有及时打造，"文化大革命"便电闪雷吼地来了。他的三个儿子一时精神亢奋，都转移了目标，没人眼红他的木匠手艺了，啥的个做木镰、割风箱……全都滚他妈的蛋！木匠法度惶恐地看着三个儿子，他很想逮住他们，教他们弹墨线、锯木板、推刨子……但他失望了。三个儿子分别参加了"革命"一派，在县城的一场派别战斗中，一个瞎了两只眼睛，一个断了一手一足，再一个杳无音讯，不知所终。木匠法度悲伤地找寻着儿子，找了六年，找得老伴殁了把他为自己准备的柏木板子锯开来，打造了两副老屋，遵照老伴的念想，在一副老屋里装上失踪儿子遗留在家的鞋帽衣服，和他可怜的老伴合葬在一口墓穴里。

活着的两个儿子，残废得都要木匠法度养活。我离开西府老家小堡子，来到西安大堡发展时，木匠法度已经八十有三了，大件的木器活做不动了，他还做他的木镰，虽然降价在集市卖，买的人还按老价给他钱，都是他的老顾客，都知道他的难场，而且都叹息他的命苦。然而我常想，如果木匠法度早一点教授儿子木匠手艺，三个儿子的命运会改变吗？

木头虽曲，匠心为直！

吊庄憨牛

人吃土一生，土吃人一口。

——西府口谱

憨牛才不憨呢。憨牛知道“养肥牛不如种近地”的道理。憨牛就从小堡子搬出来，搬到吊庄里去了。

“人吃土一生，土吃人一口。”

这句话几乎成了憨牛吊在嘴上的口头禅，与人说着话，自然地就会转到这句话上来。

土也能吃人？这是我不敢设想的。

憨牛的吊庄在西府有很多，村村寨寨几乎都有，大一些的村寨，三个、五个也是平常，可以武断地说，西府的吊庄比西府的村寨还要多。所有的吊庄都远离村寨，有的靠着土崖，凿一孔两孔土窑洞；有的不靠崖，干脆平地下一口大坑，一溜慢坡到坑底，沿四周凿出窑洞来，能容得人，能养牲畜家禽就是好吊庄了。人在吊庄住，村寨还有自己的庄基。建筑在村寨里的庄基，那才是家，家里的条件，怎么说都比吊庄好。说得难听点，住在吊庄，百害唯有一利：在田地的包围中，收收种种方便。

西府农村坚持住在吊庄的人不多了，憨牛是其中顽固的一个人。他住的吊庄就是平地下了一个大土坑的那种。开凿一种这样的吊庄，是件大工程，单门独户的人家，没有几辈人坚持不懈的奋斗是完不成的。憨牛的吊庄，其历史甚至可以追溯到他的老爷，一辈子，一辈子地在平地上起土，几辈人挖土不止，才挖了一个大土坑，和土坑四周的土窑洞。想一想，憨牛的老爷、憨牛的爷爷、父亲都成了吊庄的背影，只有憨牛最终完成了老辈人的夙愿，兴高采烈地搬进了吊庄。憨牛搬进吊庄时，把老爷、爷爷、父亲的祖宗牌位也搬进吊庄。憨牛要告慰老祖宗，他们住进吊庄了，一起住进了吊庄。

住进吊庄，憨牛所在的小堡子都入了互助合作社。吊庄的田地没土改前是憨牛家的，土改后还是憨牛家的。憨牛一家被政府划成份时，划了富裕中农。富裕中农的憨牛，极不情愿地把他吊庄周围的四十八亩土地入了互助合作社，但留下了他的吊庄。憨牛答应把吊庄的土地还当自家的地一样作务好。他以后也确实是那么做，做得心平气和，踏实认真。

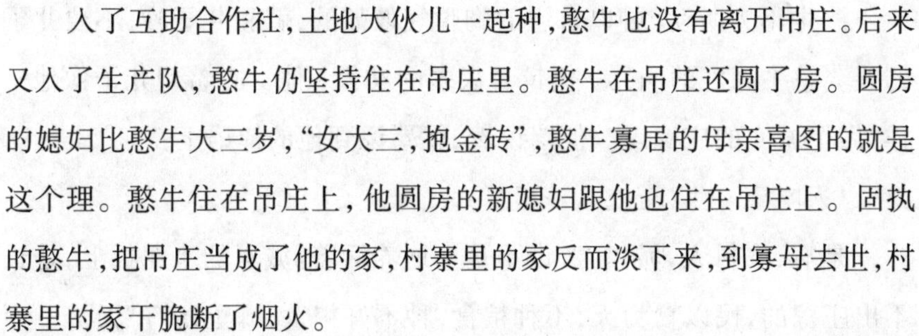

入了互助合作社，土地大伙儿一起种，憨牛也没有离开吊庄。后来又入了生产队，憨牛仍坚持住在吊庄里。憨牛在吊庄还圆了房。圆房的媳妇比憨牛大三岁，“女大三，抱金砖”，憨牛寡居的母亲喜图的就是这个理。憨牛住在吊庄上，他圆房的新媳妇跟他也住在吊庄上。固执的憨牛，把吊庄当成了他的家，村寨里的家反而淡下来，到寡母去世，村寨里的家干脆断了烟火。

富裕中农的憨牛，有一个信念支撑着：坚信有一天，土地还会分到各家各户的。他认为集体生产，咻都是日哄土地呢！憨牛的“反动言论”，让他在农村人民公社时期，吃了不少的苦头，揪斗、游街，但他不改的还是心中的信念。

还真让憨牛坚守对了。改革开放的中国，首先在农村大规模地推行了。集体所有的土地，按人按劳分到了户。憨牛幸福地获得了吊庄周围土地的耕种权。憨牛高兴啊，是大大地高兴哟，从吊庄的慢坡上，出出进进，都是他急急的脚步声。地里的活儿做不完，家里的活儿也做不完，但他高兴，高兴得亢奋精神。但他奈何不了儿子，胖胖壮壮的两条大汉，对土地没有一点感情，连村寨的家也不住了，双双提了瓦刀，进城承揽工程，赚铮铮响的票票去了。

憨牛不指望儿子种地了。他是庄稼把式，他要把吊庄的责任田种出个样子来，让他的儿子看。庄稼汉，不种庄稼是个啥毬庄稼汉。种庄稼才是庄稼汉的本分。憨牛和儿子们较上了劲，他豁出去了，一滴汗掉

在地上八瓣儿地苦做苦受，几年的积存，吊庄的粮食窑，席包套着席包，装满了麦子和玉米。儿子们回来看他，他领儿子参观粮食窑，他是自豪的、骄傲的。儿子们却不以为然，还都说他们十天半月的收入，就能买来老子几年的收成。儿子给他钱，大儿子两万，小儿子两万，都劝他别受地的苦了，回到村寨去。两个儿子都在村寨划了新庄基，盖起了两层高的小洋楼。

憨牛不为所动。聊以自慰的胸膛气鼓鼓的，就和儿子吵，不要儿子的钱。憨牛高声的叫骂，仍带着太多的劝教，他真心希望儿子像他一样，做个诚实的庄稼汉。他骂说着，就骂说到他的禅语上：

“人吃土一生，土吃人一口。”

是啊，农村人，城里人，谁不是土地养活着。城里的水泥板上，是长不出庄稼的，民以食为天，不种粮食，种不好粮食，哪里还有“天”！

憨牛骂骂咧咧的劝教，儿子们只是瞬间的愣怔。儿子们没有听从憨牛的劝教，又都到城里揽活赚大钱去了。而憨牛从此失望得抬不起头。半截身子埋进黄土的人，经不起这样的打击了，而他的老伴又离开了吊庄，离开了他，回到村寨住进儿子们的楼房里了。憨牛看透了，这是儿子们的阴谋，是用这种釜底抽薪的办法，逼他也离开吊庄，离开土地。

憨牛坚守在吊庄里，坚守在土地里，他只有身上沾着土，鼻孔闻着土，心里才会踏实，才会安生，才会睡好觉，才会有好梦。在秋天连绵数天的淋雨里，他兴许做着儿子们回到吊庄的好梦，吊庄的土窑洞却旋顶了。固守着吊庄，固守着土地的憨牛被深深埋在土里头。儿子们把他刨出来，盛装入殓后，又埋在吊庄的土里。儿子们在憨牛的墓堆前立了一块石碑。上刻：

人吃土一生，土吃人一口。

糊涂六叔

偏宜捡不得,捡了害自己。

——西府口谱

糊涂不是“难得糊涂”的糊涂。糊涂也不是麦面、玉米面熬煮聊以炊饮的糊涂。糊涂是人,我家隔了一墙称为糊涂六叔的糊涂。在我们小堡子也不知他是否有个大名,从我晓事起,听人都叫他糊涂。平辈人叫他糊涂六哥,小辈人叫他糊涂六叔、糊涂六爷,他都有叫必应,坦然无忌。

连绵几天大雨,村街上满是泥泞。天刚放晴,碎娃们跑出去捏泥炮摔,炸裂的响声会把糊涂叔的女子青儿唤出来。也是青儿手拙,捏泥摔炮不得法,央求我们教她。几乎相同的年龄,我偏是好为人师,捞起一团泥巴揉了又揉,还对她说一定要揉到,揉得很筋很筋时,收堆,中心点一指圆洞,边转边旋,圆洞便愈旋愈大,到了大得像个碗胎,在碗底润上一口唾液,抹光了托在手上,高举到头顶,猛地摔到地上。这一整套把戏,青儿往往做不到一半,她的糊涂老子已悄没声息踱到身后,两指钳起青儿红艳艳透亮的耳朵,扯小猪似地拽进家去,嘴里还不停地数说:屋里那么多活看不见,就知道耍。要能当饭?于是,青儿一直没做响一次泥炮。

糊涂六叔两根手指撕扯青儿耳朵的事,是经常不断的。虽然是偏僻的农村,村街上也断不了要来个挑担推车卖日用小吃的。村街在小人儿的心头,便充满了诱惑和奢望。在所有小本生意人里,头顶秃了个精光的糖食客,把两个上下叠起的小铜锣摇得最响亮。听到他的小锣声,我们一哇声都往他的担子跟前跑。他有一样好处,焦糖、灶糖、芝麻糖都可以赊卖,即便是家里的大人不在,孩子来买他照样给卖,方圆十里八村的,哪个娃娃他爸是谁、他妈是谁,他心里都有谱,赊出去,碰到

大人时再提出来,也无人不认的。青儿像我们小人儿一样,也往糖食客的担子前跑了几回,回回都遭到糊涂六叔捏着色艳如花的耳朵扯回家去。终于有一次,所有围着糖食客的小人儿都拿到了一块灶糖或芝麻糖什么的,独她吮着一根手指,呆呆地站在糖挑前,常被糊涂六叔牵扯着的耳朵,十分警惕地耸起着,透着太阳的照射,宛若玉石雕凿的一件工艺品。

光头的糖食客识得青儿,就从担子里掰下一块不足方寸的焦糖,叭地粘在青儿的额上,说:"送给你了。"青儿或许是头一回有了块焦糖,就忍不住,很秀气的眼睛里汪汪地竟是一泡泪光。糖食客摇着小铜锣转走了,青儿还站在搁挑的地方,僵僵地一动不动,额头上牢固地粘着那块暗红色的焦糖。

几天后,糖食客又来到我们小堡子,糊涂六叔牵着青儿的耳朵,从家门出来,一直牵到糖食客的担子前,我们看时,那枚焦糖还在青儿的前额上红红地凸出着。糊涂六叔要糖食客把焦糖揭下去。糊涂六叔说:"几天了,没人动这焦糖。你粘上去的,你再揭下来,咱俩谁不该谁。"

糖食客就说:"送给青儿的,送给青儿的。"

糊涂六叔说:"便宜捡不得,捡了害自己。"

糊涂六叔:"你揭回去吧。我的女娃我知道疼。"

糊涂六叔对青儿是这样,对我却大不一样,如果糖食客来了,我缠着大人要时,他也会帮我一腔子,"哭。哭啊,一哭就有钱买糖了。"大人拿眼瞪他,他还说:"有钱不花,丢了白搭。挣钱不就是为娃娃吗?有,叫娃娃买去。"话说得极慷慨。

入冬了,地里的活都歇下来,糊涂六叔又抽出插在楼条上的桑木扁担,天不明上山,天落黑回村,砍柴到二十里外的镇子上去卖。那镇子上有几户卖红烧肉、腊牛肉的店家,都靠他一冬的柴火,攒一年的用场。

收入不能说很多，积沙成丘，总也有些累积吧，可他把生活过得细气到马虎的程度。每顿饭，只用筷子头蘸点菜油，点在锅底热着，不知是香了人，还是香了锅。

土地归了户后，糊涂六叔放出话来，要起一座两层一砖砌到顶的楼房，这使人们不免有些惊诧。想他一生，也不见有啥新鲜进账，却突然这般口粗。莫非夜里挖了一窖金子？糊涂六叔呢，也不动声色，仍像以往那么，默默地低着头走路，所不同的，似乎比过去快了一些。

才过两天，又说糊涂六叔不起楼了。还说糊涂六叔吐了红，赶深夜送进了镇子上的医院，正在输液插氧地抢救。一拨一拨的人便往糊涂六叔的病床前去探视，回来了，又都一拨一拨地议论，先说糊涂六叔得了一罐金，甚至有人说他见过那口瓦罐了，还不小呢！糊涂六叔是让那罐金子兴失塌的么。后来，有人说，糊涂六叔哪儿挖了一罐金，他是挖他存在瓦罐里的纸钞哩。牙上抠，嘴上刮，好不容易攒了一座楼房的钱，装进瓦罐埋，挖出来又都朽成灰了，手不敢动，一动一把纸渣，连罐端到银行去，银行竟兑不出一张好票子。

毁了。糊涂六叔是彻底地毁了。

躺在病床上的糊涂六叔，一会儿清楚，一会儿迷瞪。清楚了就喊青儿。

糊涂六叔说："青儿我的女呀。"

糊涂六叔说："爹给你攒钱，再攒噢。"

青儿这时已经长大，小时候被糊涂六叔扯着的耳朵出奇地大，有先生摇卦说，那是个福人呢！

青儿倒很超脱，说："爹，只要你病好，病好啥都好。"

青儿说："爹呀，想吃啥你说，给女说呀，爹呀！"

糊涂六叔似已听不见青儿的话，摇着头说："糊涂。"

糊涂六叔说："我真是糊涂了。"

糊涂六叔说:"糊……涂……"

一口血就从糊涂六叔的口里涌出来,比糊涂六叔到医院抢救前吐的那口血要黑一些,浓一些。

安埋糊涂六叔的那天,青儿哭她爹,哭得鼻涕一把泪一把,哭得声嘶力竭,但我听得见,青儿反反复复哭诉的是糊涂六叔那天让糖食客从青儿额头上揭去焦糖的那句话:便宜捡不得,捡了害自己。

我心里明白,青儿是哭她爹一生刻苦,不捡人便宜,却也把自己害了。

本家九伯

牙齿不见得硬,舌头不见得软。

——西府口谱

年轻气盛时,在生产队当了派工放活的官儿,吆吆喝喝、骂骂呱呱的,很有一股六亲不认、世无羁绊的霸道样子,唬得婆娘女子见了,都绕着道儿走,叔伯兄弟看过来的眼神,亦然躲躲闪闪,多有惧意……平整土地,拉粪起圈,收收种种做不完的庄稼活,把自己累得半死,大家伙儿也难受活。

与本家九伯铡草,是我自找的一件苦差,九伯几次看我的眼神我知道,我必须和九伯有这么一次机会。我知道九伯有话要对我说,这是没办法的事,我躲不过去,从心里说,也没想躲过去。

本家九伯是个沉默寡言的人,"沉默是金,寡言是银",九伯就有这个功夫。三反,五反,三清,四清……一个接一个的政治运动,虽没当过一天村官,九伯却是村里的绝对权威。村里的重大决策,槽头添匹驹子,啥地种啥稼禾,别人都听他的,牙硬的我也听他的,按说挨一场两场的整,是个必然,却愣被他躲了过去。他言语少,对事也只是个淡态度,别人听他的话,都是别人自己愿意,他没强迫谁,就像他的棉花性子,任谁对他都莫可奈何。谁对他恶,谁对他善,他都一脸的笑,好像生来就

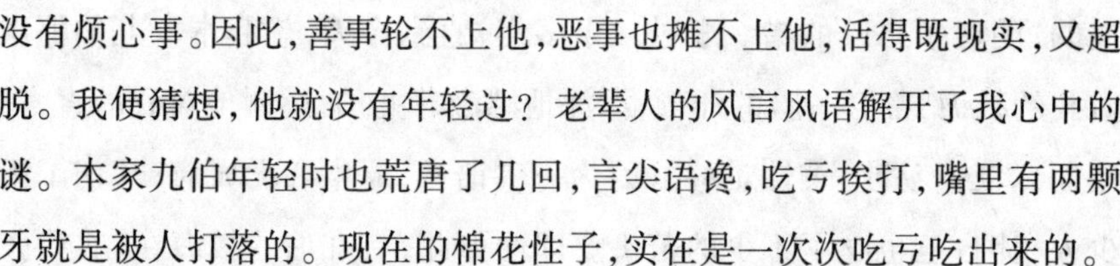

没有烦心事。因此，善事轮不上他，恶事也摊不上他，活得既现实，又超脱。我便猜想，他就没有年轻过？老辈人的风言风语解开了我心中的谜。本家九伯年轻时也荒唐了几回，言尖语谗，吃亏挨打，嘴里有两颗牙就是被人打落的。现在的棉花性子，实在是一次次吃亏吃出来的。

本家九伯的草续得好，散散的破麦草，到了他的手边，三捋抹两捋抹，便集成长长的麦草把子，抓紧了续进铡口。那一日我给九伯拉铡把，九伯续一节，我铡一节，不用尺度，都是一寸的草节，这样的碎草，正好饲养牛马。就那么一直铡着草，九伯不言语，我也不说话，干得腰也酸了，腿也疼了，我说："歇一会儿吧，磨镰不误割麦工。"就是这样的一句话，也说得狠声狠气。九伯肯定有感受，但脸上不急不燥还是个笑。

九伯突然问我，声音压得低低的："娃呀，你说人的牙硬，还是舌头硬？"

我望着九伯，有一时的愣怔。心想，肯定是牙硬嘛！但我不敢随便回答，因为经验告诉我，九伯不多言语，一旦说出来，一句有一句的意思，大都是他琢磨了一辈子的经验之谈，这时的提问，肯定有深意存焉。我没敢信口雌黄乱说，望着九伯，想从他的脸上读出答案。

本家九伯却不急，拿出旱烟锅，装起了烟叶来，夹在蹴着的腿弯上，取了火镰、火绒，咔嚓咔嚓……打得火星四溅，终于引燃了火绒，按在旱烟锅上抽，便有了浓浓的白烟，从他的口鼻出来，笼罩了他的脸，看着很有些高深莫测。

好一阵的沉默，九伯冲我张开嘴，让我看，红膛膛的口腔里，有舌头在灵活地翻动，而牙齿，仅有不对称的几颗了。

本家九伯说："原来以为牙齿坚硬，咬铁咬钢的，都掉了，没了；而舌头，总以为柔软，可到啥时候，舌头还是舌头，没见谁把舌头掉了。"

本家九伯说："牙齿不见得硬，舌头不见得软。"

我的心狂跳了。知道本家九伯在说我，他这么说，让我的脊背汗浸

浸的，明白了自己的错。事过二十多年，直到今天，想起本家九伯那次对我的教诲，都会一脸的汗颜，深深地感激着九伯，感谢他对我的直言。然而，“江山易改，秉性难移”，因为言尖语谗，原本心无城府，却伤了不少人，让自己也吃了不少的苦头。即便如此，有九伯的教诲在先，我张扬骄横的个性，总是收敛了不少。

我开始关注所有柔软的东西。想那水是柔软的。装在杯子里是杯子的形状，装在瓶子里是瓶子的形状。然而水滴石穿，小小的，柔软的水滴，日复一日，年复一年，甚至亿万年的滴答，坚硬的石头会被击穿，而水滴不息；水可载舟，亦可覆舟，江河湖海风平浪静，舟帆荡荡，恶浪滔天时，舟倾物沉；甚而是聚集成洪，更有毁田灭社的力量。

风是柔软的。春风吹得人欲醉，鸟儿迎着柔风翩跹，蝴蝶迎着软风起舞，花开了，草绿了……突然的色变，行无影，去无踪，狂悖得犹如猛兽，拔树毁宇，无坚不摧……在温和的外形下，柔软体现的是一种不争的气度，是进退自如、动静由心的自信与实力。真正有内涵的人，最是懂得以一种柔软的姿态处于世间，默默地，不为人知，不为人忌地逼近他并不柔弱的理想。

我的本家九伯是个普通的人，他的与世无争、与人无争的态度，让他活得默默无闻，甚至有时吃得不饱、穿得不暖，但他获得了所有为他熟识者的尊重。

最近捧读一本从旧书摊淘回家的线装书，随手翻了翻，看到一段文字，始知同样的道理。老子的恩师常枞，在他弥留之际，为他的高徒老子也交待了一回。老子在榻前问病，常枞张大了嘴巴问老子：“我的牙齿还在吗？”老子说不在。常枞慢慢地说道：“舌头还在，因为它柔软；牙齿不在，那是因为它坚硬。”

坚硬与柔软的道理，就这样辩证对立地存在于社会当中，坚硬固然可贵，而柔软何尝不是一种尊贵的品性？

车祸五记

血色的花朵

2005年2月6日　小雪

在小区门口扎营收破烂的那对老夫妻，祖籍河南信阳。好像小区六年前开盘住人的那天起，他们夫妻就守在了铁艺制作的大门外，很猥琐的样子，等待小区里的住户，招呼他们进去，收来一捆的旧报纸、废纸箱什么的，碰到运气好，还能收来人家换代不要的旧电视、旧冰箱、旧电扇以及旧门、旧窗、旧家具一类的东西。

在他们的废旧摊上，就支了一台旧电视，从旁边一家麻辣烫的小馆接上电，还能清晰地看到节目。经常地，就有进城打工的人，还有闲逛走得乏困的人，在电视机前停下来，专注地盯着电视看。特别是那年的韩国亚运会和韩国的世界杯足球赛，老夫妻废旧摊上的电视机，成了周

边民工和流浪人员的精神家园，白天黑夜地，都围着一群人在看。看得饥了，就到身边的麻辣烫小店吃上一嘴，因此，麻辣烫小店的老板，也乐意老夫妻从他们店接电放电视。

小区人不知道老夫妻的名字，只知道他们从河南来，便都不约而同地叫他们老河南。

有几个春节了，老河南夫妻都没能回老家，就在小区门口的废旧摊上过了年。今年他们是打算回去的，早早地放出了口风，他们的女儿大学毕业了，他们也该松一口气，回家与他们大学毕业的女儿过个欢欢乐乐的团圆年。可是，到头来还是没能回老家，问题是他们的女儿大学毕业后，工作不好找，打算再上研究生。

小区人知道老河南夫妻供养着一个大学生的女儿，再看猥琐的他们，眼神就有了变化。再知道老河南夫妻的女儿要考研究生，眼神就更有了变化。到后来见了老河南夫妻的宝贝女儿时，眼神里便一满子都是敬佩和羡慕了。

干冬湿年。果然在老河南夫妻的女儿赶在年三十回家团聚的晚上，酝酿了多日的一场大雪，给欢乐的大年裹上了一层温馨的色调。年尽放炮的声音，几乎要把整个城市抬起来，早上起来，红红的炮屑，搅进了洁白的雪地上，让人看到的是一派热烈祥和的局面。

小区人就是在这样的氛围中，见到了老河南夫妻的宝贝女儿。人长得眉清目秀，瘦瘦高高，穿戴极其朴素，就在大年的日子，她的老河南爹娘，顶着一头的雪花来到小区门口。春节嘛，是个大消费、大铺张的日子，谁家都有一大堆的废弃物。老河南夫妻和他们的宝贝女儿，刚一在小区门口落脚，就有住家招呼他们了。半晌不到的工夫，废纸箱、啤酒瓶、易拉罐的，就收拢了一人力车。老河南爹娘嘴也合不拢地拉着人力车，在飞雪飘飘的长街上迎风走着，虽然艰难，却特别地来精神，很知足地回了他们租住的地方。

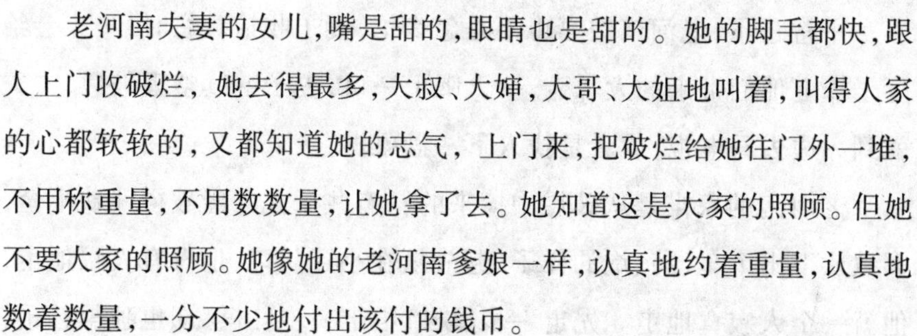

老河南夫妻的女儿，嘴是甜的，眼睛也是甜的。她的脚手都快，跟人上门收破烂，她去得最多，大叔、大婶，大哥、大姐地叫着，叫得人家的心都软软的，又都知道她的志气，上门来，把破烂给她往门外一堆，不用称重量，不用数数量，让她拿了去。她知道这是大家的照顾。但她不要大家的照顾。她像她的老河南爹娘一样，认真地约着重量，认真地数着数量，一分不少地付出该付的钱币。

一个小区的人，就都认识了老河南夫妻的宝贝女儿。

这就过了正月十五。断断续续的一场雪也停了，白蜡蜡的太阳也露出了久违的脸面，是它呆在云背后太久了吗?露出的脸面没有一点热度，天气似乎比下雪的日子还要冷，地上的积雪在人的脚步和汽车的轮子碾踏下，全都变成滑溜溜的冰板。

老河南夫妻和女儿收破烂的生意仍然很好，一上午就又收了一人力车。就在老河南夫妻的女儿进小区人家去收破烂时，老河南夫妻一个驾辕，一个拉套，拖着一车的废旧破烂走上了人来车往的大马路。如果不是路滑，老夫妻都只是一个人拉了车子走。今天的冰板路，老夫妻就只有一起行动了。然而，让人猝不及防的惨剧在这一刻发生了。后边疾驰而来的一辆城市垃圾车，像个喝多了酒的醉汉，疯疯癫癫地冲了上来，挂住了老河南夫妻废旧破烂车上扎着的一条麻绳，原来还显沉重的人力车，霎时轻得像是纸糊的一样，猛地掉了一个头，把驾辕的老河南摔出了十多米远，杂发乱舞的头颅撞在了一边的水泥道沿上，流出的血不多，在冰板似的大马路上洇开来，仿佛一朵迅速绽放的花儿。老河南的妻子，则被卷进垃圾车的轮子下，碾破了肚皮，同样有血流出，在冰板似的大马路洇开来，仿佛又一朵迅速绽放的花儿。

小区门口的人都惊叫起来了。大家都与老河南夫妻很熟了，惊叫着扑了过去，然而一切都迟了，老河南夫妻因此丧失了性命。

那是多么好的一对夫妻啊！

平常日子,老河南夫妻也不是怎么忙,妻子收拾破烂时,丈夫会给妻子捧上他们带来的大水壶,一人喝上一口,妻子继续整理破烂,丈夫就到一边去看电视,或者是找人下一盘象棋。

老河南的象棋是从破烂中捡来的，有些子儿已经破得残缺不全,大致认得出个车、马、炮的样子。起先摆在小区门口,也没有人跟他走,他就一个人寂寞地走。先走一步黑棋,再走一步红棋,却也独得其乐,走得马吼炮鸣,将威相懺……走得时间久了,便有人围上来,捉了对儿地厮杀,杀了半年六个月,差不多都是他赢,就有更远一些的棋手找上门来,与他较技,结果还是他有实力,纷纷败下阵来。

老河南与人下棋时,走出一步好棋,旁边人喝一声彩,他的妻子就会扑闪着已不水灵的眼睛,看他一眼,而这时的老河南丈夫,也会接住妻子欣赏的眼神，点一点头，或晃一晃头:特别在老河南丈夫赢棋的那个空当，妻子更会捧了水壶给丈夫，让她的丈夫润一润杀伐冒烟的喉咙,老两口的幸福和甜蜜,在这时全都无所保留地暴露出来了。这让小区里的夫妻们看见了,还真是恼气哩。应该说,小区里的夫妻们,生活条件比起老河南夫妻,不知要优越多少,可他们常很惭愧,吵吵闹闹,一点都找不到幸福甜蜜的感觉。曾经流传过一个故事，小区里有对年轻夫妻,都协议好了,要去街道办办离婚，走在小区门口,看见老河南夫妻的那一种和睦和甜蜜,便都打了退堂鼓,互相牵了手，又都走回了自己的家。

老河南的棋名不胫而走,忽一日来了一个六岁模样的男孩,向老河南叫了板:你能和我下两盘棋吗?老河南的棋艺不错,棋德更不错,不论老小,愿意和他下棋,他以为是看得起他,就绝对不会拒绝。他和小男孩的较量自然地拉开了帷幕。让老河南始料不及的是，小男孩的棋路很有些道行,虽然还是他老河南赢了棋,但每一盘赢得都不轻松。旁边站着一个中年汉子，介绍说他是小男孩的叔叔，因为惊叹小家伙的悟

性，特来与老河南交手，如不嫌弃，小男孩愿拜老河南为师。

有拒绝的理由吗?没有。老河南平生有了第一个学棋的徒弟。

善门既开，就有其他一些家长，也闻名带着孩子来了，来和老河南走棋拜师。真敢和他走棋的孩子，确有几个颇具天赋的，课余的时间，就来和老河南师傅切磋一阵儿，使几个小孩棋艺大进。在一次全市学生象棋大赛上，拿了一个头名，一个三名。现在的老河南破烂摊子前，到了太阳傍西的时光，一圈儿会铺开三五个棋阵，兵、马、炮、车、将、帅、士，杀得烟火四起，狼奔豕突，俨然一个特色独具的竞技象棋馆。

进入小区住宅楼收破烂的老河南女儿，肩背一蛇皮袋的啤酒瓶子，才出小区大门，就看见了老爹老娘的不幸。她被惊呆了，两眼愣愣地看着被撞得四分五裂的破烂人力车，手一松，肩上的啤酒瓶落在地上，摔碎了，摔出了很大的声响。老河南的女儿这才跑起来，跑到血染冰板的老爹老娘身边，由着众人相助，叫了120急救车来，把老爹老娘送了医院。

老河南的女儿，一声爹，一声娘，哭喊得嗓子哑了，眼泪干了，也没能喊醒一个老人。

事故鉴定和赔偿很快就有了眉目。火化夫妻俩的尸体，小区去了不少人，有的是老河南的棋友，有的什么都不是，只是和老河南有那么点废旧破烂的小交易，但大家还是想来，因此就来了一大片。特别是老河南指导的几个小棋手，更是早早地等在火葬场的悼念厅，和老河南的女儿一起，为来吊唁的人鞠躬致谢。

在大家的心目中，老河南夫妻不是小区人，却胜似小区人。在老河南夫妻之前，有谁去世了，也没能惊动这么多人；在老河南夫妻之后，有谁去世了，还会惊动这么多人吗？

还好，老河南的女儿如愿考上了研究生，所需费用，有老河南夫妻收卖废旧破烂的积蓄，还有老河南夫妻生命的赔偿。

又是宝马

2005年9月9日　大雨

城市南郊的师大路上，一辆象牙色的宝马车撞死了人。

因为又是宝马撞人，去了很多记者。雨太大了，城市宽阔的大马路上积了很厚的一层水，像是一条一条的河流，肆无忌惮地流淌着。电视台的，报社的，还有网络的记者，十分敬业地站在瓢泼一样的大雨中，等待交警按部就班地处理事故。

一时间，记者们没有活干，便交头接耳地议论起另一些宝马撞人的案件来。大家的议论中，最集中的是哈尔滨“宝马撞人案”。2003年10月18日，生得眉清目秀的苏秀文女士，驾驶着一辆牌照号为黑A-L 6666的宝马车停在路边，菜农代义泉自驾一辆拉菜的农用车由西向东行驶，行至人才市场门前，为了躲人，不小心刷了苏秀文宝马车左侧的倒车镜。一个宝马车的倒车镜值多少钱?别人不知道，苏秀文是知道的，菜农代义泉的那辆四轮农用车是抵不上的。苏秀文不禁勃然大怒，从她的宝马车下来，揪住菜农代义泉就是一顿暴打，边打边骂，骂的话语特别粗秽，不堪入耳。旁边围观的群众看不过眼，劝苏秀文看一下宝马刷擦的情况，有事说事，不要打人骂人。众人的劝说，苏秀文不能不面对。但她上了宝马车，挂挡加油，猛地向前冲去，把站在宝马前面的一个人当场撞死，十二人撞成轻伤和轻微伤。事后，交警和法院作出的判决，让老百姓大为不解，认为苏秀文只是操作失误，采取措施不当造成的事故，虽然死了人、伤了人，但不属故意犯罪，以判二缓三的轻罪了结了此案。

案件虽然了结了，各种传言却四处流散，最要命的一条，说是苏秀文为黑龙江省政协主席韩桂芝的干女儿，而韩桂芝紧跟着又在媒体辟谣，说她没有这个干女儿。又过了一些时日，突然风暴从地起，显赫一

时的韩桂芝被中纪委“双规”,她的儿子、女儿、女婿一家六名亲属被捕受审,从而揭开了黑龙江一大腐败串案。省辖绥化市原市委书记马德、原市长王慎义、省人事厅原厅长赵洪彦及绥化市各部门的原五十多名一把手, 被逮捕,或被 “双规”。

苏秀文的宝马车这一撞,可真是撞得不轻啊!

老记们的议论点宽面广,说了哈尔滨苏秀文的宝马车撞人案,又说渭阳的黄娅妮宝马撞人案。

2005 年 3 月 29 日,黄娅妮驾驶一辆豪华宝马,在渭阳街头疯狂连撞七人,事故还在处理当中,她又违章驾驶一辆湘 A—D6888 的奔驰车,在长沙市的河西新民路与潇湘大道的交叉口,上演了疯狂一幕,先后将两台摩托车、一辆自行车撞飞,随后撞坏一辆的士, 接着在右拐弯企图逃跑时连撞一辆停靠路边的的士和一辆桑塔纳,又一次造成七人受伤。

肇事者黄娅妮的形象是上了电视和报纸的。她是富家女吗? 所有的报道都回避了这一点,大家就只有揣测了,议论她一定特别有钱,要不就是她的老公特别有钱。议论甚至偏出了人们的正常想象,认为她该不会是哪个大款包养的情妇等等不一而足。总之,黄娅妮有本事开宝马驾奔驰,有本事在 3 月份连撞 7 人,有本事到了 7 月份再次连撞 7 人,她肯定不是等闲之辈。大家就不能不惊讶了,更不知道事故的处理结果会是什么样子?

在老记们的议论声里,交警开着事故处理车在雨幕中赶来了。

被撞死的人是一位老者, 六十大几奔七十岁的样子, 剃了个秃瓢头,硬扎扎生出来的头发茬,像是一根根生了锈的大头针,黑不黑白不白的样子,看不见伤口在哪里,只见血在头发茬上涌流,和着雨水滴在地上,流成了一株九月的串串红花。

肇事的司机是一个女性,她已被自称为死者儿女的两个人拽下车来。不晓得她本来就白,还是撞了人吓白的,掩饰在长发下的那张脸,

白得没有一点血丝。她太漂亮了，修长的身体，像是站在风雨中的一棵小白杨。抓着她的一男一女，也许受到她漂亮的震撼，凶神恶煞的样 子，却难掩内心的恐慌，倒是被抓着两条胳膊的她，反而镇定自若，一会儿甩一甩头发，把沾在头发上的雨珠利利索索地甩得乱飞。见多识广的老记们，看在眼里，心中犯开嘀咕了，知道其中必有好戏，就等着交警来揭幕了。

果然不错，长着一张娃娃脸的交警，从事故车上下来，看一眼抓着肇事司机的那一男一女，绷得很紧的脸不由得笑了一下，还打趣地问了一声:怎么又是你两个?

那男的跟着交警的话说:这一次是真的，她把俺爹撞死了。

女的也说:你看嘛，这回真的撞死了。

老记们就有些明白了。不久前，曾有线人打电话给媒体热线，有一个甘肃口音的老人，在师大路一带，遇到宝马、奔驰一类的好车，在车辆拥堵慢速行进时，假装横过马路，自觉撞在车上，啊呀叫喊腿疼腰疼胳膊疼时，就会有等在路边的一男一女，言称老人的儿女，让撞人车辆拉了被撞老人，和他们一起去医院检查治疗。半路上，老人的呻吟声渐小，一对儿女就和撞人车辆的司机讨价还价，说不去医院了，老人只要忍得住、受得了，给几百块钱，你就忙去吧。

这可是一条活新闻哩，老记们能不全力以赴，迅速地采访当事人，迅速地登报披露？遗憾的是，媒体都只采访了被讹诈的撞人司机，而未能采访到讹诈人的人。

这次被撞致命的人可是那位讹诈人的人?听那一男一女的口音，都是甘肃腔，老记们的心里隐约有了一个底。

职守分明的交警没敢怠慢。毕竟死了人，他们迅速控制了那位肇事的漂亮女人，并组织车辆，把已断气的甘肃老人抬上去，让那个女儿陪着去了医院。这是一个必须履行的程序，到医院全面检查，确诊已

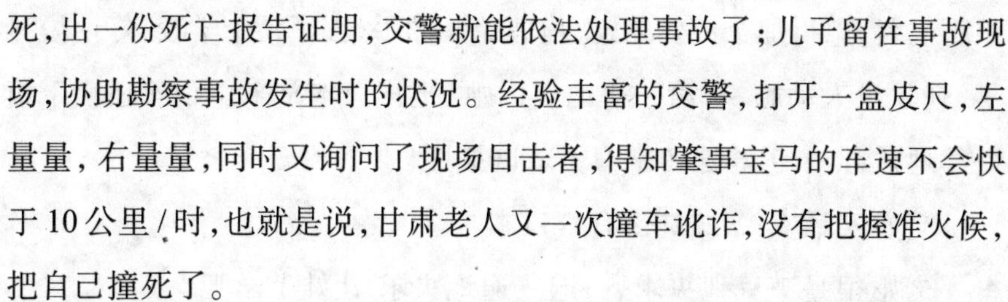

死，出一份死亡报告证明，交警就能依法处理事故了；儿子留在事故现场，协助勘察事故发生时的状况。经验丰富的交警，打开一盒皮尺，左量量，右量量，同时又询问了现场目击者，得知肇事宝马的车速不会快于10公里/时，也就是说，甘肃老人又一次撞车讹诈，没有把握准火候，把自己撞死了。

交警在现场没有说什么，扣了撞人的宝马车，带着漂亮女人和甘肃老人的儿子一起去了交警大队，做更进一步的调查和核实。

老记们蜂拥相跟。

到天黑的时候，交警大队已经有了明确的答复。在当天晚上的电视新闻和来日早晨出版的报纸版面上，毫不含糊地报道了师大路车祸死人的根由。漂亮女人早前已被那甘肃老人和子女讹诈了两次，头一次，漂亮女人给了他们三百元，第二次，载着他们父子、父女三人到了交警大队，依法做了处理，批评了甘肃老人和他的子女，警告他们这么撞，一是违法，二是可能造成生命伤害。这些还都记录在案，上了微机，一查清清楚楚。第三次，果然就把讹诈人的甘肃老人撞死了。

这是一个前所未有的交通肇事案，怎么处理，还没有现成的法律条文。交警大队打了报告，向上级请示处理办法，同时通知肇事司机家人，交了一定的押金，取保在家候审。

白发老妪

2005年5月9日　小雨

小男孩豁了上嘴唇，吃东西说话，豁了的地方蠕动着，像是一只可爱的兔子。

果然，白发苍苍的老妪呼叫他时，喊的便是兔儿。

叫兔儿的男孩，长得该上学了。但他在陈仓城没有户口，就怎么都

报不上名,急得那个白发老妪,拖着兔儿的手,去了几个学校,好话说尽了,就是没人动心,千篇一律地告诉她:把户口本拿来。跟着还会千篇一律地关心一句:娃娃的学习不敢耽搁呢!

老妪实话实说:娃娃没有户口本。

老妪很是谦卑地央求,一遍一遍地央求:让娃上学吧!

学校里负责招生的老师就没话了,对跟在后面的孩子家长吆喝:下一个,报名。

老妪有什么办法呢?她是陈仓城里的孤老婆子,平常日子,以拾破烂为生。七年前的一个早晨,在一个垃圾站前,许多人围着一个裹着小棉被的月子娃,七嘴八舌地议论,说谁家的娃娃嘛,怎么能扔了不管呢?现在的人啊,缺了德了,生娃不管娃,这算个什么事儿呢!还有人想到未婚先孕,想到私生子……捡破烂的老妪就走来了,好像大家等的就是白发老妪来。白发老妪来了,大家便都松了一口气,自觉地给白发老妪让出一条道,看着白发老妪走进人圈,走到弃婴的身边,抱起了弃婴,顺手捡起弃婴身边几个废弃的利乐软包盒,以及空了的易拉罐。

孤苦的白发老妪无故捡了一个小孙子。有了小孙子,人也精神起来了。出门捡破烂更勤快了,她要养活好小孙子,只有多多地捡破烂。

有苗不愁长,小孙子会爬了,会坐了,会走了。后来就跟在白发老妪的身边,眼尖手快地帮着老奶奶捡破烂。两个人四只手,和一个人一双手捡破烂就是不一样,一天的收入往往 翻上一番还打不住。白发老妪的脸上就有了喜色,而且越上岁数,越是喜气洋洋。再后来,白发老妪发现了一个秘密,兔儿小孙子给糖不要,给肉不吃,和她上街捡破烂,总是不错眼地看着背书包的小娃娃,蹦蹦跳跳地进出校门。

白发老妪的心就很明白了,兔儿小孙子是想上学哩。

好啊!这也正是白发老妪的想法。于是,白发老妪牵着兔儿小孙子的手,一家小学一家小学地跑,从去年的秋季,跑过了去年的冬季,再跑

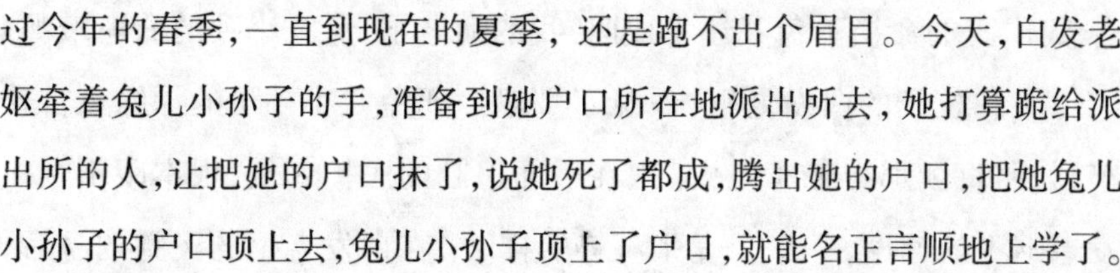

过今年的春季，一直到现在的夏季，还是跑不出个眉目。今天，白发老妪牵着兔儿小孙子的手，准备到她户口所在地派出所去，她打算跪给派出所的人，让把她的户口抹了，说她死了都成，腾出她的户口，把她兔儿小孙子的户口顶上去，兔儿小孙子顶上了户口，就能名正言顺地上学了。

想着心事的白发老妪，感觉她的兔儿小孙子挣脱了她的牵引，向前跑了几步，捡到了一只矿泉水空瓶，又向前跑去，捡拾前边的又一只矿泉水空瓶……可是，一辆从斜坡的汉中路上飞驰而下的深绿色吉普，像一匹脱缰的野马，冲上了人行道，撞折了一棵绿意婆娑的女贞行道树，再往前窜，就把弯腰捡到矿泉水空瓶的豁嘴兔儿轧在了车轮下！

血是从豁嘴兔儿的胸口上渗出来的，不是很多，在豁嘴兔儿的浅蓝色背心上，像是一朵鲜鲜的康乃馨。

事故来得太突然了。白发老妪惊得来不及喊出声，她的兔儿小孙子便没命了。可怜的白发老妪骨头一软，当下像堆泥一样瘫在地上，人事不省了。

兔儿小孙子是怎么从车轮下扒出来的，白发老妪不知道；兔儿小孙子是怎么送到医院的，白发老妪仍然不知道。到她醒过来时，嘴、鼻子、胳膊上都是透亮的胶皮管子，她睁开张皇的眼睛，左瞅右瞅，她在寻找兔儿小孙子，但是没有，偌大的一间屋子，就她一个人，她发现到处都是白色，人是白的，墙是白的，一切都那么白，白得阴森，白得恐惧，白发老妪这才大喊出声：

兔儿啊！我的兔儿小孙子！

没有人回应白发老妪，因为她的兔儿小孙子已停放在了医院的太平间。然而白发老妪还是一声一声地呼唤着她的兔儿小孙子。白发老妪喊得没声了，手在空中一挥，把她嘴上、鼻子上、胳膊上的胶皮管全都拔得飞了起来，她自己也飞起来了……原来老迈蹒跚的身子，也像轻灵的燕子一样，飞出了医院的急救室，飞下楼梯，飞到院子里，飞着说

着:我用我的命换下兔儿还不成吗?我的命老了,兔儿小孙的命还嫩呢!

飞到院子的白发老妪,看见了那辆撞死兔儿小孙子的深绿色吉普车,就照直朝那吉普车飞去。跟在后面追赶的医护人员,根本跟不上白发老妪飞的速度,一个个虚张声势的样子,在白发老妪的飞腾的身后,显得特别地滑稽可笑。

白发老妪飞撞在了那辆深绿色的吉普车上。

然而遗憾的是,白发老妪飞撞的吉普车根本就不是撞死她兔儿小孙子的车。那辆车已被扣在了交警队里,而她的飞撞死亡,也根本没法换下兔儿小孙子的命。

火化白发老妪和她兔儿小孙子的事,是由老妪生活的社区操办的,也有花圈,也有挽幛,翻出白发老妪的旧黄历,才知道她也有一个幸福的家庭,可惜经不起上世纪中叶的政治运动,她的男人被一顶"右派"的帽子压得咽了气,一双儿女也没逃脱政治运动的铁锤,说了几句抱怨的话,也被押上政治斗争的批判台,然后送了劳教,死在一次煤窑的塌方事故中了。社区的老街坊为白发老妪叹息的时候,判决也下来了,责任全部由肇事汽车司机承担。也就在火化的那天,白发老妪户口所在地的派出所,向上级报告,给白发老妪的兔儿小孙子办了户口本。派出所的人把户口本送到火葬场,端端正正地放在了豁嘴兔儿的骨灰盒上。

大红封皮的户口本,红得闹人眼睛!

苟省初

2005年8月18日 阴

苟省初是铁梨花的儿子。

单亲家庭的孩子省事早,特勤奋,特听话,苟省初就是这样,好像他母亲也没怎么教导他,而他学习起来就特别地刻苦,特别地上心,在学

校是这样，在家里也是这样，常常熬得满村子只剩下他家一盏灯亮着，还埋头在课本上，那个狠劲儿，照他母亲铁梨花的话，险乎儿把书能吃进肚子里。因此，苟省初的学习成绩，不论是在小学，还是在初中和高中，都挂在老师嘴尖尖上表扬着。不是吗?今年参加高考，每一门课答得都很满意。苟省初在填报志愿时，很有把握地只填了一所大学，那就是北京大学。

这是苟省初和他母亲铁梨花心中一个永远的痛。

苟省初的亲生父亲就是先上了北京大学，毕业后又留在了北京大学工作。这就是说，苟省初本不该在单亲家庭长大，他有妈妈，他有爸爸，可是爸爸在“文革”结束后的高考时，高中了北京大学，就把他妈妈铁梨花一脚蹬了。苟省初当时还没出生，就是在父母扯了离婚证的当天晚上，他的父亲在家里安抚性地和他母亲有了一夜痛哭流涕的交欢，这才有了他的萌芽。以往，他的父母是合法夫妻时，滚在一个炕上，他的母亲都是很小心地采取了措施的，他们那时候都不想要娃娃，担心有了娃娃，拴住了大人的脚，就不好再考学出去了。最后一晚的恩爱(严格说，已是非法夫妻)，他的母亲便放开了手脚，什么也不管，什么也不顾，仿佛一个滥情的荡妇，一个训练有素的妓女，纠缠着苟省初的父亲，弄得两个人大汗淋漓，嚎叫不息，这就有了苟省初。

母亲铁梨花没有把这个消息告诉北京大学的孩子他爸，一个人顶在家里，把他们不算合法的孩子生了下来。孩子落草之时，哇哇嚎哭不止，铁梨花就让他哭，自己的脸上，却洋溢着不尽的笑，对她嚎哭的儿子说：

你爸爸叫苟省初。

你也叫苟省初吧。

一个苟省初抛弃了铁梨花远走高飞。一个苟省初拉紧了铁梨花的手寸步不离。因此，铁梨花虽然一个人寡居着，却并不觉得孤单。她每

天叫着苟省初的名字，从早到晚，家里地里，心头上有苦也有甜，她的目标很明确，就是一定要把儿子苟省初教育成北京大学的学生。

有这个目标鼓舞着铁梨花，什么样的苦吃不得？什么样的累受不了？

现在好了，儿子苟省初报考了北京大学，高考成绩也公布了，儿子苟省初的成绩虽然没能成为全省头名，却在他们市上拿了第一，这就等着北京大学发通知了。

下午，铁梨花背着竹背篓，下到他们池岸子村的大北壕摘辣椒，苟省初也跟着去了。古槐里的辣椒种植是有些历史了，好像是汉王刘邦打下咸阳城，驻军霸上。兵士们大多从南方来，数九寒天，不习惯北方的寒冷，见到村民房檐下挂的红辣椒，摘下来一嚼，浑身发热冒汗，就都大胆地吃开了。而且吃过辣椒打仗，兵士们又都特别的激情荡漾，勇猛无畏，屡屡打胜仗。聪明的汉王，便颁下一道军令，大量收购辣椒以备军需。咸阳属地的古槐里，家家户户都有种植辣椒的经验，于是乎，沃野百里的槐里故地，一到秋风乍起的日子，漫天遍野都是熟透了的红辣椒。那一种鲜鲜艳艳的红，照亮了天，照亮了地，照亮了人的心。任谁身处其中，都会情不自禁地受到辣椒红的感染，陶醉其中，不能自拔。

据说，1949年登上天安门的毛泽东，也是特别爱好吃辣椒，尤其是在决策打仗时，少不了干吃几个红辣椒。

当然，这都是题外的话，不说也罢。总之，铁梨花像他们古槐里的祖宗一样，是很善于种植辣椒的。她在池岸子村，说不上是个种植辣椒的好手，但也绝不是赖手。她年年育苗种辣椒，已经种植了许多年。经济作物的辣椒，为铁梨花积累了一笔十分可观的收益，甭说现在大学收费狠，再狠一点也不要紧，铁梨花也为她儿子苟省初攒下了。

铁梨花今年的辣椒就很好。她选种了油分很大的线辣椒，赶着时节，已有两茬摘回家晾起来了，家里的房檐下、檩椽上，到处都挂着灿烂红亮的辣椒串。今下午到大北壕来，摘的是第三茬辣椒，而且是每一

季辣椒中最好的一茬,不能摘早了,也不能摘迟了,迟早都会影 响辣椒品质,交售时就会影响价格。铁梨花不想掉等跌价,打上午就开始摘了,到下午也才摘了不到一半,因此,儿子苟省初跟到地里帮忙,铁梨花也就允许了。

在过去,铁梨花一个人累死在地里,也不要苟省初给她帮手。自己来了,也会被铁梨花凶巴巴地撵回去,星期日放假也不行,也得乖乖地抱着书本啃去。家里的活,地里的活,不要他插手。

今年不同了,考上大学了,就等着拿通知书哩。来就来吧,到大北壕的辣椒地里来,帮一把手,吃一把苦,也是应该的,也能体会做母亲的一片苦心哩。

帮一把什么好呢?摘辣椒不是男孩子苟省初的长项,他现在长得高高大大,足有一米八的样子,村里人不在他当面说,背后却都忍不住,说苟省初越长越像他爸苟省初了。长得很像父亲苟省初的他,就帮助母亲铁梨花背辣椒。大北壕的辣椒地边,有一个乡级砂石路,高出大北壕三米的样子,原来栽了一行毛白杨长成大材了,遮得了风,挡得了雨,却被人一夜之间砍掉了,留下光秃秃的一堵路基,像是一道高高的城墙,围在辣椒地的尽头。苟省初背起竹背篓里的辣椒,都要使劲爬上高高的路基,走上一程长长的公路,到了家里,倒下辣椒,再回到辣椒地,母亲铁梨花就会又摘下一背篓的红辣椒。这样地,母亲采摘,儿子背运,比过去母亲一个人作业,显然快了许多,差不多一个下午,就能把地里红了的辣椒都采摘回家。

是最后一趟了。儿子苟省初背着满背篓的红辣椒前头走,母亲提着笼筐在后边跟。母亲因不放心熟红的辣椒没摘净,东张西望地,瞅见一个两个,她就要撵过去采摘下来,渐渐地和儿子拉开了一段距离。

砂石的公路上,不断地有拖拉机和汽车驶过,轰轰隆隆地,腾起一阵又一阵的土雾,背着辣椒在公路上走,人就像埋在土雾里一样,脸上

的汗弄湿土雾,沾在脸上,挺拔英俊的未来北京大学学生苟省初,就像一个四脚活动着的泥猴了。苟省初不畏土雾的掩埋,背着辣椒向城墙一样的路基上爬,他完全没有料到,有一辆满载砂石的三轮农用车,从公路的一端拖着一条黄色土雾的尾巴向他飞奔而来,照着他的身体倾覆下来,他被严严实实地扣在砂石和翻倒过来的农用车下。

可怜的母亲铁梨花仅只有一声裂天震地的惊呼,就骨软得坐在了辣椒地里,砸毁了一片辣椒秆。她看不见心疼肉疼的儿子苟省初了。在儿子被埋没的地方,只有倾覆下大北壕的农用车三个橡胶轮胎,还在仰天无力地转动着……铁梨花无比伤痛地喊着:

我的儿子苟省初!

公路上来往的车辆都停了下来,不知是谁一声招呼,大家七手八脚地用一根钢索,牵着倒在大北壕辣椒地的农用车,发动了另一辆汽车,费劲地把农用车拖上路基,紧接着又都亡命地在砂石中刨着,先是刨出了苟省初的两条腿,再是刨出了苟省初的身子和头,背在他背上的背篓和辣椒,还都寸步不离地压扁在苟省初的背上。

大家把苟省初从砂石堆里刨出来,只见嘴角慢慢地洇出鲜红的血液,像一条线似地扯出很长。母亲铁梨花扑上来,把儿子苟省初抱在怀里,一声紧似一声地叫着儿子的名字,可是儿子再也不能开口回答她一声了。

安埋儿子苟省初的时候,母亲铁梨花已不哭不闹了。也许是她已经流干了眼泪,也许是悲伤得麻木了,没有了哭声没有了眼泪没有了伤痛,很平静地招呼村里人安葬了她的儿子苟省初。

丈夫苟省初弃她而去另择新欢时她是这样。

儿子苟省初舍命离她而去时她还是这样。

池岸子村的人很为刚强的铁梨花而敬服了,说她不容易呢!太不容易了!

铁梨花还去她的大北壕摘辣椒。今年的辣椒长势好，隔两天就是一茬熟红了的鲜辣椒。悬在一大片葳葳蕤蕤的辣椒秆上，煞是惹人喜爱。丧了儿子苟省初的铁梨花，就在辣椒的新鲜中忙碌着……如果不是邮递员找到大北壕的辣椒地，把那封红皮烫金的北京大学录取通知书送给铁梨花，她可能还会坚持在她的辣椒地里，不让一个红辣椒受损失。

铁梨花接过了儿子苟省初的北京大学录取通知书，举起来对着太阳照了一下，她便笑起来了。她是受到刺激了。先还是轻轻浅浅地笑着，笑着笑着就大笑起来，笑得干枯的眼睛里滚出一颗一颗晶亮晶亮的泪水。她就大声地喊起来：

我儿苟省初上了北京大学哩！

我儿苟省初上了北京大学哩！

铁梨花的神经忍受得了失夫之痛、丧子之悲，却忍受不了北京大学的录取通知书。她的精神失常了，见人就拿出北京大学的录取通知书，大声喊叫"我儿苟省初上了北京大学"的话，喊叫得人心惶惶，谁见了她都会远远地躲开来。大北壕的辣椒地，铁梨花也还一趟趟地去，但她去了，再也不去采摘熟红了的辣椒，而是站在儿子苟省初丧命的地方，唠唠叨叨地说着：苟省初哎，咱走呀，咱上了北京大学了。

熟红了的辣椒，因为没人采摘，在辣椒秆上长过了时，便长成了一包浆，像初凝的血液，从辣椒秆上落下来，滴在地上，大北壕就全是那样血红的斑点了。

郿坞董忍

2005年4月29日 晴

董忍的名字是父母起的，用意很简单，就是希望儿子要有忍性。出奇的是，董忍偏偏不忍，这就成了郿坞古镇上的恶人。

郿坞古镇在东汉末年就已经很有名气了。

权奸董卓挟持汉天子无恶不作。一日带兵去洛阳郊外游玩，恰遇百姓祭神赶会，人来人往，熙熙攘攘。董卓见了，歹心顿生，命令兵士杀入人群，是男子就砍头，是女子就活捉，自然还有男子、女子的财物，全都劫掠而去，一路上狂呼大叫，说他们打了大胜仗。董卓的残暴，引起了洛阳百姓的极大愤慨，加之黄巾起义军对他又造成很大威胁，无奈撤出洛阳，逃回了长安。

在长安的董卓，依然难改残暴无耻的秉性，终日只知残害百姓，搜刮民财。在他的横财多得没处可放时，动用兵役，在郿坞古地给他修了一座堡垒，堡垒的名字也叫了郿坞。郿坞堡垒的城墙如长安城一样坚固，其中囤积了大量的粮食和黄金白银，以及无数的珍玩宝物。正当其时，长安市中流传着这样一首歌谣："千里草，何青青！十日卜，不得生。""千里草"是一个"董"字，"十日卜"是一个"卓"。老百姓期盼残暴的董卓，活不出十个日头。结果，董卓就被他的义子吕布刺杀了。老百姓还在他肥硕的肚脐眼上插了灯芯，像点灯一样烧起来，足足烧了两天。

如今的郿坞古镇，恶人董忍虽然还没有董卓的权势，所做的恶事也不及董卓千分之一，但古镇百姓已经忍无可忍，编出一个类似当年长安市中的歌谣来，期望恶人早死早安生。歌谣曰："千里草，何青青！一把刀，心上戳。"自然了，"千里草"是一个"董"字，"一把刀，心上戳"就是一个"忍"字了。

可是这个董忍，一点儿都不懂得忍的道理。他原来娶了一房媳妇，也是贤淑慧能，漂亮宜人。可他看见了本家小老弟董方的未婚妻，他便管不住自己了。小老弟董方的未婚妻是来郿坞镇相亲的，穿的是一袭新潮的藕荷色的连衣裙，眉儿弯弯的，眼儿黑黑的，特别是那一张小嘴，仿佛凝霜滴露的一只红樱桃。从郿坞街上向董方家里款款地走着，掠起的风带着一股杏花香气，恰恰地就被恶人董忍嗅到了，竟至于使他夜不能寝，日不能食，打得自己的媳妇腿断胳膊折，不得已离了婚。

他自己一身轻松地找到和他本家的董方，让让把他的未婚媳妇让出来，和他结婚。董忍找他本家小老弟时，带了两样东西，一个是一块他自己窑上烧的红砖，一个是像红砖一样捆扎起来的百元大钞。

小老弟董方又能怎么样呢?不想挨砖头，也不要他的钱，抬手抽了董忍一耳光，转身到南方打工去了。

董忍又拿着那两样东西，找到了小老弟的未婚妻，这便把小老弟的未婚妻娶到了他的家里，成了他捧在手上怕吓了的宝贝媳妇。要知道，他强蛮娶来的宝贝媳妇，比他小了整整十二岁，而他的二老双亲，在这一场事变中羞恼成疾，不久便撒手人间。

这一日，董忍开着他的小车，到省城西安办事。办事就是吃肉，就是喝酒。吃喝到晚上十点钟，董忍的心上像是爬着一只蚂蚁，让他心痒难受，预感家里会不会出事? 正疑惑时，有电话打来，说他上了初中的前妻儿子，掉到水库里淹得人事不省。董忍那会儿喝得迷迷糊糊，有点儿不相信自己的耳朵，对着手机连问了几遍，确信他的儿子遭遇了不测，被酒精烧红了的脸当下憋成了猪肝色，也不和酒桌上请的客人告别，也不叫上给他开车的司机，一个人疯了似地蹿出红灯高照的酒楼，开了他的小车就往郿坞的老家跑。

恶人董忍有个特别的嗜好，他的坐骑必须是日本的原装货，先前的一辆旧了，新近买了一辆丰田佳美。他不仅坐骑唯日本货，还有家里的电视机、电冰箱、音响、洗衣机什么的，都要买来日本的原装货，如果他家的马桶、面盆、碗筷等等的日用品，市面有日本货，他也会一应买了回来。在今晚这个特殊的时候，恶人董忍的丰田佳美汽车，特别地懂事听招呼，一路上笛声不断，很快就上了西安到宝鸡的高速公路。恶人董忍不抬脚地踩着油门，踩得车速也已达到了顶峰，银灰色的车体，仿佛一只就要飞起来的鸟儿，飞着快要下到去郿坞的慢道上，却猛然抬头冲向路边的防护栏，顷刻之间，流线优美的小轿车又反弹回来，撞到道路另一边的防护栏上，然后就像一只被人踢了一脚的足球，翻着滚儿向前撞去……恶人董忍，就在汽车反弹第二撞的时候，从碎了玻璃的车窗弹了出来，在空中飘了好一阵，像是一个长了手脚的布口袋，飘着落在了

高速路上。正好有一辆跑夜路的大货车跟上来,"吱、吱"地刹着车闸,车轮剧烈摩擦的尖叫声,凄厉得犹如鬼叫,但终究是刹不及了,在惯性的带动下风驰电掣般向前冲去,前轮从恶人董忍的头上碾起,碾过了长长的肚腹、长长的腿、翘翘的脚,后轮跟上来,又从头碾起,碾过了长长的肚腹,长长的腿、翘翘的脚。当然,这都是事故勘察记录上的表述,那个碾过董忍身体的大货车跑了,也没有谁来作证是怎么回事,就只有了无头绪的勘察结果了。

恶人董忍死了。

恶人董忍的儿子也没能救活。

同一天为父子俩出殡,郿坞镇上的邻居也都帮忙来了。生前再怎么作恶,死了还是郿坞古镇的一条鬼,何况还有他的儿子,那可是个很懂事的孩子哩。他是给他被遗弃的母亲在水库逮鱼时遭水淹的。他的母亲身体本来就不好,再被遗弃,思想不通,身体就更不好了,也不想吃,也不想喝,只有儿子给她送来鱼,熬了汤,她还能快快乐乐地咽下去。儿子就给他母亲在水库里逮鱼……多好的孩子啊!邻居们来,你搭一把手,我搭一把手,就把一场丧事圆圆满满地办了。

帮忙的人群中,被董忍所逼下了南方打工的本家小老弟董方,是最卖力的一个。

小老弟董方是被他原来的未婚妻,现在的董忍遗孀打电报叫回来的。如今死了男人,留下一大堆的事情,寡居的小女人不知道怎么打理,她看见郿坞古镇人的眼睛,心里就像刀扎一样恐惧。寡居的小女人知道,死了的男人太恶了,不恶她不会嫁给他,上了他的床。她这就想起董方当初不想挨砖头,也不要董忍砖头一样厚实的钱,而打了董忍一巴掌的英雄举动,让她很是感动,虽然身不由己地嫁了董忍,心却还在董方身上。交过一段朋友被逼南下打工的董方回来了。她相信现在的董方,对她还是一往情深,她需要董方的一往情深。她向董方满把眼泪地把他走后的事情说了一遍,董方跟着她也流泪了。董方甚至情不自禁地伸出手,帮她擦了脸上的泪水。她想起来了,他南下打工的那天,她找到董方,她也流泪了,董方就是这么帮她擦的眼泪。因此,她再也忍不住,扑进了董方的怀里,董方也紧紧地拥抱了她。

过了有半年的时间，都是从南方回来的董方打理着董忍撂下的摊子，计有砖瓦厂一座，果品加工厂一座，酱醋酿造厂一座，当然还有开在郿坞古镇上的饭店、娱乐洗浴城各一家等等不一而足，总之打理得都很不错，井井有条的样子。

爆炸性的消息是从一张婚庆请柬上泛滥开的。董忍寡居的小媳妇和她的旧恋人董方，联名向郿坞古镇的各色人等发出了参加他们婚礼的邀请。这让大家不禁哑然失笑，想想当年的恶人董忍，不择手段地积累下那么一大摊子的家当，原来只是给他争抢来的小媳妇，做了一个富贵豪华的陪嫁！

年轻美貌的小女人，终究还是董方床头上的娇妻。

消息灵通人士还透露，董忍的人身保险赔款又是一大笔钱，即日就会送上门来。再则，日本原装货的丰田佳美汽车有气囊保护装置，在恶人董忍出事的时候，气囊没有打开，这个失误也是给赔钱的，官司已经打到了日本的法庭上，雇请了两个日本籍的铁嘴律师，差不多已经有判决结论，是一笔比汽车本身价值高出数倍的赔偿。

蚁民生态

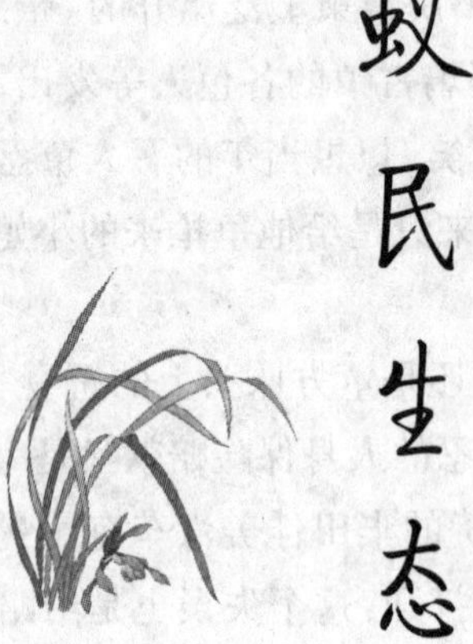

捆绑的眼泪

税老汉除了他的姓有点特别外,任啥都少特色,普普通通的一个人,退休前在单位开一辆小型皮卡,也就是驾驶舱能坐几个人,后头的货仓能装半吨货物的那种车。我在商场买了一台电冰箱,求他帮忙,他二话没说去了。像他平时的性子一样,车在路上不紧不慢、稳稳当当的,让人放心。给我帮了忙,倒像他求了我似的,行为既拘谨又礼貌,不大说话也不大笑,给我的感觉是:老实得都有点土气了。

退休后,很少见到税老汉。

见不到税老汉,是他没有住在单位的家属院。按他的工龄和资历,单位当年分新房时,绝对应该有他一套,但在大家争得乌鸡眼时,单位领导找他谈话,说是离单位较偏的地方,有市上的一套公房,现在房改,

咱们单位占着，可以一次性买断，成为个人的私产，而且价格比单位的新房便宜得多。明显的是欺侮人家税老汉，可老实人吹了两口气，竟然极不情愿地答应了下来。这就给单位的分房帮了个大忙，却给他自己找了个大麻烦。他的老伴不同意，带着一对儿女闹到单位来，要和领导拼了命，谁劝都不成，直到税老汉开着拉满职工食堂蔬菜的皮卡，回到单位的院子，从车上下来，走到老伴和儿女跟前，声音很小地说了一句话：再闹，那房我还不要了！

只这一句话，大闹着的老伴和儿女都哑了火。

老伴很不理解地看着税老汉，一口准备了很久，准备吐给单位领导的一口痰，对准了税老汉的面门，“啪”地吐了上去。这是我见过税老汉老伴的唯一一次面。

现在，老夫老妻的，就住在他们成为私产的那套虽然偏一点，却也算个三室一厅的套房里，没声没息地过着日子。突然地就听到人说，税老汉把离婚材料已交到区法院了。太让人意外了。

意外的事还不止离婚一件。税老汉退了休没事可做，就到住地的一个广场上转悠，看见许多人早早晚晚地，在一起跳舞娱乐，他也参加进去，认识了一位四十大几的舞伴，见的人都说税老汉有福气，那个长得很招人的舞伴，自从税老汉学习跳舞起，就拒绝和别的人跳了，专意儿陪着税老汉跳，教导得税老汉的舞姿舞步迅速提高，几乎成了舞蹈场上的明星了。这种你抚我肩、我搂你腰的感觉，真是太奇妙了。老来遇上这样的好事儿，你让税老汉怎么能不动心呢？老伴儿吐他一口黄痰的镜头，也在这时候不断地冲击着他的大脑，让他再看搂在怀里舞蹈的舞伴儿，无论腰、胸、脸蛋儿，咋看咋是个顺眉儿顺眼儿。

税老汉痛下决心，逮住晚年的尾巴，是死是活都要风流一把了。

舞伴儿水汪汪的大眼睛勾着税老汉，双双对对地还去了她空巢多年的家，也是一套三室一厅的房子，好像装修过不是很久，处处透着一

股子的新鲜劲儿。税老汉喝了一口茶，没多停留就回了他的家，叫过老伴儿，脸不红心不跳，大声大气地说：咱们离了吧。

老伴儿以为税老汉开玩笑，正在厨房做她的饭，没应老汉的话，还招呼老汉过来给她搭手择菜。税老汉说话的声就沉了些：如今离婚的人多了，不算啥丢人事。老伴儿听着，却不能忍俊地笑了起来，觉得做古正经的税老汉，此刻的样子好玩极了。

税老汉见说不清楚，就转过身，拉开家门愤愤地走了。这一走老伴觉得事态的严重，赶出来拉着老汉回了屋，埋怨老汉犯的什么神经病。税老汉却不像以往那么好对付，擎着个脖项说：这婚离定了，必须离！一定离！

老伴这才伤心地抹了泪，撂下锅灶上的饭，自己出了门，去了女儿的家，叫来儿子儿媳，商量怎么办。大家都觉得太突然，还有点不信，集体赶回家来，和他们的老爹讨说法。说得顶了牛，就要他们的老爹交待是哪个狐狸精勾了他的魂。老爹咬死一句话：你妈她给我脸上吐黄痰，我早就想和她离婚。

看着问不出结果，儿女们就想起老母亲的交待：把老东西捆也要给我捆在家里。这就手忙脚乱地找来一根绳子，把他们的老爹捆在了坐着的椅背上。儿女捆的动作很慢，想着他们的老爹会挣扎，如果挣扎就不认真捆，可到他们认真结实地把老爹捆绑在椅背上，他们的老爹也不挣扎，表现反而很配合，唯恐他们捆绑得不结实。

捆绑停当后，儿女们就都撤退走了。

老伴儿听了汇报，直骂儿女们混蛋，自己个儿小跑着往回赶，打开门一看，税老汉果真被捆绑在椅背上，花白了的头颅歪在一边，脸上满是泪水。老伴儿也便流了泪，赶紧上前解了绳子。税老汉却在绳子解开后扑爬在了地上。

老伴儿翻过税老汉，掰他的眼睛，却怎么都掰不开了。便知道遭了

不测，“哇”地一声大哭起来，恶狠狠地骂着：你个死鬼老头子啊！

凉皮夫妻

凉皮是西安人的最爱。无论冬夏，都有特别多的人，围着凉皮摊，细嚼慢咽，油辣辣的滋味沁人心田，吃用者无不面带微汗，粉若桃花，难怪许多地方，有人直把凉皮称“面皮”。面子上的事情，自然不能马虎。

夫妻俩的分工是，丈夫作用于内功，妻子作用于外功，与传统的“男主外，女主内”恰好相反。丈夫在租住的地方洗面、沉浆、蒸皮子，送到小区来，妻子铡条、装碗、调调料，直接面对顾客。这一对小夫妻，年龄不到三十岁，生活做得殷勤、实在，一块儿还有几家凉皮摊，小区的人多在他们的摊位上掏腰包，把其他几家嫉妒得直翻白眼，却也毫无办法。如今就只这一对夫妻做着独一份的生意。时间一长，小区的人就喜爱地把他们叫“凉皮夫妻”。

夫妻俩最忙的时刻要数大人下班、孩子放学那阵子，主持内功的丈夫，这时也会帮妻子一把，一把长有三尺的铡条刀，在他手里使得如花，而妻子装碗、调味的一套程序则做得如舞，原来粉白如“面皮”的脸，因为忙，汗津津飘着一抹红晕。但不论怎么忙，那妻子收钱或找零，都不会用手接，怕钱币上的细菌感染了凉皮，她坚持用一双竹筷接钱找零，其灵巧自如不逊手为，堪称绝技。

其上所说，是夏天的风景。入了冬季，凉皮摊该冷清了吧，不，似乎比夏天还要热闹，三个蜂窝煤的火炉一字摆开，上面各架一口小小的炒瓢，一撮蒜苗碎节，“啪”地在瓢底啪啦啦一阵欢响，再把凉皮倒进去，加盐、加醋、加辣面，也就是几样简单的调料搭配，味道却很不简单翻翻搅搅，搅搅翻翻，三只炒瓢在那妻子的手上前转后转，上抛下跌看得人眼花缭乱，半支烟的工夫，一份炒凉皮出锅了。欣欣然接到手，凑鼻一

闻:浓香!入口一尝:清爽!齿间一味:悠长!吃完不由人神安气定,打个嗝儿咂巴嘴:痛快!

那丈夫长得精瘦,却一身的力气,小区人家,谁有个忙要帮,叫着他,二话不说跟着去,买了新家具抬家具,买了新家电抬家电,甚至谁家搞装修,砸的碎砖水泥块的垃圾,搬不动,和他商量,想给他些工费帮把手,他只是不语,一袋一袋地帮人把垃圾往楼下搬,那确实是个霸王活,一身好力气的人,也会干得气喘吁吁,浑身大汗,搬完了,给他算账,他定恼起来,像要与人打架似的,争得急了,他说:"多到我的凉皮摊吃几碗就行了。"

一次,高层的电梯坏了,19楼的一家窗户推开来,朝着忙活的凉皮夫妻喊,说是有人突发急病,120急救车马上就到,帮忙把人从楼上抬下来。听到呐喊,夫妻俩立马放下生意双双爬到19楼,先还想着办法抬人,楼梯陡,拐弯多,怎么也不好抬,那丈夫就背了病人,妻子在一旁扶了往下走,小心翼翼地,唯恐增加病人的痛苦。刚背下楼,120急救车也到了,医生护士把他们夫妻当成了病人的子女,招呼着一起上车去了医院。那个中午,夫妻俩耽搁了生意,小区人没吃到凉皮,但事情传开后,大家无不敬佩他们的品性和爱心。

夫妻俩的凉皮摊还在小区摆着,寒暑已经四载,其间妻子怀孕生子,也只在那一月歇了三十天。如今那小子已两岁有余,虎头虎脑,与小区的孩子玩在一起,不分彼此。

男人患了乳腺癌

病友是个男人。啥子病不能患,却患了一个乳腺癌。

其实,我没什么病,因为浪得个市管科技带头人的名头,每年就有机会住院查一次体,就与患了乳腺癌的男人住在了同一间病房里。他

自己患了乳腺癌，好像住在一间病房里的人，都是乳腺癌患者。在我两手空空、一身轻松地住进病房时，他热情得让人吃惊，又是帮我铺床，又是替我到护士办公室领取脸盆、热水瓶之类的小杂物，好像他是一个没病没灾的健康人，而我是个患了大病的羸弱人。到一切安顿停当了，他坐在他的病床上，我坐在我的病床上，沉默了好一会儿，他才怯怯地问我：乳腺上可有疙瘩？

他这一问，把我着实问乐了。

我就说：男人的乳头也长疙瘩？

他也乐了一乐，更加地羞怯和不好意思，说：我的乳头上就生了疙瘩哩。

我听了稀奇，但同时明白，男人也是要患乳腺癌的。我还想起一位百年世家的医生朋友抱怨，现在的乳腺癌患者激增，都是与自己不良的生活习惯以及不良的生育观念有很大关系。

男人患了乳腺癌，任谁都会不好意思的。

我给热情的病友说，我没病，只是进来查查体。

病友就很失望的样子，不再与我说什么，随手拿起丢在病床上的报纸，认真地读了起来。他终究不是个沉得住气的人，读着报，一会儿笑眯眯，一会儿又义愤填膺了，大骂陈水扁搞什么台独，一家人在一起过日子有什么不好？啊，难道让你独立出去！大骂美国佬多管闲事，你们家有钱，钱多得往太平洋里倒嘛，却不，愣是往人家伊拉克撂，把人家的锅打烂了，碗打烂了，让人家怎么吃饭嘛？咱也知道伊拉克的家长不好，再不好也是人家屋里的家长，轮不着你打上门去，把人家的家长逮进监狱，你给人家指派一个家长嘛！唠唠叨叨的样子，让同住一间病房的我，感到特别地逗。

病友虽则患了乳腺癌，身体看上去却极棒，一次我坐在了他的床上，见他过来，我欲起身让开，他却伸手按住我的肩头，把我死死地按住

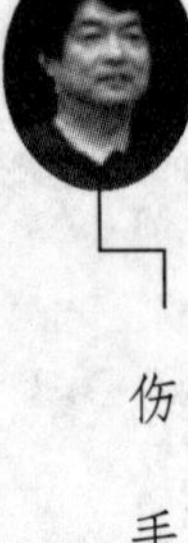

了，挣着站了几站，都没有站起来。他是一个公交车司机，女儿顶了他的班，他退下来，给一家出租车队开夜班。他说夜班危险多，他一把年纪了，谁想要他的命给他好了。可他开了多年下来，从不生病的，突然就觉得胸脯发胀发痛，到医院来检查，便确诊为乳腺癌。真个羞死人了！羞死人了！

女儿和妻子轮换来病房陪他，有时候会说起他的病，他总是压低了声，不想把病情说得太白，好像只要掩盖着，他的乳腺就是好的，就没有长出疙瘩来。但医生通知下来，让他做好准备，晚上就做手术。

看他愁着眉、苦着脸，他的妻女也都极沉闷，仿佛要送他去鬼门关。我看不下去，有意和他拉话，说了许多不着调的闲话后，单刀直入，说：癌都是有恶性和良性的，看你只会是良性的，怕个什么啊。再说咱们男人，又不要乳房翘得高高的，惹人眼目，割一刀咱的胸是平的，不割一刀咱的胸也是平的，让他医生放手割去。

婉转的劝说让他更羞怯，直白的鼓励倒使他开朗起来。先前对医生很抵触，现在就很配合了。

临去手术前，还跑到街上去，蒸了个桑拿，把自己洗得净净的，说是到了手术床上，别把人家熏着了，动刀子缝针线，给咱做不到位。已经躺在手术车上，从病房往出推时，还叮咛医生，咱想开了，不是说打了蒙汗药（麻醉药）不觉痛吗，其实痛一点又怕什么，只要伤口好得快，就少打一点蒙汗药了。医生答应着他，和他一起进了手术室，怎么做的手术，咱不知晓细节，只见术后的他极为清醒，两只眼睛睁得大大的，回到病房来，就嚷嚷着肚子饿了，给他整些酱牛肉、五香花生的填填肚子。医生安慰着他，让他别急，现在少吃一口，只为日后大吃大喝。医生在跟前，他没太碎嘴，医生一走，他又高声大气地指拨妻女快快给整吃喝。

查了三天身体，一切基本正常，我便出院走了。

过了几天，再去医院看肝功，想起患了乳腺癌的病友，转了个身又

到病房去了一趟，见他正在大口地嚼着一只烧鸡，手上嘴上都是油，见我来看他，还拧下一只鸡腿给我，让我一起与他分享，我笑了笑拒绝了，说我刚吃了饭，肚子里没空隙了。他也不再客气，两口三口就把一只鸡腿吃进了肚子。

他的妻女都不在场，我原来的病床上换了人，听说又是一个男性乳腺癌患者，那时也不在病房，只有他和我。我本来还想说些注意营养、注意锻炼的话，看他的样子，知道说出来也是废话，就只听他说了。他说他就是能吃，吃猪肉、吃牛肉、吃鸡肉，总是吃不够，原来把人忙的，住了院，动了刀，有时间了，我要把过去欠的胃口都补回来。他说着话，还不忘让我看伤口，差不多都好了，说他明天出院，再歇一段时间，还开他的出租车。

果然我在以后的日子，继续走在大街上，总会冷不丁感觉一辆急驶的出租车刹在我的身旁，随之就会听到一声热情的招呼：坐车啊！

伪装的快乐

泥瓦工是组织安排给我的帮扶对象。他也太需要帮扶了，在短短三年时间里，他经历了父亲病残，女儿高考落榜，妻子卧病床上，家中值钱的东西被贼人盗去，他在高架上砌砖垒墙，不慎跌下地来，摔断了两根肋骨一条胳膊的厄运。

就在这时候，我走进了他的生活，并为他们担忧，觉得他的日子可怎么过呀？因为我的帮扶是有限的，我也是个工薪阶层的人，家里也是妻儿老小一大堆，等着我的微薄收入度日养口。我的愁写在了脸上，泥瓦工一眼就看出来了，对我说，把眉头展开来，日子不是愁着过的。

也确实是，我为他发着愁，可他依然很快乐。

不用深究，一个建筑公司的泥瓦工，肯定是清贫而劳累的那一类

人。一年四季，他在建设项目的高架上走的路，绝对要比平坦地上走的多，而他的收入又一定不会很高，紧打慢算，能够维持家用就不错了，他是不会有多少积蓄的，家中一连串的变故，即使省吃俭用有两个钱儿，也是经不起那断断续续的折腾。但和他拉起家常来，总是一派满足的口气和模样，说他老父亲没有白活，原来也是一个泥瓦工，自己的活儿做得好，还带了他的一手好活儿；他的老婆特贤惠，会过日子，有次只剩一块多点钱，她拿了去菜市，居然还买回了一把青菜、一把小葱和一块豆腐，做出了一顿丰盛的午餐，到晚上，还是剩下的小葱和豆腐，弄了一碟小葱拌豆腐，一家就着喝稀粥，嘿呀，你没见，我们吃的都香着哩。

在和我拉家常时，他满脸的笑容，而我却听得满腹辛酸。因为他说话的时候，断了的肋骨和胳膊还都没有好踏实，一条布带背在肩膀上，吊着他还打着石膏的胳膊。我晓得，在他还不能爬上建筑项目的脚手架，握着他心爱的瓦刀，一砖一石垒筑基墙时，能拿到公司开给他的基本工资就不错了，至于额外的奖金肯定别去想。我就开导他，让他走走后门，找领导要求些额外的照顾，但他摇着头，还是一脸平静地笑，说是领导也难，承揽一个工程不容易，竞争那么激烈，他们是国有公司，不敢使花子，能拿到一项工程，大家才能有钱挣，他怎么能找领导的麻烦呢。自己有困难不要紧，勒一勒裤腰就过去了。

泥瓦工的质朴和善良感动着我，在他养伤的日子里，我尽量多地节余一些帮着他，而这让他很不安了，在我去他家时，仿佛不是来帮扶他，而是来向他讨债似的。之后他高考失败的女儿，在一家门脸儿很亮堂的饭店当了服务员，他就坚决地不要我的帮扶了。还说谁都一样，你也宽余不到哪儿去。我承认泥瓦匠说得对，对他就十分地敬重了。

泥瓦匠伤好去了工程上，我也就基本断了他家路。但我的工作在报社，跑新闻时就到他所在的工地去了几次。一次碰到他病情好转的老婆急急火火来到工地，说女儿打了电话，有急事要用三百块钱，泥瓦

匠哈哈乐了，说他敢肯定女儿交上男朋友了!俩人要见面，不穿一身体面衣服怎么行。因为家里和他身上都没钱，他就嘻嘻哈哈吆喝：哥们儿，谁有钱给咱救个急，女儿出嫁时，大家伙儿喝酒去。我在一旁着急，赶紧从口袋掏出钱来要给他，却被他坚决地挡了回去，只从像他一样的工友手里接钱。

我走到他老婆跟前，还想把钱送出去，也被坚决地挡回来。我不信泥瓦工的理由，问他老婆怎么回事!他老婆叽咕说，女儿的服务员不好当，已另找了一个职业要押金嘛。

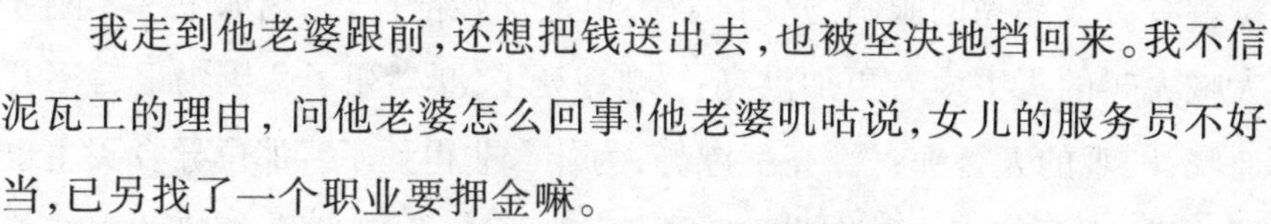

晚上编报纸，看到记者写的一篇报道，说的是行业标兵的事儿。我的帮扶对象赫然在列，他在谈论自己的工作和生活时，说了心里话：我是很快乐，再大的困难压在身上，我都快快乐乐的。有啥子办法嘛，你不快乐，困难也不会自己克服。我是向我父亲学习的，也是向我老婆学习的，我父亲在咽气时还微笑着嘱咐我，别让我手上的瓦刀生锈了；我老婆一块多点钱，买菜做饭，我们还香香地全家吃了两顿。我怎么能不快乐呢？怨天尤人吗?失去信心吗？等着垮掉吗？错了，我要快乐起来，哪怕只是伪装的快乐！

草蜻蜓

在南门外的广场上，人群围着一位老人，看他编织草蜻蜓。他的肩背、领口、纽扣上，还牵连着草编的青蛙、蚂蚱、鸟雀等物。随着他手臂的编织动作，都活了起来，悠悠颤颤，十分地惹眼。老人的裤腰带上，还挂了一束青翠柔长的芦荻叶子，一片叶子就能编织一只活泼可爱的小动物。我围上去时，正有人要买他的草蚂蚱，也没怎么说，一笔小小的生意就成交了。

买得草蚂蚱的是一对恋人吧，俩人拎着草青色的一只蚂蚱都很高兴的样子，你伸手逗一下，她伸手逗一下，老人目送着他们走远，脸上挂

着惬意的微笑。因为又有人要他正编织着的草蜻蜓，他冲那大声喊叫的买主眨了眨眼，应声说："稍候就好。"果见老人的手把劈成八绺的芦荻叶子，拨弄得上飞下转，飘来荡去，宛如小小的一团绿云。俄顷，绿云聚拢起来，幻变出一只形态妙曼的蜻蜓，那样子像是要展翅飞翔了。待到老人把一根水湿的红毛线，穿入蜻蜓的头部，然后剪去线的两端，蜻蜓就有一双晶亮的眼睛，这时再看，更加惟妙惟肖，栩栩如生了。刚才大喊大叫的买主声音更加洪亮："漂亮死了!漂亮死了!"因为语言不甚通晓，围观的人打趣："漂亮就漂亮，为什么非得死了?"那位异乡买主也不分辨，交了钱，拎着草蜻蜓就在南门广场上奔跑，而草蜻蜓竟也在他的奔跑中翻飞起来。

新鲜劲一过，老人的身边有点儿冷清。乘此机会，我凑到老人跟前，看他那张黑红黑红的四方大脸上，满是岁月风霜刻蚀的皱纹。而他的一双手，比脸似乎还要粗糙，仿佛两只耙地的铁爪。我想，这样的手移山填海没有怀疑，而要编织轻灵乖小的草蜻蜓之类，也许会有人疑惑的。但事实就在眼前，谁能不相信自己的眼睛呢!

与老人交谈，知道他的家就在古城的郊县。大儿子书没念成，在农村成了家，膝下也有儿子了。小女儿出息，念书用功，去年高考，一下子考进了北京。现在念书可费钱啦，这里挤，那里凑，把一年对付过来了。这不，又是暑假，又是一年，我没别的法可想，小时候好玩，玩了一手活儿，到城里来，给女儿积几个学费罢了。老人的话，不喜不悲。而我听了，心头却像压了一块铅，为老人盘算着，这么为女儿攒学费，要编织多少草蜻蜓之类才是够呢?

冷清了一阵的老人，又迎来一个红火的时刻。那是一伙外国游客，从豪华的大巴里一下来，就看见了老人。显然，他们被老人编织的草蜻蜓、草蚂蚱、草鸟雀之类吸引了，啧啧赞叹着围了过来。虽然语言不通，但艺术的魅力，特别如老人这种民间艺术所蕴含的那一份纯真，那一份稚拙，深得大鼻子蓝眼睛游客们的青睐，或草蜻蜓，或草蚂蚱，或草鸟雀，所有的游客都从老人手里买了一只。

老人身上牵着挂着的草编蜻蜓、蚂蚱、鸟雀之类，被刚才的一单生意买得一个都不剩了。老人兴奋地数着钱，嘴里直说："今天够了。今天够了。"说罢，收拾起几样简单的工具就要离开。而我却来了兴趣，招呼老人说："陪了您老一阵子，给我也编一只草蜻蜓吧。"老人收住了脚步，回头冲我一乐，说："真是的，陪我说了那么多话，也得给你留个纪念吧。"

于是老人抽刀劈料，这一回他把窄窄的一条芦荻叶子，劈得又细又薄，编织起来也格外地小心谨慎。老人给我编织的是他最拿手的草蜻蜓，虽然谨慎小心，编织的速度还是很快，三五分钟的样子吧，一只翩翩欲飞的草蜻蜓就送到我的手上。我也准备了一张五十元的人民币，递给了老人，转过身才走两步，却被老人严厉的一声低吼叫住了。

我没有立即回头，说心里话，我是有意帮老人的，他要供女儿上大学，仅靠他的这点手艺肯定有困难。老人转到我前面，声调和缓下来，他让我把钱收回去。他说罢，你的心意我领了，而这只草蜻蜓，有言在先，是我送给你的。我不干，和老人对峙起来。说你不收钱，我不要你的草蜻蜓。老人却笑了，笑得很坦然，笑过等我说话，我拧着不说，他说了，看来你不交我这个农民朋友。好，咱们也做一笔生意，收别人多少钱，也收你多少钱，你把草蜻蜓拿去。

……

老人走了，我也走了。走不多远。听得老人身后叮嘱我：经常把草蜻蜓浸进清水泡泡，清水养草蜻蜓，才会时间长呢。

老人的叮嘱没有忘，出差在外，就由不得自己，结果水灵灵的草蜻蜓干了，干成了白白黄黄的一只草蜻蜓，栖息在我办公室书橱的门把上，直到冬天来临，草色自然中的蜻蜓都不知飞去了哪里？而我的草蜻蜓，与我日日共守，地久天长。

久别故乡成客人

关中西府的阎西村，是我魂梦牵系的故乡。

上世纪80年代初离开故乡时，母亲还很刚强地生活着。她老人家一夜未眠，整理着我的换洗衣服，还有锅灶上炒着芝麻棋豆。母亲的芝麻棋豆做得很有特点，起面时，一定要先打几个鸡蛋进去，还要把鲜嫩的椒叶摘来，清洗净了，剁成碎末，均匀地和在麦面中，擀成薄饼，先在锅里烙得七生不熟的样子，揭起来放凉，切成围棋大小的菱形小块，再投进干锅慢炒出来，差不多要炒半个晚上，等把芝麻的油分都渗进一个个脆响的棋子豆儿里，才能出锅打包，到我出门时背上去。记忆中，我每一次出门，母亲都要给我炒棋子豆儿，老人家老是担心把我饿了。而芝麻的棋子豆儿最为耐放，半年六个月地放着，都不会变质，啥时候嘴馋了，抓一把就能吃，又脆又酥，使我哪怕离家千里万里，都能体会到母亲的一片爱心。这一次离乡，与以往不一样，我的户口用一张纸写着，从故乡的农家小院转到了繁华的大都市。一年半载回不了几次家，母亲给我炒的芝麻棋子豆儿就比以往多了许多。那一夜，母亲把我换洗的衣服整理好后，就一直为我炒芝麻棋子豆儿，好像炒得再多，也还是个少。

此后每次回家，都能背回西安一袋子的芝麻棋子豆儿。我的妻女如我一样，把母亲特别炒制的芝麻棋子豆儿都吃上了瘾。

母亲是会老的，自然的法则嘛，一场不算病的小疾竟然带走了母亲刚强的生命。从此，我和妻女就再吃不到芝麻棋子豆儿，也再很少回到故乡去。

最近一次回故乡，也只是顺道的一段行程。在村外下了车，步行进的村子，我看着村子有点陌生，村里的人看着我，眼神儿上也满是陌生。

先走的二哥家，客客气气地把我迎进屋子，喝了几口茶，二哥因为地里来了收苹果的客商，吩咐二嫂晚饭弄两个菜，他要和我喝几盅。说着话就要到村西北的苹果地去，我站起来跟着二哥，想到地里帮他一

把手，摘苹果，或接苹果，都是很费人手的，可二哥说啥都不让我去，坚决地让我留家里。我坐不住，又去了大哥家，大哥去世早，大嫂和她的儿子一起过，我去时，大嫂在院子里剥玉米皮壳，我坐在旁边刚要动手，大嫂竟然不高兴了，让我坐着和她说话就行了，动的啥手嘛，一点点小活，不够她一个人做哩。

敏感的我，知道我在故乡成了客人。

哪怕是在自己的亲哥哥亲嫂子的眼里，也都是一个不折不扣的客人了。这是我所不习惯的，在我们兄弟姐妹七人当中，我是最小的一个，和二哥大嫂他们差着二三十岁的年纪。年小的时候，他（她）们叫我都是小名儿。在故乡浓浓的田舍味道里，我甚至渴望哥嫂都能唤我的小名儿，但我知道，这已经成了一种奢望。哥嫂都不让我插手一点点的农活，还怎么呼唤我的小名。

游手好闲在故乡的我，切切实实地感到一种敬而远之的寂寞。

逝去的岁月，疏远了我和故乡、哥嫂以及乡邻的距离。尽管我对这一些都还熟悉，熟悉他们的秉性、爱好和缺陷。然而，这样的熟悉无法改变我客人的身份，从前在一起玩耍、在一起劳动的苦与乐，已离我越来越远，幻化成飘逝的记忆。夜里，我在梦中对故乡说，我是生活在繁华的都市里，但我的根扎在这里，我还是以前的我，我还会扶犁撒种、扬场折项、开闸浇地、喷药杀虫……睁开眼睛时，二哥来问我：睡得还踏实？大嫂来问我：不冷吧？侄儿端来洗脸水，自己在水里试了水温，嘱咐我说：小心水凉了。正擦着手，侄儿媳妇泡好一杯清香浓郁的花茶，双手又捧了过来……如此地周到客气，更加突出了我身在故乡，却感觉客居他乡的凄凉。

我深爱的故乡啊！飘泊繁华都市的日子里，我怀念故乡，请别把我当做客人，把我关在家的门外。

2004年10月23日夜两安太阳庙

眼前的婚姻

结婚

女人这一天不知怎么就高兴起来了。

女人高兴了，男人也跟上高兴。女人问男人，知道我今天为什么要高兴呢？男人猜，发奖金了？女人微笑着摇头。中彩票了？女人微笑着摇头。那你就是碰见初恋情人了。女人也不气恼，追着男人，高举着的拳头轻轻地落了下来，给男人说，你到阳台上来。男人跟着女人去了阳台，看见养着的一盆君子兰开花了，红艳艳的花朵吐着一阵阵的芳香，男人的眼睛就盯在君子兰上，狠着劲儿说了几句花的好话，回过头来，却见女人并未对花太在意，她的眼睛飘出了阳台玻璃，在蓝蓝的天空飞转……女人说，今天的太阳真是好，空气也特别清新。随着女人轻畅的语音，还有鸟儿的鸣转在窗外的太阳光里飘荡。

男人激动了，在阳台上拥住他的女人，把他温热的嘴唇贴在了女人的面颊上。结婚多年，这个恋爱时的动作回来了。

女人也拥住了男人，给男人说，让你受委屈了。

这是出人意外的，听得男人松开了拥抱着女人，看着她，像是才认识似的。

确实是要重新认识的。在此之前，女人堪称河东咆哮的狮子，他们在一个屋檐下生活，没有哪天不生气。而生气的理由千种万种，比如男人没洗脚就上了床。女人买了件开胸很低的裙子。男人坐在电视机前看球赛，着急时摔了棉靠垫。女人来了闺中密友关在卧室深谈，而这个密友表现得有些另类……碰上哪一件都是事，都不能忍受地要大吵一场。

吵起来便没了边缘，过去扔在一边的细枝末节，一件一件又都像放臭的裹脚布一样，全都抽扯出来，接续着往下吵，女吵不赢男，男吵不赢女，绵绵无有尽期。吵到伤心处，或是男人抱了被子睡沙发，或是女人拿了衣服回娘家。

口水加着泪水，女人在她的圈子里数落男人的不是。男人在他的圈子里喝酒打牌聊足球。还好，女人和男人都没有提说离婚。

糊里糊涂地有了一个女儿。

女儿的小模样太疼人了，女人抱着说像她，男人抱着说像他。这样的争执包含着一种甜蜜的成分，女人和男人都很敏感地体会到了。于是，可能还会爆发别的争执。但也不是特别的紧要，而且又少了泪飞如雨的情景。相互间有事就好商量了，女人劝说男人，你少喝点酒少打场牌，多给我帮把忙好吗？男人听得出话的关心和依靠，就照着女人劝说做了。他做着时，也来劝说女人，你看你那狮吼脾气，不知道的人还以为你咋整治我哩。女人就笑了，笑得有点儿求饶讨好的意味。

终于，女儿上学了。

女人和男人在家里说着话，男人发现女人的眼角上有了几个小褶

子,女人发现男人的黑头发上钻出了几根白发。女人把男人的头拉过来枕在自己的腿上,把那几根白发连根拔了出来。看着那几根带着一小块血珠的白发,女人想了,男人也想,结婚这么些年,都是为了什么呢?争也争了,吵也吵了,到头来就为了头上的几根白发吗?

结婚的意义,在这时变得模糊起来了。

每一对男女,在结婚的问题上都会有自己的理由,归结起来,传统的理由是为了传宗接代,现代的理由是为了爱,这是两个说得最多,叫得最响的理由。那么,在这两个理由之外,还有别的理由吗?我想还会有不少,例如安稳,这个最庸常的理由,其实才是结婚的终极目的。想一想单身时的动荡,自身就如一叶浮萍,漂在风急浪险的水面上,心里是不踏实的。于是努力地寻找,找到了自己的那一半。入了洞房就有了家。

好一个家,在谁都是要牵挂的港湾,伤力了,回到自己的港湾睡上一觉,养足了精神再去拼搏;伤心了,回到自己的港湾大哭一场,擦去眼泪再去奋斗。

家是收藏劳累和忧伤的纪念馆,有家就能享受安稳,像我在文中叙述的那个女人和男人一样,在自家阳台上看见今天的太阳真好,空气也特别清新,就什么也不奢求了。

悔婚

落子无悔真君子。这是就下棋而言的,讲的是一个博弈者的品德问题,落子错了,错得全盘皆输,也是不好悔的,若悔就要为人瞧不起了。

纹枰三百六十一个点,持黑持白是无所谓的,但在一来一去的绞杀中,就有所谓了,因为轮到谁落子时,最佳的点只有一个,必须要找准了,"啪"地落下去,才不致被对方抓住破绽,而使自己陷身万劫不复的

困境。然而，身陷困境中的人，谁不想咸鱼翻身，来个绝处逢生，这便君子不成了，闹着要悔一把棋。记得清楚的一次悔棋发生在1996年，韩国棋界的一名专业八段对阵一名专业四段。棋到中盘时，四段棋手为他的一手臭着悔棋，八段棋手哪里肯让他悔，两人争执起来，说出的话里就有了刺，是能刺人心窝的刺呢。裁判听不下去了，无奈之下，宣布博弈结束，两人双负。此后不久，在第七届东洋证券杯赛上，韩国七段李昌镐与日本九段山城宏对局，也是到了中盘，山城宏匆忙中的一手落子没放踏实，自己又收了起来，这使"石佛"心里极为不快，把个毫无表情的脸憋成了猪肝色。但这没有影响"石佛"的发挥，倒是悔棋者山城宏心里发虚，接下来一步比一步走得昏，到头来以4.5目惨败对手，让他久久不能释怀。

所以说，悔棋是没有好结果的。

同样的例子在我国的历史上也有发生。例如有明一朝素享"三不朽"(立德、立功、立言)之誉的国相刘基，有个儿子叫刘璟，虽恃才傲物，却真的有一手好棋。偏是皇太孙朱允炆不服他的棋力，常要召进宫来，与之对局相博。朱允炆不是刘璟的对手，下几盘输几盘，输得急了就要悔棋，刘璟坚不允诺，话又说得很尖刻，弄得天子太孙好不尴尬。但这并不影响朱允炆继承大统的事情，在朱元璋晏驾之后顺利登上帝位之后，还不忘召来刘璟下棋。当然，不是说朱允炆做了皇帝他的棋艺就能随之提高，再下还是要输给刘璟，他就要赖悔棋，刘璟拗他不过，话就说得重了:圣上您，悔棋赢了还是输，这会关系到您的皇位的，迟早要被人篡了去。后来的事实被他不幸言中，但他已看不到了，一条大不敬的罪责逼得他在大牢里悲惨地自缢而死。

落子不可悔，说的是博弈的道理。

那么婚姻呢？如果说也是一场博弈的话，我想没人会太反对，但婚姻能悔吗？真实的情况是，结婚的人，有近25%的人在权威机关的调查

中，表示了悔婚的意向。

当然，悔婚不同于离婚。

离婚是彻底的破裂，而悔婚只是心有所悔，还到不了离异的程度。

尽管有了许多年的改革开放，新的婚姻观念不断地刺激着人们的神经，但并不能彻底动摇国人心存的传统理念，不到山穷水尽万不得已时，都不会轻言离婚。退一步说，为了孩子，为了父母，为了面子，忍也要忍下去。离婚的代价太大了，不论是精神上还是物质上，尤其是心理上，除非是经过理性地思考，权衡了利弊，下定了决心，最终才会跨越那一步。而悔婚只是一种个人的心理活动，前思后想，不免也会想到自己的责任。只要有责任心在，暗暗地在心头悔一悔，最后还得一块儿过下去。

争吵也不要紧，就如法国人泰恩在《生活与意见》一书中总结的那样，两个陌生人“互相研究了三周，相爱了三月，争吵了三年，又彼此忍耐了三十年——然后，轮到孩子们来重复同样的事，这叫做婚姻”。这话说得是有道理的，身在婚姻圈子里的人，因其经历不同，爱好不同，志趣不同，观念不同，日复一日地生活在一起，哪里能够步调一致毫无争执地相守一辈子。

这就需要磨合，使之在矛盾和争执中求得一种平衡。这个平衡不能用尺量，也不能用秤称，没有现成的标准，只能是各自的感受和感觉，感受到平衡就是平衡，感觉到平衡就是平衡。

这里没有悔的土壤，一点点的悔意，都可能伤害平衡，伤害了平衡也就是伤害了自己婚姻。

闪　婚

户口本是偷出来的，偷偷地揣在怀里，偷偷地就和翟黑子去领了结婚证，然后两个人在一家韩国料理的小店里喝酒，喝得半醉时，再偷偷

地开了房子,把自己毫不保留地交给翟黑子时,罗小麦心头倏忽浮起一个时髦的字眼:闪婚。

可不是咋的,从认识到牵手再到领结婚证把自己给一个男人还不到两个月时间,不是闪婚是什么。

闷沉沉的一阵刺疼,罗小麦知道她那个叫处女膜的东西破了。于是,她不能抑制地哭了起来,想起奶奶给她讲的和她爷爷的故事。那时候的婚姻,普遍一个样,就都是媒妁之言,父母之命,没有婚姻男女自己做主的事,从提亲下聘到请客娶亲,咋说也得消耗两三年的时光。奶奶和爷爷也是,只在双方定亲的时候见过一面,随后便终老一生了。

原来总听这些故事,觉得也挺好的。

然而时代变了,流行起自由恋爱了,要正经八百地看电影、压马路,经历足够时间了解再确立恋爱关系,你去我家里吃一顿饭,我再去你家里吃一顿饭,双方的老人都同意了,这才明目张胆地牵手,乃至于拥吻,甚或是同居等等,总体说来,就是要有一个长得让人生厌的恋爱过程。

肯定是这个过程给闹的,现在的年轻人又流行起快速结婚的方式了,就像罗小麦和翟黑子那样,双方你欢我爱,躲开家里人,自己闪电般地便就入了婚姻的殿堂。

对此的理由是:结婚是需要冲动的。

冲动!哈哈,这太对了,千百年来,中国的婚姻总是建立在门当户对的基础之上,差不多全是在对婚姻男女进行了充裕的考验,还要对双方的老人进行严酷的考验之后,才可能成就一对小夫妻。那样的婚姻是不会有冲动的,有的只是有条不紊的程序和规则,走完了所要走的程序,再按规则一件一件地办,哪怕有那么点冲动,到最后吹灯睡觉时,怕也早已消失不见了。

闪婚给了传统婚姻文化一个致命的颠覆。

想想看，如果两人在一起很开心，很快乐，很想把自己交给对方，就无须旷日持久、耗时费力地折磨对方了，速战速决才是好的对的应该的，而且简约有效，适合时代发展的节拍，一切都在加速，婚姻焉能落后。

不独我们国人流行闪婚，西方世界亦是流行。在网上看到一篇《B J 单身日记》的文章，说的是36岁的女歌星芮妮·齐薇格在海啸过后的海滩上邂逅了乡村教师肯尼·切斯尼，两人相见如故，赤脚在海滩上走了一程，这便定下了两人的终身大事。百天不到，即闪电般走过铺满鲜花的红地毯，对着神圣的牧师，双方庄严承诺，无论幸福，无论不幸，他们将终身相守。

可是，有资料显示，闪婚的问题也是一大堆，其中最突出的问题就是“短婚”。

《今晚报》有则报道披露，相爱容易相处难，双方婚前缺乏了解，为婚后的感情危机埋下了隐患。他们举例某区法院，仅在一个月的时间里，就受理因闪电结婚而闪电离婚的案件达21起，占当月受理的全部离婚案件总数44.6%，其中健康、经济、性格问题成“闪婚”者离婚的主要原因。

对此，社会各界多有议论，称之为“闪婚”是件不易消化的爱情快餐。

冷静地去想，这话虽然难听，却也不无道理，也就是说婚姻与恋爱是两码事，当两个原本陌生的人聚在一个屋檐下的时候，许多琐碎的小事也许就会造成意想不到的矛盾。如果双方不能互相理解宽容，这段婚姻就不会幸福，也就不可能长久。这该是“闪婚”带来的后遗症、恋爱时理想化色彩多于理智，一时的情感冲动取代了理性思维，造成的结果是，一动情就上当，一上当就上床，这就难免不出问题。

美满的婚姻是磨合的产物，既要有婚后的磨合，也要有婚前的磨合，非如此就难稳定持久。

试　婚

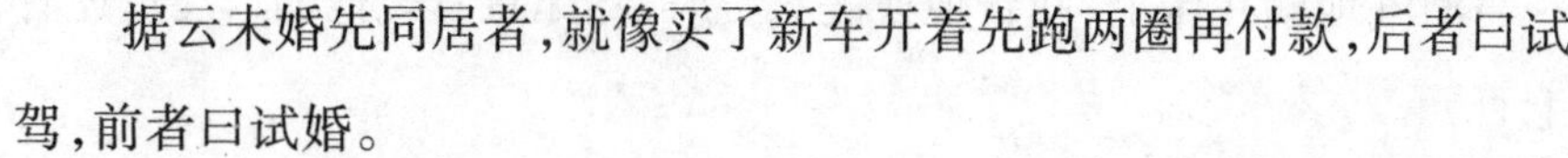

据云未婚先同居者，就像买了新车开着先跑两圈再付款，后者曰试驾，前者曰试婚。

何以要试驾，为的是将来安全稳妥。试婚同此一理，就是双方住在一起磨合。这太重要了，人穿着衣裳时，看不出他哪儿有啥不对，脱光了衣裳，就什么都暴露了。过上一段名不正言不顺的日子，双方都觉得能够容忍对方，这就明目张胆地领了结婚证，再请来亲朋好友，大吃大喝一场。然后开始天长日久的婚姻生活。如不然，道一声再见，拍屁股走人，你走东，他走西，互无牵挂。

应该说，这是不错的方式。

但事实是，试婚是一种痛苦，两个人一丝不挂地滚在床上，颠鸾倒凤，呻吟呐喊了一些时日，哪能那般洒脱，不成了互道一声再见，便各自东西。恐怕未必，因为试婚不是过家家，双方都是付出了感情的，一旦掺进感情的因素，就别想轻松自在，心里的痛，身上的伤，就只有自己抚慰疗治了。

试婚正暗流涌动、不知所终时，突然又冒出个试离婚的把戏来。

听广播，知道那位自称韦小荷的女人，也是通过试婚后结的婚，现在却又要试离婚了。

她在午夜谈心节目里悲悲戚戚地诉说着，说她可能是结婚太晚，对婚姻就特别挑剔，总怕嫁错了郎，那可是一辈子的苦。先是小心地试婚，试到侯鸿辉（大概是她的老公了）时，感觉挺好的，谁知一结婚，任啥都变了，变得不是他了。

可能也怪我，过去不太琐碎，现在琐碎起来了，也爱唠叨，眼里看什么不顺眼，就是一顿唠叨，把他烦的，闷着头只是抽烟，他越抽烟，我越唠叨，他便有些躲我的意思，到那日傍晚，他打电话给我，说有三百元的

奖金，想和几个朋友聚聚。这个理由没什么不对，可到晚上回家后，他一身酒气地躺在床上，我帮他换洗衣裳时，却无意发现他的口袋里还有七百元。

他这不是骗我吗？

气急之下，我把他从床上抓起来，非要他说清楚不可。过去他总是让着我，这回有了些酒劲，与我便不依不饶地大吵起来。吵到后来，他说他受够了，受不下去了，你实在嫌弃我，咱就分开吧。听他这么说，我更是火上添油，吵得一发不可收……整个晚上，两人都没能睡成觉。

天亮后，他去上班，就再不回家，一夜又一夜，他只往我的手机上发一条短信，重重复复一句话：我不会对不起你。

什么意思吗？扛不了几日，我先急了，拉不下面子去找他，就找他常来常往的朋友，知道他的朋友正在试离婚。这叫我警觉起来，问他朋友，侯鸿辉这样算什么？

算什么？也算试离婚。他朋友说。

我身上感到“冷”，告诉了他的朋友，回到家来，拿着电话，几次拨了侯鸿辉的手机号码，但到最后一个键码时，我又都放弃了。我想，试就试吧，让婚姻有个冷静的机会，何尝不是一个好办法。但不知经过一段冷静期，还能不能使冷却了的婚姻温暖起来。

这个担心是有道理的。但愿她的担心最后变成多余。经过试离婚后，两人又和好如初。

后来，不知试离婚的韦小荷和侯鸿辉的结果如何，但从有关方面的统计资料得知，有一部分试离婚者最后还是离婚了。而有一部分如我们所愿一样，又恩恩爱爱地生活在一起了。有了这一部分，我想也该是试离婚的好处了。在这样一个缓冲期里，相信双方都会想一想对方，也会想一想自己，不至于因为一时的“山重水复疑无路”，而错过了“柳暗花明又一村”的希望。

冲动绝对是人的一个大缺陷，特别是在婚姻生活上，一时冲动的试婚未必就有好结果，而冷静的试离婚可能又会带来一个神话般美丽的好结局。

素婚

真爱是朴素的，就像捷克小说大师博·赫拉巴尔夫妻那样。

作为妻子的艾丽什卡是个普通的劳动妇女，有段时间，赫拉巴尔在家埋头写作，他既无名又无钱，还因心里的苦闷，不免会嘟囔一句：真累啊！妻子艾丽什卡听不惯他嘟囔的腔调，瞪圆了眼睛冲他大吼：累从何来？你说！赫拉巴尔说不出来，但他会想，天不亮，妻子就要推着晚上做出来的烧鸡到街上去卖了赚钱。赚了钱安排家里的用度，那才是叫累呢。

非常理解妻子的小说家赫拉巴尔，却没法让妻子理解他的小说。到他都已成名了，妻子艾丽什卡也会捧起他的作品读，读着会禁不住摇头叹息，惊讶人们为什么爱读那样的狗屁文章。但这样的不理解并不影响夫妻俩的感情，他们的婚姻始终坚定而稳固，不管穷困潦倒时，还是风光显达时，相互不离不弃，让人感动，也为人称道。

婚姻朴素到这样的程度，才是爱的真状态。

不像我们现在的一些人，富起来后，张着双迷茫的眼睛，东瞅西望，一副手足无措的样子，弄什么都要极尽奢侈而不休。比如有人在布置新房时，竟然把人民币糊在墙上作装饰。有人为亡父筑阴宅，斥资高达三百万元；再比如喝酒，有两款爷在深圳的街上比上了，既比喝酒的功力，还比腰包的实力，那每瓶数百元的茅台酒，只喝一口便弃之身后，结果一个人喝了八十八瓶，另一个人喝了七十八瓶，付费达四万余元才为大赛画了句号。至于“富则思变”“富而思淫”的人就更多了，包“二奶”

啦，养“金丝雀”啦，乃至吸毒或赌博，夜晚色情场所的勾当，简直是数不胜数了。

精神贫穷到这样的程度，碰上他自己或者是他的儿女结婚，那还能不扯旗放炮地闹腾上一场。烫金的请帖发出了一大堆，豪华的小车租来了一长溜，摄影师、形象设计师要专职的，穿什么鞋捧什么花，戴什么手套，都要是市面上最好的，哪怕是个大冬天，滴水成冰，也必须是一袭薄薄的婚纱，站在瑟瑟的冷风里，咬着牙，做出一副幸福美满的姿态来。

也许这么显摆就是一种幸福，但是越来越多的人开始反其道而行之，大张“素婚”的行状。

我在一家律师事务所的小兄弟，五一前结婚，到中午12时，他还在法庭上为他代理的一件案子作辩护，拖到午后2时，才脱身与他的女朋友搭乘一架航班，去了上海的外滩，住进了他们预订的一家拥有66年历史的老饭店，坐在房间露台上的白色小圆桌旁，一边看夜景，一边喝着红葡萄酒，完成了两个独立人成为恩爱夫妻的全部过程。

律师小兄弟对他们这种有婚无礼的方式颇为满意，他说这是他们小夫妻的共同选择。他还说，这种感觉是美好的，不用刻意讲究，不必兴师动众，静悄悄地两个人，一起到一个想去的地方，像是度过了一个精致的很有品位的周末一样。今后，我们会不断地去度这样的周末，一个周末就像一次新婚，我们自己的周末，我们自己的新婚，还有什么可以与之相比呢？

静悄悄不见波澜的素婚者在我们的生活逐渐多了起来，他们都如我们律师小兄弟一样，安然地浸泡在幸福的朴素里，品尝着自己的甜蜜。别猜测他们钱少，办不起奢华的婚礼；别猜测他们孤傲，身边没有多少朋友……这是不对的，他们什么都不缺，特别是金钱和朋友，可说他们还很富有呢。他们之所以选择素婚，全在于他们不同于他人的素养，就像他们的学历，几乎都在专科以上，而初婚年龄又大多在26岁以

后。这是他们的觉醒，反感那种置个人感受于不顾的婚礼大排场，奢华空洞，千篇一律，毫无新意，且使人在应酬中变得机械麻木。

这个认识是珍贵的，可能是中国婚典的一个突破。

而且是，奢侈豪华的婚礼并非能使结婚的人美满幸福，倒是素婚的人，常可能相扶相携，白头到老。因为天长日久的婚姻生活总在油盐酱醋的朴素中，触碰的也是锅碗瓢盆的交响，哪里有那么多的奢想和华梦。

博·赫拉巴尔和妻子艾丽什卡，为这样的婚姻树立了一个典范，听说他们结婚时的仪式，如他们以后的婚姻生活一样朴素。正是这种朴素，使他们夫妻的感情还必须总是保持着一种新鲜。当然，那不是玫瑰花带露的新鲜，而是溅在围裙上烟油的新鲜。

誉满世界的博·赫拉巴尔走到哪里，都能感受到这种新鲜对他的意义。一次，他出门在外，写信告诉艾丽什卡：没有你我苦不堪言，不过这也好，此刻当你离我远去时，我更知道，你是谁，你对我意味着什么。

网 婚

有位热爱网游的朋友一日问我，知道网上同居吗？我大惊，嘱他别乱说。朋友便笑我老土，说，都是虚拟的，玩玩而已。并且帮我打开一家“第九城市”的同居网站，手把手地教我进去看风景，这一看还真看出不少乐趣来。

好热闹的一个去处，网居的虚拟夫妻有10余万，而且多是没有夫妻生活经验的大学生。

应该说.，同居网站的设计是精美的，入住的手续也极便捷，无需真实姓名，虚拟一个别致的昵称注册进去，就能自由地寻找同居伙伴。这是件颇费周章的事，又是发帖子、贴照片宣传推销，又是留意挂在网上的单身动态，觉得如意时，就去大胆追求，或是聊天，或是邮件，确立联系后，双方尽可以根据自己的兴趣爱好，商量着装修一间新房，就能牵

手同居了。往往是，同居者下班后要做的事，首先是找点空闲，抽点时间，跟随鼠标，“常回家看看”。这太重要了，不勤着“回家”，同居的伙伴就可能抽身而去，成为另一个人的同居伙伴。

多么奇妙的生活啊！

月上柳梢头，人约黄昏后。虚拟的同居伴侣互相说着自己的经历，交流着各自的感受，情也绵绵，意也融融，说到情不能禁，意不能违时，熄灯上床，哼哼唧唧就是一场云雨。

偷窥了一对网民的爱巢，感觉特有情调，满屋子的卡通氛围，浪漫而温馨。新潮的家具，温暖的地毯，懒洋洋的宠物猫，趴在电脑桌上，一只爪子很有经验地敲着键盘，使液晶的电脑屏幕上蓦然窜出一只肥硕的老鼠……透过薄薄的窗纱，看得见室外的小花园里，桃红柳绿，春意盎然，有蜜蜂飞来了，有蝴蝶飞来了，就在娇艳明媚的花草间隐现着……看到这些，我只能会心地笑了。

而我知道，虚拟同居的伙伴，有了一段感情交往，你恩我爱的还要领了结婚证(自然也是虚拟的)，“合理合法”地走进了红烛高照的洞房。

更有甚者，在虚拟的家庭里还生下了可爱的小宝宝。

教我偷窥人家网婚的朋友，看我笑了，知道我对此并不反感，便抖擞了精神，告诉我，他在网上也弄了一间屋子，牵手了一个同居伙伴。我知道他已成家了，而且知道他们夫妻非常恩爱，就有意要恶搞他一下了。

我说，色胆不小哇！

他说，是人都一样。

我说，看我怎么给你家里说。

他说，正好列入竞争机制，叫老婆担心点，对咱会更好一些。

再往下说，朋友就又告诉我，不只他在网上有同居伙伴，他的老婆也会有网上的同居伙伴，他们夫妻吃饭时，你一口茶，他一口汤，还不忘

互相交流网上同居的经验和感受。

这太新鲜了，我一时有口不知再说什么。

过了些日子，再见朋友，问他的网婚进行得怎么样？他笑了一下，说，离婚了，又找了一个新人，正度蜜月哩。

我取笑他，看把你美的，别伤了自个的身体。

话是这么说，却不得不承认网婚的美好，身在其中，却又完全可以不见面，保持了网络的神秘感，无论对方的相貌如何，身高几许，详细家世，全都包裹在想象的空间里，由着自己去幻想了。而且更为主要的是，双方互不承担责任，也没有做饭洗碗、擦地晾衣服等烦人的家务事，自由地来，自由地去，有心跳，也有刺激，可把现实中很多压力和无奈释放出来。

同 居

有时候我挺恨我自己，恨我曾经崇拜的个性。在我的周围，很有一些极具个性的人，他们要么十分自我，只崇拜自己，并把自己的利益作为一切行动的指南；要么崇拜偶象，崇拜到爱屋及乌，甚至是好坏不分、是非不明的地步。这样的结果，自己的目的或许达到了，却可能以伤害别人为代价，就像我一样。

喁喁低语的我，不是作者我。

作者的我因为媒体工作的身份，常会听到一些找上门来的倾诉者。这次向我倾诉的人，是位非婚同居的大学生，他从山东老家来西安求学，现在要毕业了，最不能割舍的是他的一段同居生活。

他说他是三年级时与同学开始同居的，初恋很简单，一是为了和大学的同居时代同步，大家都在同居，你不这么做，只能说明你老土你没本事；此外，同居就是为了自己，为了自己的经济生活和生理需求。

学校是六个人住一间房，太挤了，俩人住一间就舒服了，安静随意宽畅，而房租又是AA制，经济上不致负担太重。况且，女孩一般爱干

净，生活有条理，所以和女孩同居，房间有人扫，衣服有人洗。还有，青春年华，谁没有生理需要？同居之前，我俩口头上就订下一个协定：同居就是同居，绝不涉及感情。

哟嗬！好一个同居不涉感情！

这会是大学生勇敢同居的理由吗？我老土保守，想不明白都已同居了，还能不生出些感情来。他们果真做得到，就只能佩服他们的意志堪比顽石与钢铁。

这不，问题还是出来了。

一次意外，同居女友怀孕了，也没告诉他，只身去了医院做人流。当时，他还在教室里上课，是个陌生女人的电话告诉他的，同居女友大出血，现在躺在医院里急救。开始他是急，后来就有些气。看到同居女友满头虚汗、一脸苍白的模样，他的心疼了，原来互不负责的口头协定，在这一刻土崩瓦解，他拥着同居女友，对他检讨说：我叫你受苦了。

平心而论，这对大学生同居者的精神和态度，是很值得人们尊重的。

可是别的一些同居者，恐怕就难为人所理解了。《华商报》在今天的一期专刊上，推出了几例同居个案，首当其冲的是一位叫明的公司职员，和一位超市售货员女友同居了。他们同属工薪阶层，谁都少有积蓄，偏偏售货员女友爱好浪漫，见到喜欢的东西，也不论实用与否，就会要求明给她买。起先，明有求必应，到最后他实在没钱往外掏了，便推诿改日再买，售货员女友却不答应，指责明在敷衍她。

是个什么要紧物儿呢？

不是铂金项链，也不是钻石戒指，就是一件晃动着金属片儿的小背心，同居了一段日子的两个人，当下分了手。

明目送着售货员女友离去，心里痛苦地嚎叫着：你把我的心挖走了啊！

再是一个化名为沙莉莉的女孩和同事大军的同居生活，在一起舍

命打拼了四年时间，而且已经积累下足够他们买房结婚的钱后，却也毫无来由地把钱一分为二，把人也一分为二，从此形同路人一样低头不见抬头见地熬着日子。

自由同居的男女，在同居中总是难有善终，而失去自由的囚犯，在监狱里表现好，所能获得的一次同居，却让他们刻骨铭心，死去活来，无以复加。

推出这一人性化措施的是北京女子监狱，赶在今年春节前的日子，挑选了正在服刑的12名女犯，在丈夫前来探监时同居24小时，为了这一措施的正常进行，监狱专家修建了一栋同居会见楼，清一色的标准间，配备了独立的盥洗室，还有双人床及一切基本的生活用品。

新鲜吧？同居会见权，我们是该为其欢呼呢，还是反对抗议？能够听到的意见是，反对声高过了欢呼声，认为此举有违刑罚的目的。因为徒刑类刑罚就是以限制犯人的人身自由来实现的，既然人身自由都没有了，还谈何“同居权”？然而争论也罢，反对也罢，北京女子监狱已经实实在在展开了这样一项业务。并听说，效果特别地好，前来探视的丈夫满意，正在服刑的妻子高兴，而且在同居会见之后，女犯都能更自觉、更积极地劳动改造。

善哉，同居。

分 居

把分居的罪责推给要命的房子是不为过的。

这是国人的一个心结，例如乡下人，起早贪黑地弄钱，弄了钱就弄房子，很多时候，为自己以及为儿子弄房子就成了压倒一切的大事。那么城里人呢，也不能从这个大事中解脱出来，心里最搁不下的事，依旧是弄房子。好像弄了房子，不单是为了栖身，还有个面子问题，于是就

梦想着，总嫌房子不够大，也不够多，如果有那样的经济条件，弄了一套就又想着弄下一套了。

城里的房地产市场一直火爆，这不能不说是一条理由。

不像租房子住，成了家也好像没成家，我的朋友里，因此而对他的另一半颇多微辞，怨其大手大脚，好吃好穿，持家不严。总是租人家房子住，也不嫌脸上臊得慌。

看来，弄一套自己的房子是太必要不过了。

原因还得在中国的传统里找，住房无疑为家庭的指代。所谓“安居乐业”讲的就是这个道理，房子在人的心目中有种超乎寻常的神圣，结婚就是“圆房”，“新婚”就是新家，还有隔了几层关系的亲戚就成了“远房”，而旧时妻妾成群的人家，先进门的叫“大房”，次进门的叫“二房”，再进门的叫“三房”……发展到现在，一夫一妻制限制了那样的情况，却不能阻挡私下的供养，结发妻子除外，再养就是“二奶”“三奶”……乃至买了私车，也要冠上个“房车”的美名，除了便利交通外，还能够把私车看做又一处房子的。这样的思维逻辑，突出了房子的核心地位，全部的社会关系都在房子上标注得清楚明了。

站在这个基础上认识房子，即可获知城市住房的迅速扩张，并不完全是人口膨胀，并不是生活质量提高的表现，其中还潜藏着一个家庭正在快速衍生裂变的因素。

前段日子，热播着一个叫《海棠依旧》的电视剧，主人公的妻子不断向丈夫施压，使她那个向来与世无争，而且稍显窝囊的丈夫，重压之下逞了一次勇，从他工作的单位争来了一套住房。谁料想，这争来的住房竟成了他们分居的有利条件，一次平常得不能再平常的吵架，吵得丈夫住进了他争来的新房里，两处住房，两处各住一人，说是冷静两日，可这一冷就再也热不起来了，竟互为旧人，以至离婚。

房子啊房子，不宽余时想宽余，一旦宽余又弄出这样的悲伤事，让

人就有些费解了。而此种事，不独是电视剧上演一演的，现实生活中的实例多了去了，两个人在一处争执，与在两处别扭，有着极大的分别，“嫌隙人生嫌隙事”，人与人的关系其实是最脆弱的呢。

然而有了这个条件，谁又能挡得住当事者的分居呢？

这是一件最没办法的事，在婚姻里泡得久了，难免不磕磕碰碰，就像舌头和牙一样，亲密得不分你我，可也不小心，牙齿会咬得舌头出血。老人的话都难起作用，什么“千年修得共枕眠”，可你半夜三更睡得好好的，突然被晚归的对方生生地拽出梦境，就不能不怀疑自己的涵养了。耗费千年的修行，难道就是为了让人打扰自己的清梦？婚床之大，其实是最容不下人的怀疑，为什么晚归？晚归干什么去了？他人即地狱的咒语，在这时获得了很大的市场，怨怼因此而生。如果能够觉醒，则还好说，如若不然，日复一日，总叫对方处在不得安眠的状态，婚姻自会像象穿过的华服一样，渐渐地沾染上情感的污渍。到这时，哪怕还睡在宽大的婚床上，却也会怀念从前独处的单人小床了。

想是可以想的，但绝对不要去做。

哪怕枕边人不顾形象、不计安危地躺在你的身边呼噜连天，并且还吐纳着口里的酸腐气，也要坚持别分居。就像俗话说的“床头打架床尾和”，分居了到哪儿去和？这样做使消气的距离扯远了，伴生而来的修好成本也必然大一些，矛盾重的，干脆一滑到底，本来可能挽回的幸福，就会随风散尽。

实在憋得心里难受，要分可以分被而眠，一人一个被窝，却在一张床上，又保持着一定距离，这样的好处是，双方都有了自己的空间，可以任着自己的性子翻转，到有需要时，伸一伸手就能触着对方。这太关键了，伸不伸手，伸手能不能够得着，将是美满婚姻不可或缺的温馨。

独身

女儿还小，正读着初中，却在她的母亲出国的那夜，与父亲的我开了一个玩笑。

女儿说："我妈出国去了。"

我说："你妈出国去了。"

女儿说："你可以享受几天独身的日子了。"

我说："我可以享受几天独身的日子了。"

女儿说："祝贺你独身。"

我说："祝贺我独身。"

这么你一言我一语地戏说着，女儿突然话题一转，很有些决绝地告诉我，她这一生绝不嫁人，独身多好啊！外国有许多独身主义者，人家没有家庭的羁绊，我行我素，天马行空，想做什么就做什么，自由放任，有什么比这更吸引人呢？

宣言般的一通话把为父的我逗乐了。

我用手指戳了一下女儿的鼻尖，告诉她，如果你的母亲和我都像你一样，独身不婚，哪儿有个你呀！

女儿便不与我争辩了，自个儿打开电脑，在网络上游走起来。我知道女儿的许多奇思异想，最先都是从网上找着根源的。倡导独身的观点，自不待言，网络上是有太多太多的独身主义者，喋喋不休地鼓吹着独身的好处。

然而，独身了果然就这么好吗？

想当年，为了领到一份结婚证，青年男女熬啊熬，熬到了法定年限，急着要入洞房时，有组织出面，动员晚婚，还开出优惠的政策，晚婚可以获奖涨工资，可以休假去旅游，但却极少有人晚婚，各地的婚姻登记机关门口排着长队，找着后门领本子。结婚了，组织还要来做工作，动员晚育，同样会开出优惠政策，晚育了可以获奖涨工资，可以休假去旅游，同样地没人愿意晚育。私下里流传着一句话：“早结婚，早生子，早享福。”大家是太认同这句话了，生下一个小孩不过瘾，还要千方百计地生二胎。谁也不觉得结婚有什么好？不生孩子有什么好？相反，一个人如果不谈朋友，不结婚，把自己耽搁成了大龄青年，父母兄弟急，同事朋友急，组织上也会急起来，把那个列为重点，找一些能言善辩之人，四处为其物色对象，直到结婚生子为止。组织上在一度时期，还把解决大龄青年的婚姻问题作为一项政绩工程，一级一级考核哩。

可是这一切在大变革、大提速的时代潮流面前，变得十分地脆弱，未婚青年中有很大一部分人，居然视结婚为畏途，悄然地流行起独身一族。更有一些被困婚姻“围城”的人，也纷纷起来“谋反”了，想方设法地在围墙上戳个洞眼，“死里逃生”地往外冲锋。“突围”的成功人士，大谈“围城”内的种种不幸和为“自由奋斗”的经历。莫不谈婚色变，心有余悸。

这下好了，独身主义的浪潮滚滚而来，社会生活中的金领、白领或者蓝领青年，只要有经济独立能力，都嚷嚷着要过坚定“自给自足，自行其乐”的独身生活了。而社会也给了独身主义者极大的宽容和认同，以前贬意的“单身汉”、“老姑娘”等称谓，如今也为“单身贵族”或“钻石王老五”所取代。商家的聪明才智其时也得到了充分的发挥，名目繁多的“单身俱乐部”，雨后春笋般树立在繁花的闹市之中。

可能有人认为独身酷、另类。其实不然，只是人对生活方式的一种选择而已，就如自己身上穿的衣服，商店里挂着成千上百种，而你独喜欢这一种，买来了，穿在身上自己觉得舒服就好，扮酷和另类，与独身是不搭界的。因为独身一族必须具备一些基本的条件，例如：独身必须要有相应的居住环境和充裕的经济自主能力；独身必须要有健康的身体和情感调控能力，承受得了来自社会和工作上的心理压力；而最关键的是，独身必须出于个人的自觉自愿，是独身者乐意选择的结果。

应当说，独身生活在今天，作为一种新的观念和新的形态，已为社会赋予了可贵的尊严，谁都无权指手画脚，歧视和反对。

独身没有错。

独身的人在某种意义上，至少比别的人还多了一个寻觅知心爱人的机会。

然而，独身绝不是唯一的选择。在笔者深夜写着这篇小文章的时候，习惯性地到书桌一边取茶喝时，伸出的手却扑了空，这才想起，爱人坐着国际航班，正在飞往国外的高空中。

我期盼着爱人早一天回来。

急嫁

新的时期困扰人们的一个问题，发展到今天出现了解决的曙光，那便是总也玩不够的青年人急着要把自己嫁出去了。在这个队伍里，表现得最为急切的当数大学里毕业和将毕业的女孩子。

媒体记者深入到大学的校园里，对此做了深入的调查，发现大学生中急嫁者队伍正在迅速扩大。她们与拿着厚厚的简历，奔波在各个招聘会上的大学生不同，不慌不忙，很有些闲情逸致地打扮着自己，两眼顾盼如风，在网络的鹊桥版上，或是社会上的婚介所里，翘首寻觅着自己的金龟婿。

记者与一个田姓的大四女孩交谈，知道她所以急嫁，也是有许多苦衷的。她说：我的学校牌子不硬，家又在外地，想在西安找份好工作非常难。即使找到了，收入也只够租房、吃饭。不如直接找个起点高的丈夫，既避过了就业的麻烦，也省去了很多奋斗。应该说，小田的苦衷不是没有道理，而且是，她们女大学生在晚间熄灯后的“卧谈会”上，最常有的一个主题，便是谈论某位女同学又找了个“成功男士”做男朋友，谈得大家都很羡慕。

便是大学女生的家长，也积极参与，为他们急嫁的孩子物色对象。有位叫宋艳的女大学生，就是在父母的一再撮合下，近来赴了三次相亲宴。三个相亲对象分别为公务员、民营企业家儿子、个体老板。宋艳的家长认为，家境殷实、有房有车，女儿嫁过去就不会受罪。而这也是大学生急嫁者的共识，在她们之间流行的几句话是"男靠家，女靠嫁"，"嫁得好，胜过工作好"。

事实也为这样的流行语作着证明。96级本科生小孙，进校时就已引人注目，她的好身材、好容貌，帮助她顺利地上了校模特队的主力位置，自然地引来众多追求者。有个商贸学院的男朋友，在高中时就与她确定了恋爱关系，现在在一个城市上大学，两人一直处得不错。可到大四头一学期，小孙参加了一次社会走秀表演，认识了一位外企经理黄先生，心里爱的天平发生了倾斜。而且是，这位大她十多岁的黄先生不仅事业有成，对小孙的关爱也是殷勤有加。经过一段思想斗争，小孙与她恋爱了多年的大学生男朋友断了关系，转投到黄先生的怀抱。在此期间，小孙被学校保送读研，这可是个让同学们眼馋的好事啊！小孙却也眼睛眨都不眨，微笑着回绝了学校的好意。到她拿到大学毕业证的第二日，就与黄先生一起去了婚姻登记机关，领取了结婚证书，并迅速地步入了婚姻的殿堂。现在，小孙出有豪华小车，穿有名牌衣裳，回到家，也不用她伸手，一切都有保姆侍候，生活过得幸福美满，听说正计划向美国办移民。

这样的美事，自然是有人眼红，也有人反对的。

在编辑部议论起这些事来，有个来报社实习的女大学生是不以为然的。她说：结婚不是寻找长期饭票。没有感情，急火火嫁给人，也可能会急火火离婚的。另有实习的女大学生也说：读了那么多年书，只是为了嫁人，那我们是什么呀？找工作难，工作起来更难，但我们自己挣

的工资自己花，那也是一种舒畅，依附别人获得的富足，除了富足还有什么？

公说公的理，婆说婆的理，但都无法阻挡日益壮大的女大学生急嫁的浪潮，正汹涌澎湃地冲出象牙塔，向着更为广泛的社会漫流。

对此，我们不能简单地批评，更不能简单地认同。仔细分析，既然有急嫁者队伍出现，就一定有其出现的原因。首先是就业时的性别歧视，使知识女性的自信心受到了打击。其次是女性的工作绩效不如男性那么容易得到承认，使知识女性的进取意识受到压制。另外，女子无才便是德的传统观念在抬头，导致高学历女性在婚恋时不易被男性尊崇，使知识女性的性爱神经受到了伤害……这些问题的出现，你不让人家急嫁还能怎么办？

但我还想劝说急嫁的女孩子，婚姻是一辈子的事，只是眼瞅着对方的财富就把自己嫁过去，不啻给自己的情感生活先上了一个金刚打制的沉重桎梏，这是很危险的，甚至是很要命的，因为谁都不可能躺在别人的钱堆上享受幸福，哪怕委身于人，成为人家的金丝雀也是困难的。许多悲伤的事例就摆在面前，不用列举也知道，婚姻的幸福是要自己打拼的。

2008年4月12日西安太阳庙

出名的理由

一

出名要趁早啊！张爱玲是这样教导人们的，而她自己也是一个忠诚的实践者，但她没有说，出名了做什么？怎样才能出名？

这是个问题呢。看得见有人费了九牛二虎之力，熬煎得白了头发，却就是不能出名；却有人不费吹灰之力，甫一亮相，便名满天下。典型如谋女郎们，巩俐、章子怡、董洁……沾染一点张艺谋的灵气，大小媒体就追着她们炒了，到这时，不想出名都不成。就说那个乡下孩子魏敏芝吧，在张艺谋拍摄《一个都不能少》的影片时，侥幸选了她演主角，这便不得了了，就成了名人了，媒体炒作她，她自己也鼓足了干劲要往明星的光圈里钻，竟也钻出了点名堂来。

如此说来,出名是要有机缘的。

称之为“80后”的当代作家韩寒、郭敬明,有幸抓住了机缘的尾巴,使他们大行其道,写什么市场上火什么,让他们早早地就跨进了中国文化富豪的名录。可能他们还没有玩够,还想再玩几票的时候,已有“90后”的写手来抢“80后”的地盘。其中的代表人物有吴子龙、蒋方舟等。特别是这位吴子龙,出了本《谁的青春有我狂》的书后,给台湾的李敖写了封信,偏巧李敖要回大陆访问,顺道见了见出口“我欣赏你但不崇拜你”的吴子龙,这使他一发不可收,自吹自擂:“我和李敖不是探望与被探望的关系。我和他是强者对强者,高山对高山。”

口气大到这个样子,让人就只有吃惊了。

现在的孩子,太多这样的狂劲儿了。前些个日子,评论家白烨不知说了些什么话,这便惹得“80后”的一位写手不高兴了。口无遮拦地大吐口水,而且是谁出来劝架,他也不轻饶,逮着了照样是一嘴口水。不过,他的口水还是有些才气的,相信再过许多年,他的作品是什么可能不会有人记起,但他的那一句著名的口水还会在人间流传,这就是:这坛那坛,最后都是祭坛;这圈那圈,最后都是花圈。

真够经典的,孩子用他的义愤为文坛和文化圈画了一个这么透彻的形象。

话到嘴边留三分。民间的这句话怎么就堵不住小名人(这里仅指他们的年龄小)的嘴呢?他们有钱呀,既出了名,又有了钱,便听不进别人的意见了。这不好,因为名声是件太重的行李,现在已经压在你的肩上了,弄不好是会压伤你的嫩骨头的。

我供职的报社,在最新出版的一期文化专栏里,历数了小小少年的版费收入,撇开“80后”人不算,只说“90后”的小写手,那个叫阳阳的孩子,出了本《时光魔琴》的科幻小说,获得的版税就有120万元,还有夏青的《繁花泣露》,陈劢子的《看不懂你就不要看》等,同样有着不菲的版

税。这个钱取得好，再多一些会更好，因为小写手是用他们的劳动，一个字一个字地剜出来的，那些个字上沾着他们的心血，沾着他们的汗水，拿着用文字换来的钱，他们理直气壮，小小地张狂一下也是该的。但必须有个度，不敢太狂了。

太狂可能忘形，忘形可能失去自己。

许多有才少年，出道时是很不错的，不但惊人，而且吓人，按不住将来会成为怎么一个人。悲哀的是，过了些时日，悄悄地不见了，消失了。太近的例子不敢举，怕惹了麻烦没工夫陪，就举个王安石笔下的例子吧，“金溪民方仲永，世隶耕。仲永生五年，未尝识书具，忽啼求之。父异焉，借旁近与之，并书诗四句，并自为其名。其诗以养父母为意，传一方秀才观之。自是指物作诗立就，其文理皆有可观者。邑人奇之，稍稍宾客其文，或以钱币乞之。文利其然也，日抱仲永环谒于邑人，不使学。”结果怎样呢，指物能诗的五岁孩子，出名不谓之不早，获利不谓之不丰，最后却一事无成，叫北宋文豪王安石只能徒唤伤悲了。

此等故事，想来小小出名的人物都知道，我这么重复道来，还请烦我的人恕我唠叨。

那么，话又回到张爱玲的身上，她的文章自然是好，而她的一些名言，却是值得思量的。“出名要趁早”，在多少人为此话所蛊惑时，别忘了，这只是张爱玲的一句自言自语，她说的是自己的情状和心态。就如她的身世一样，为清末“清流派”代表人物张佩纶的孙女，前清著名大臣李鸿章的重外孙女。如此显赫的身世，其实并未给她带来多少童年的欢乐。纨绔子弟的父亲和受西洋文化影响的母亲性格严重不和，终于在张爱玲十岁那年分道扬镳。生性执拗的张爱玲不讨继母的喜欢，多次被继母陷害而遭父亲毒打，最恐怖的一次，竟被关在黑暗的地下室十几日，小小年纪，便尝尽了人情冷暖与世态炎凉。所以，她是早熟的，早就以怀疑的目光看世界，八岁通读了《红梦楼》《三国演义》，十三岁发表

第一篇散文，20岁即走红上海滩……便是今天，研究她的写作，一生最好的作品都是在25岁以前写成了。这便不难理解她何以说出那样一句惊世骇俗的话。

25岁以前的张爱玲，那时她的心理年龄怕早已是52岁不止了。

悲凉的，无可奈何的“出名要趁早”啊。

二

纸上的写真是不敢恭维的，画人不像人，画马不像马，大体描出个意思就不错了。所以古代的名人都没留下画象，孔子、孟子、屈原……他们长什么样？谁也弄不清楚。书上的插图都是后人揣摸着画的，只可意会，不可言传，譬如央视10频道的《百家讲坛》，大说两汉风云人物时，给刘邦的画像穿了一身明朝皇帝的衣裳，再品三国人物时，无论曹操、刘备、孙权等，还是贾诩、诸葛亮、周瑜等，就都是现今十分流行的卡通人物的行头了。

也难怪，古人的出名不在他的肖像，而是实实在在的事功，或文，或武，莫不如此。

如今好了，有了电视这个劳什子，昨天你还默默无闻，今晚你上了电视，而你又很会作秀，秀文化、秀拳脚、秀口才……秀得有水平，你当下就能家喻户晓，若果又被电视台青睐，隔三差五亮个相，你就成了百姓眼里的常客，你的音容笑貌就会印在观众的心里。说个有点水平的话，也就成了名人名言。万不得已，没有自己的思想，记忆力好也行，钻到书房里把古人写下来的文字囫囵吞枣地吃上一些，到电视上来讲，也是讲得出名的。

易中天教授应该是有这个心得的。

他在电视露脸之前，或许有点儿名气，但没有露脸后的大，更没有

露脸后的红，想来他自己也是始料未及的吧。学者能把书斋里的成果，通俗化地，通过传媒讲给受众，而且又能使受众坐得安稳，听得受用，这也算是一种成功了。

脸儿一熟，最直接的好处是他成了人们挂在嘴上的谈资，说狼说老虎说狗熊，爱怎么说就怎么说，堪比如日中天的“超女”竞选，每个人都有她的“粉丝”，易中天亦不含糊，赢取了一个庞大的拥趸群，自称“意粉”或者“乙醚”，狂热地追捧易中天。有人还上网发帖子，拉出朱自清、周氏兄弟和俞平伯等人为易中天垫背，说什么朱自清不善言词，一到讲台，碰到女生旁听他便立即脸红，忐忑之间，课也讲不扎实；周氏兄弟和俞平伯等也不是演讲的高手，往往言辞吞吐，令人费解。这都是做教授的缺点，易中天就不了，他有学识，具才情，算教授里的一等人物。不仅他自己吃到了“甜枣”，还给了万千同行一些启示：原来学问可以这样做！原来可以走出书斋服务大众！原来死灰文化的价值不菲！原来溺水的中国文化人可以这样自救……“意粉”和“乙醚”的追捧可能过了点头，却也不无道理。

特别是那个“甜枣”观点，我想是不会有人反对的，易中天因此是有“甜枣”吃了，不是一颗，而是滚滚而来的无数颗。据他自己说，原来出了本书，印了几千册都不好卖，现在出一本书，一半个月就能销售几万册。要知道，今日的文化出版市场并不景气，全国数一数二的文学期刊，卖不到两三万册，一流作家的力作，能印到三四万册已属万幸了。易中天的书好卖，出版社一窝蜂地找他，给他大送“甜枣”，让他不吃都不成。

有人看得眼馋，担心易中天吃多了不好消化，站在一边，鸡蛋里挑骨头了。

一说易中天的身份不确定……

二说易中天的文风不厚道……

也许还三说四说、五说六说，我不想再罗列，只说这两说，便大有吃不到葡萄就说葡萄酸的意味。

啥是身份，受众认同就是身份。

啥是文风，受众喜爱就是文风。

总而言之，到目前为止，易中天做的节目和出版的作品都是积极健康的，即便有些言语文字可能有失油滑，有些说法也可能有失严谨，却也属于“正说”的范畴，既然连“戏说”亦属正常，他的“正说”就更不成问题了吧。

谁红砍谁，是现在社会的一个毛病，总有那么一些人，正事做不来，还眼馋别人做。

我所尊敬的余秋雨先生，早于易中天在电视上已落了个脸儿熟，也早就惹得一些人的愤怒，说他：学者怎么能够明星化？一路说着，就又说了一些过头话，让那么能忍的余秋雨也忍不住了，好意儿出来解释，“电视已经普及到了家家户户，那么多的电视台，每天晚上都有几亿人守在电视机前，这是一个每天正在实现着的壮阔文化。”嚼咀品味余先生的解释，我以为说得太对了，既然电视是我们文化生活必不可少的一个方面，从事文化工作的人就没有理由回避，积极的态度是，参与进去，用自己的才能和智慧丰富发展电视文化。

自然，必须是受众认同并喜爱的了。

三

柳州这个地方，有些话是不大好听的，譬如“死在柳州”，让人心里就直打鼓。哪里的黄土不埋人，何以非要死在柳州呢？原来是他们那儿的棺材很出名，不仅木质上乘，制作也极精良。随着时间的推移以及提倡火葬，古已红火的棺材业就有些日落西山。但这有什么要紧呢，脑瓜灵光的人揪住“出名”尾巴，把棺材做成袖珍形的纪念品，销路竟比过去还要好。我有一位朋友，游了柳州回来，给他自己买了一口棺材不说，还捎带着给我买了一口，长不足七寸，宽不足两寸，漆色锃亮，图案华美，精致有趣，透出只有棺材才有的那么一股神秘来。

我问朋友：啥东西不好买，买口棺材？

朋友笑说：你先说你喜欢不喜欢？

我老实回答：喜欢哩么。

朋友便说：那么出名的东西，敢说你不喜欢。

问题又卡在“出名”两个字上。应该说这是大有道理的，谁不是急煎煎追着名头而去，人家的棺材做得好，做得出名，人家得利，那是人家的福气了。

福气是个娇贵的东西，与出名一样，如果不懂得珍惜，不小心呵护，出名就成了出错，出错就会使福气荡然无存。

物亦然。人亦然。

许多出名的物儿，后来不出名了。许多出名的人儿，后来不出名了。其实犯的恰是出名的错，以为自己出了名自己就是天了。谁都得捧着咱、让着咱、怕着咱。这么想非出问题不可，譬如央视名嘴水均益，前些年的一个夜上，去酒吧消费，也不知喝多了还是咋的，与服务小姐发生了争吵，把一杯酒泼在小姐的脸上。这件事沸沸扬扬地喧闹了好长时间，说什么话的都有，但万变不离其宗，都把指责的焦点集中在水均益的名气上了。“小姐也是没眼色，人家多出名，央视的名嘴呢，你惹人家不开心”；“出名又咋了，央视名嘴又咋了，小姐也是人啊！”这么吵吵的时候，我在想，轮到咱去酒吧消费，绝不敢酒泼小姐的，倒是人家小姐泼咱一脸咱也没治，因为酒吧里的保安也不是白拿钱的。所以，咱到那儿去消费，都是逆来顺受的，别说不会乱泼酒水，就是能泼也没那个钱泼呀。

看来，就是泼酒水这样的事，只有出名了才可为的呢。

但也仅止于给可怜的酒吧小姐泼，放到别人身上，可能会是另一个样子。就说建国初期就很出名的柳亚子先生，他的诗写得好，能与毛泽东相应酬，想想看，他该是怎样的牛逼呀。但他给人的印象是卑谦的、谨顺的，就是有点儿不满，也只是诌几句小诗发发牢骚而已。可就是这样一个人，把他的历史真相揭开来，却是一个何等率直敢骂的主儿。

柳亚子在报纸上骂国民党政府、骂蒋介石，用的都是真名实姓。最早从南京骂起，国民党政府的蒋介石跑到了武汉，他跟到武汉骂；国民党政府和蒋介石又跑到了重庆，他又跑到重庆骂……骂得真是够胆大够不要命的，让人感觉他一身的文人傲骨，为了公理和正义，就应该有这股子劲头。国民党、蒋介石被打跑了，跑到台湾去了，全国人民解放，柳亚子高兴啊，他满腔热情地到了新中国的首都北京，参与筹建全国政治协商会议，想不到他的牢骚又来了，不为别的，就因为住的房子不大令他不满意。一次，警卫人员没有认出他来，挡着不让他进饭店，他气得掂了手里拐仗劈头去打警卫人员，嘴里还不干不净地大骂着，吓得警卫人员不轻，赶快报告了上级。周恩来总理就去找他谈话，批评他这样做不好，他的好骂人，甚而打人的坏脾气就再没了。特别是在毛泽东主席面前，那就更是一头温驯的小绵羊。

《时代春秋》披露了柳亚子生活里的这些事，我读了后心里一阵悲哀，感到一个刚烈有德的偶像，在自己的眼前雪崩一样碎裂着。

出名的人不是不能发脾气，遇到不平事，大骂出来人们是会为其喝彩的。而一旦对服务小姐和警卫人员发脾气，说轻了是耍大牌，说重了就是以名欺人，无论有理没理就都是出名人的不是了。这与柳州的棺材不一样，那是一个人工制作的物件，出名了，你喜爱它，认为它可以使你升(棺)官发财(材)，你就把它小心收藏起来；而你如果认为只是个收敛人尸体的东西，晦气、不吉利，也就可以不拈它不理它。人就不能了，

出了名就不只是你了，你成了公众人物。一举一动都带着很强的社会反应，弄不好，损害的便不只是自己的名誉。

惟其如此，出名倒不如不出名的好。

四

唐朝诗人陈子昂为博取名望，出川入陕，在长安城一住就是十年，仍然默默无闻，不为人所知，心里那个急呀，恨不得跳了护城河。有一日，他到长安的东市转悠，看到有人卖一把古琴，要价高得离谱，但却围了许多的看客，里三层外三层地议论不休。陈子昂见状，知道他出名的机会来了，便对随从的家奴说，快回去拿钱，我要买这把琴。围观的人一听，此人肯花千贯重金买琴，都很惊讶。陈子昂说了，这把琴找得我好苦，今日找到了，是我的福气。他说着话锋一转，言说大家没有听过这把琴的音调吧，我是爱听的，如果大家也爱听，我住宣阳里，明日备好酒席，欢迎大家都来。第二日，一下子有上百人来到陈子昂下榻的地方。席间，陈子昂却未弹琴给大家听，而是举起琴来在地上摔得粉碎。然后，他不无忧伤地对大家说，我西蜀陈子昂写了多少诗文，跑到京城来，整日拜访名流贵族，都不被赏识。这把琴不过是件人工制作的乐器，难道就该那么为人器重吗？说着，把他自己的诗文分送给赴宴的人，于是“一日之内，华声溢都”。

《太平广记》中的《独异记》记述的这件事，属实与否，应该不是我们所要考据的。我们只是从陈子昂求名的举动可以看出，古往今来，人之为了出名所费的心机，实在是太大了。

也许是受了陈子昂博名壮举的启发，我原来工作过的咸阳市，有几位写诗的同道，辛辛苦苦地写了几年，把自己写得穷困潦倒不说，却总是不能出人头地。几个人商量好了，自筹点儿资金，到出版社买个书号

把诗集出出来，也不求人买，找个稠人广众的场所，通知新闻媒体的记者来，让他们架好摄像机、录像机，咱们焚书，一页页撕着烧，把火烧得越大越好，咱们也好一日成名。

可惜他们没有筹到足够自费出版书籍的资金，如此出名的策划便只能胎死腹中。

却好有位长沙籍的作者，大概也是钱不凑手，出了一本书，想要弄出些动静，就在长沙市的五一广场扒光了身上的衣服裸奔。过了些时日，见他第一次裸奔的效果不大，这就去了北京，选在西单的图书大厦前再一次裸奔。哪知北京不比长沙，他脱下衣服不到一分钟，就被巡逻的警察请进了派出所。

2005年12月9日的《信报》在披露这条新闻时，语言是调侃的，甚至还有点挖苦的味道。我想，那点调侃和挖苦绝对不是恶意，甚而是有益的。也就是说人应该是有些自知之明的，陈子昂设宴摔琴的炒作方法只对他自己有用，原因在陈子昂是有诗才的，而且也有那一笔钱，咱的才情比不上陈子昂，钱财比不上陈子昂，咱就不好像陈子昂那样闹腾了。

即便很不自知地闹腾了，依然会籍籍无名，甚或不要落下一点笑名。

譬如裸奔求名的那位著作者，谁知道他的著作是什么？因此可说，便是脱得精光也无用处。原因就在于你不是梦露，不是陈宝莲，人家天生丽质，不脱就很惹人眼目，一脱还不把人的眼球给闪爆了。

然而，就是这样两位脱而优则名的性感艳星，并没有因为自己的出名而有什么好结果。

大前年的秋天，性感脱星陈宝莲在上海的一座大楼上纵身跃下，自杀身亡。按说，生命是一个人最可宝贵的东西，人死了，人们应该多少表示些哀悼之情。但是，对于陈宝莲的死却不尽然，甚至拉出大洋彼岸死了几十年的梦露一块儿说事，津津乐道她们演了哪些“脱”片，“脱”片

上的她们多么性感。铺天盖地的媒体，在那一段时日，满是“宝莲”“梦露”的艳名追踪，让人看了听了，心里总觉不是滋味。

说实话，在此之前我们有多少人知道陈宝莲与梦露都演了哪些三级片，都与哪些人关系暧昧或是上了床。可当陈宝莲一死，与陈宝莲命运相近的梦露也不能安宁，这不能不说是媒体之恶与人性之恶了。

但这又不能全怪媒体和人性，首先是自己做得怎么样。为了出名，什么也不管，什么也不顾，弄出一些损名的事，连死都没法死得干净，这又能怨谁呢？怨只怨当初泼着命出名时想不到还会有身后名。

我不知道，人死后是否真有灵魂，如果有的话，在地下的陈宝莲和梦露该做何感想。

五

先前以为，只有文人学士重名。如今看来，重名者远超于此辈耳。世事流转，世风演变，不知从哪一时起，逐名之风忽然大炽，抬眼望去，各行各业的人士都在追求知名度。逐名路上，人头攒动，蝇逐蚁竞，一派兴旺景象。

何者竞名？利也。

名与利在今日的联系比什么时候都紧密。试想我们的古人，求名多求身后名，出名是大不易的，所以极受社会的注意，千年万年而不朽，概由于他们十分重视自身的修养，以修身而正名。孔子开馆授业，有“弟子三千，贤者七十二”。这七十二贤者又通过修身、正名，将儒家文化传播发扬光大。其时，社会舆论对名人的要求是很苛刻的，张居正在历史上是何等样人物，他在明万历朝居首辅时，家父病亡，他未如期守丧，当即就为朝野所非议。民国时的上海滩，“三大亨”有钱有势，名字一个比一个响，舆论却不称他们“名人”，而只叫他们为“闻人”，因为名

人不在于钱的多少，而在于社会声望和道德修养。这是老例儿，现在不大讲究了，今天的人削尖脑袋追逐“生前名”，所依凭的是钱，谁的钱多谁就出名。

我无意批判现在人的出名观，但总觉得注意点儿还是好。

北京市消费者协会通过媒体给见钱眼开的名人就他们的代言问题发了一个公开信，总结名人在逐利时未经亲身体验，却大讲某产品的使用效果好，误导消费者，而且在医疗服务和药品广告中虚假宣传，夸大疗效，诱导消费者就医购药，凡此种种，既是对消费者的不尊重，也是对自己的不尊重。

可是名人有谁去管这些，有奶便是娘，把自己武装起来，去京都转个圈儿，混个谁知啥样儿的头衔，再回自己的老家来，扎上一个艺术家的势，身价陡增，口气大长。假如再上一次央视春晚，风头就更强劲，水涨船高，张口就是钱，而且是税后的纯利钱。

这就是出名的好处了。演艺圈是这样，其他圈子也是如此，就是为文者流，该有一个清高脱俗的样子吧，其实不然，想方设法弄个杂草丛生的东西出来，这便不得了了，拉来几个小报的记者，再抓几个帮闲的文人，就是一场好炒；到最后，连这样的东西也弄不出来时，又到故纸堆里乱翻，胡蒙乱编地写出来，也不知他自己信不信，但他肯定是保住了名气，也赚下了银钱。

出名之人最怕被人遗忘，受人冷落。

盛名仿佛鸦片烟，会使人成瘾的，没了人群的持续追捧，他心里的日子就不好过。美人迟暮、英雄末路，是悬在名人心头拂之不去的隐忧。只要头上名人的光环不失，从政者就好升官，从艺者就好搂钱，从文者就好卖书……最不济，也能时不时地换取一顿吃喝，赚来小姑娘儿页含情脉脉的玉照和情书，开始一段才子佳人的故事。

有这样多的好处，人们岂能不想方设法谋取之？什么“名渊利薮，

不可趋之”,屁话一句,酸溜溜说的人,可能是最想博取名望的那一个呢。

我这里有则故事,讲的是名人的事,看人家是怎样做的,或许对自己会有些益处。

故事说的是儒学大家朱熹,他的脚上生了疮,疼痛难忍,请了个很有名气的道士给他针灸。还真是“一针就灵”,疼痛大减,连续几针,便可行走。朱老先生为表达心意,挥笔写下一首赞美诗相赠。道士高兴而别,而朱熹的脚疾又疼痛起来,心想这与他赠与道士的诗意相背离,便不顾脚的疼痛,一瘸一拐地追上道士,讨回他的诗作烧掉。

见贤而思齐,我这里搬出朱熹,是要告诉有点名声的人,做事一定要有度,说话一定要准头。再善良的人,受一次骗可以忍,受两次骗就会留个心眼,绝不会傻里傻气地被谁骗第三次。

名人之所以出名,先前都是下了不少工夫的。而且是,应该知道自己的名是谁给的,没有广大民众的支持和捧场,你给谁出名去?所以说,有了名气就一定要为大家负责。

2006年9月8日福建晋江

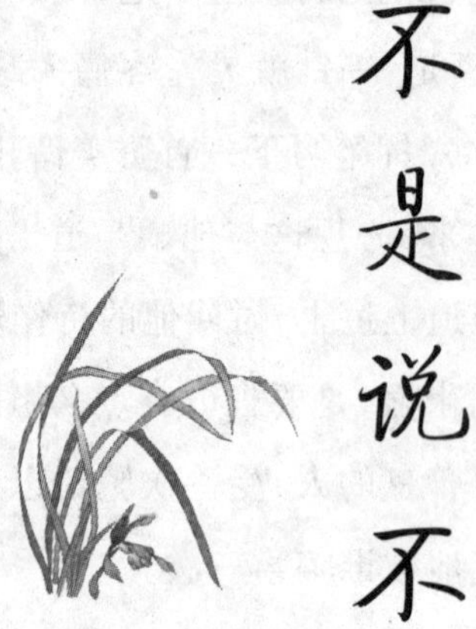

不是说不

不要脸

想不要脸，也不是件容易事。首先你得有那个条件和资格。如小青年谈恋爱，到了一定的火候上，一方稍有越轨，一方就会有反应，大多要骂一句，自然是似恼非恼地骂："不要脸。"

不要脸好啊！这就把俩人的恋爱关系确立下来了。特别是女孩，能骂对方"不要脸"，还能不把对方乐得跳起来。

前些日子，有个女孩寻到晚报的"情感时空"专栏向记者讲述她的幸福，就用了这样一句话：有时候，真该不要脸呢！

匪夷所思吗？有点儿，但应该承认是一句大实话。人的幸福常常就建立在一次"不要脸"的基础上。像在"情感时空"讲述的女孩，曾默默地爱着一个同学，她羞于表达，就那样偷偷地把同学藏在心底。毕业

了，天各一方，相互偶通一次信息，仅此而已，没有更深的发展。风言风语地，女孩还知道同学谈恋爱了，她心里苦啊……这就接到一个电话，同学来她的城市出差，事已办结，单等下午的一趟班机，就回工作的南部城市了。女孩子整装赶到机场，也不多说话，强硬地拎过同学的行李，兀自向候机厅外走去。

同学跟上来了。

女孩依然生气的样子。

女孩子说："要么甭打电话，要么打早点。"

同学就没话了。

女孩叫了一辆出租，把她的同学塞进车里，自己跟进来，紧挨同学坐着，在业已繁华的北方大都市里，找到一个僻静的茶社。双双走进去要了一个小间，茶香烛影里，俩人把埋在心里的话都说出来了。同学的眼里，原来有着女孩很重的位置，可是女孩的矜持和高傲，叫同学只有却步了。

时间一分一秒地过去。同学猛然醒悟，惊呼："我误机了！"

女孩嫣然一笑，把她漂亮的身子，歪在了同学的怀里。

看来，人不能不要脸。但有时候，还真是应该不要脸。特别在两情相悦时，你给谁要脸？要脸作什么？相亲相爱，原来就是一场脱光了衣服，裸露了身体的不要脸的事情！

读沈从文的传记，知道他一生温文尔雅，但在湘西小城的风情里，他爱上了一个女子。那女子是她的学生。在那个时候，先生爱上自己的学生，在别人看来，绝对是"不要脸"了。还有我们尊为"五四"文化旗手的鲁迅先生，多么严肃凛然、冷峻刚直的一个人，也向他的学生许广平发起了爱的冲击。其实，许广平的爱在她的一个同学身上，那同学生病住在医院，已有了生命的危险。但鲁迅管不了其他，眼里和心里就只有一个许广平……他的冲动，在当时不能不引起人们的指责，说他一句

“不要脸”,鲁迅是会笑着接受的,因为他爱的人,最终成了肌肤相亲的爱人。

最“不要脸”的人,徐志摩是绝对担当得起的。风流才子的他,爱上林徽因时,苦苦地纠缠着,从英国追回了祖国大陆,看着人家走进结婚的殿堂后,他转回头,又缠上有夫之妇陆小曼。和陆小曼的那一场恋情,真可谓水深火热、天翻地覆,全不管世人如何评说。即便俩人的婚礼上,请来的主婚人梁启超,也不避人耳目,把他们当面臭骂一顿,要他们别再把婚姻当儿戏,让父母汗颜,让朋友不齿,让社会看笑话。

女孩为爱“不要脸”,比起她的这许多前辈来,又能算什么呢?

《人间四月天》近来在电视上热播着,大家都长着眼睛,都有一颗火热的心,就不能不受感动了。风流才子的徐志摩,与风情万种的陆小曼,共同演绎的那场爱情佳话,让咱们现在的人,怕只有偷眼抹泪了。

为了爱,所以不要脸。

那么为了头上的乌纱,为了腰包里的钞票,是否也应该不要脸?这个问题不好说,故且不说。还是说爱吧,现在好像也没有大爱了,因为现在没有徐志摩那样的大情圣,也就很难有人大不要脸。

那就让我们为小不要脸的文中女孩祝福吧:干杯!

不生气

故事说的是:有位禅师非常喜爱兰花。平常日子,除了弘法讲经,就是作务他的兰花。他外出云游去了,临行交待弟子,好生照顾他的兰花。忠于职守的弟子,哪敢怠慢,学着禅师的样,每日精心养护着兰花。问题在禅师回来的那日发生了,弟子正给兰花浇水,禅师高大的身影在明亮的日光中走进了禅院。弟子要行迎接礼,慌急中碰翻了花架子,跌碎了花盆儿。弟子就很惶恐了,抖瑟着身子,跪伏地上,打算领受禅师的惩罚。

意外的是，禅师扶起了弟子。

禅师从弟子抖瑟的身体知道了，弟子是怕他生气的。他不生气，并安慰地告诉弟子，种养兰花，不就是图有个好心情。结果花盆碎了生气，当初养着又有何益？

禅师没有生气，也确实不值得生气。

但咱们芸芸众生，有几人修炼到了禅师的境界？总会碰到一些烦心烦人的事，倒霉晦气的事，哀伤愤怒的事，总之，是比打碎一个花盆要严重的事，咱就难免要生气了。

“风雅超群，乃一代儒将”是诸葛孔明先生对周瑜的评价。这个评价不可谓不中肯，不可谓不高标，看遍《三国演义》，刚愎自用的诸葛亮给谁这样的评价，唯有冠盖东吴的周公瑾了，智勇双全，一把火烧得曹操大营八百里一片火光，保卫了东吴百姓安居乐业几十年。但他太爱生气了，敌得过战场上百万大军，却敌不过诸葛亮的三言两语，妒火胸中烧，暴怒不可抑，仰天大笑，吼出一句“既生瑜，何生亮”的千古气话，一头栽下马来，英年而逝，叫后人徒叹奈何。

人有气，生不得。古代医典《内经》上便有研究，曰：“气血充和，百病不生；一有抑郁，诸病生焉。”延安有位姓吴的和尚，年一百四十岁，还能挑起八十斤的柴火担子上山去。在陡峭的山道上，吴姓和尚来了兴致，高歌一曲长寿歌：

酒色财气四道墙，
人人都在里面藏。
只要你能跳出去，
不是神仙也寿长。

老和尚的长寿歌，唱的是有道理的，酒、色、财固然害人，而一个“气”，却是要人命的。

那么，人为什么还要生气呢？

能不生气吗？这太困难了。人都是有欲望的，当欲望得不到满足，想象与现实发生了冲突时，都可能让人生气。如此一说，生气又是一种正常的现象了，是可以理解的事了。不过话说回来，生气又有何用？非但无助于欲望和冲突的解决，反要遭受痛苦的折磨，更于自己的身体有害，又何必生气呢！

抑情制气的方法很多，想办法脱离生气的环境，走出去唱歌、跳舞也行，听音乐、看电影也行；还可以找到自己信赖的朋友，向其大吐苦水，有泪了，也别忍着，痛痛快快流出来；当然，口袋里有钱，就到商场超市去，把平时舍不得花的钱扔出去，也是一种消气的好方法……但我以为，最好的方法，是在烦恼生气时，能够问问自己：我养花是为了生气吗？我上班是为了受气吗？我交友是为了不愉快吗？我结婚是为了苦恼吗？……咱可以一直问下去，为什么生气烦恼，咱就问自己为什么，如此就不会生那些无谓的气了。

总之，生活的智慧在于，咱要明白自己最想要的、最珍惜的是什么？是一盆花、一个花园，还是一种快乐、一份情感。抓住咱生命里最要紧的东西，咱的人生就会开朗清明，健康富足。

不好意思

美国一个患了绝症的7岁男孩，给时任总统的里根写了一封信，说他有一个梦想——当美国总统。

里根没有让这位小男孩失望，在收到信后的一天，请来了小男孩，让他做一天临时总统，里根自己则做了这位“小总统”的助手。里根很守职责地向“小总统”详细介绍了总统的日常工作和职责任务，随后就忠实地侍候在“小总统”的身边，部下送来的文件，里根都要请示“小总统”的意见，两个人通过讨论，取得一致意见后，再由里根代签发出。

办公之余,里根与“小总统”进行了友好的交谈。里根坦诚地告诉“小总统”,他自己在7岁时,根本没有想过要当总统,只是特别渴望长大后,成为一名出色的消防队长。“小总统”听着里根的话语,不好意思地低下了头。

不晓得我们的社会中,可有7岁小孩梦想当总统,而且把自己的梦想写在信纸上,大胆地寄出去。但我们看得见一些想着发财、发大财,想着出名、出大名的人,时不时会跳出来,让人大跌眼镜,直呼:不好意思。

可是,有了发财梦想和出名梦想的人,全然不知道世上还有“不好意思”这四个字,就想方设法吆喝开了。

甲申年冬季的西安街头,一个穿戴还算时髦的女孩,在闹市上举着一张纸,出卖她的一部小说手稿,标价二十万元人民币。西安的媒体,全都不落地报道了这件事。数天时间过去了,不知这个女孩可否找到了买家?我没有怀疑女孩作品的理由,我祝愿她能顺利地找到买家。

但事情好像并不顺利,虽有好心人出来支持鼓励,却至今未见书稿成交的好消息。

应该说二十万元一部长篇小说,女孩子的要价不算离谱,问题是她的作品,真的就物有所值吗?不经意地,我在互联网上敲了几个字,检索同类事件,呼啦啦竟跳出一长串。典型的要数韩小蕙女士举的两个例子。

在北京一家大报做编辑的韩小蕙女士,与我有着一面之识,对她的文字我深信不疑。她说近日接到两位年轻人的投稿:一位是安徽农民,寄来一首歌词,一共八句,声言:“出卖作品及著作权。我要一百万元,既(应为‘即’——笔者注)购买者出一百万元,其作品及著作权归购买者所有。”另一位是某大学的博士生,称自己撰写的这篇千字文,“气象博大精深”。

面对这样的投稿,资深的韩小蕙女士只有苦笑了。

她为那八句歌词的报价算了一笔账，以大学教授月薪三千元计算，一百万元相当教授三百零三个月的工资总和；以技术工人二千元月薪计算，一百万元相当于技术工人干了五百个月的满勤。乖乖，我们那位农民兄弟，你算过这笔账吗？你真能张开口，大概又是个不知道“不好意思”的人了。

再是这位千字文的博士生。书肯定没少读，不然也上不了那样的学，他是应该知道“不好意思”的，可一篇千字文，就“博大精深”了，不得了了？想一想吧，世上有千字文的“博大精深”吗？也许有，但也绝对是一个人孜孜不倦，思索一生，研究一生，为后人所接受，所推广的“博大精深”，而绝不是自吹自擂的“博大精深”。

下笔至此，我已十分汗颜，不好意思了。

但我不知梦想发财，梦想出名的人，可知道汗颜，可知道不好意思？

还不知道，就当咱没说。如果知道了，可否如英国的那位诺福克公爵一样，先从最不起眼的小事做起，说不定你可能发了财，出了名呢！

诺福克公爵到火车站办事，碰到一个下火车的小女孩，手提一袋很重的行李。小女孩已求了几个搬运行李的工人，但她的一先令资费，谁也看不上眼。站在一边的诺福克公爵搭话了，答应把小女孩的行李送到她要去的地方。公爵提起行李，陪着小女孩，一边走一边和她谈话，不知不觉到了女孩要到的城堡。公爵接受小女孩的那个先令，并再三道谢。

第二天，在城堡做保姆的小女孩又见到了诺福克公爵，并为公爵的品德所感动。女孩后来写得一手好文章，所写第一篇文章，就是那一枚先令，让诺福克公爵的形象，在公众心目中变得高大起来。到现在，英国人还说，诺福克是英国社会最伟大的一个贵族。

长安作证

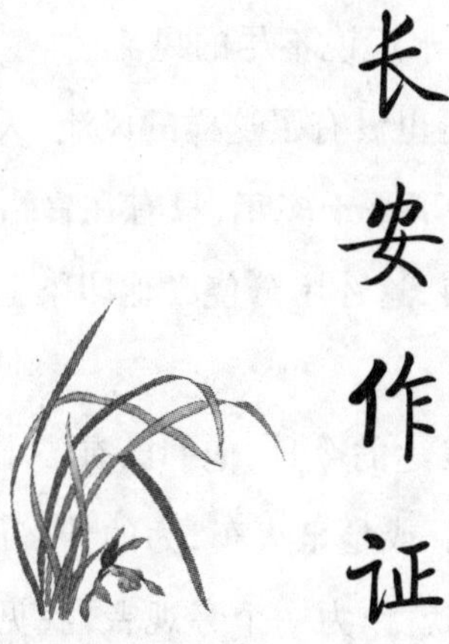

那个时候的西安是不叫西安的，换一个字叫作长安。有一个说不清的原因，我不大喜欢西安这个眼前的名字，而十分崇敬长安那个远去的名字。这个城市在叫长安的时候，有万国来朝，有美女云集，有诗词兴会……还有波澜壮阔，还有繁花似锦，还有风云际会……那个让人魂牵梦绕的时代啊，忽然改名为西安，就只有让在梦里回想，像在今天的舞台上上演的《梦回大唐》《梦回长安》等歌舞剧和秦腔交响诗话剧一样。

我们无限深情地缅怀着盛唐的长安。

别人缅怀什么？我一会儿清醒，一会儿糊涂。但我知道我缅怀的是盛唐的诗歌，特别是在 2008 年 9 月 20 日的这天，因为中国朦胧诗的三大巨头，食指、芒克、多多会聚在唐之皇城的地面，那个叫作皇城宾馆的二楼会议室里，就当代诗歌问题展开激烈讨论的时候，我便不能自禁

地梦回到了大唐，想象诗仙李白，诗圣杜甫，还有白居易、柳宗元、孟浩然等等等等，在一个偶然地，或者是有意地，聚焦在长安的一个酒香扑鼻的酒肆里，饮酒论时吟诗，他们可能是快活的，可能又是悲凄的，有欢笑，也有眼泪，醉了呢，便随地酣然而眠，醒着呢，便长街上歌舞而行，他们的自在和张扬，是长安的千古传说，永远说不尽的风流。

可是当这个城市改名西安后，就再也没有了这样的风流，天是阴了晴了，月是圆了缺了，数一数已经过去了一千多年，只有在食指、芒克、多多他们相聚在一起，改名西安的城市，这才十分侥幸地印染上了一点盛唐时的诗风和意境。

依他们自己的话说，在交通十分发达的今日，他们已有二十年未曾谋面了。他们从各自的居住地，乘飞机，或是坐火车，为的什么而来，似乎不甚重要了，重要的是他们的相聚，就作为一个旁观者，我见证了他们的相聚，并聆听了他们的聚谈，这让我感到非常少有的满足和幸福。

当蛛网无情地查封了我的炉台/当灰烬的余烟叹息着贫困的悲哀/我依然固执地铺平失望的灰烬/用美丽的雪花写下：相信未来……年龄不可阻挡地走完一个甲子的食指，把他许多宝贵的时间，无可奈何地抛在了精神病院。我想这对他该是何等样的折磨呀，但都没有折磨掉他的睿智和心理，他还是他，诗人的食指，这是我见到他时最为强烈的感受，我在心里是默默地吟咏着他的诗歌《相信未来》。

我在猜想，我们相见的今天可是他三十年前所写诗作的未来？如果是，他又该怎样看待他充满信心的未来，这从他的饮食和起居，或许能窥见一些端倪。他受邀到西安来，以高龄六十的年岁，却放弃快速便捷的空中飞行，直接坐着火车硬卧，与夫人摇晃了一个晚上，这才到达西安。有人对此是不解的，问他，他却还说，“本来想着就买一张卧铺，一张硬座，但是老伴的腰不好，就买了两张卧铺。”听他这么说，好像夫妻双双上卧铺是多么奢侈的事情。像他说，“现在的诗歌这么边缘化，

诗歌杂志都是清水衙门，能有多少钱？为诗歌办事都不容易，能省就省吧。”

他可真是能省，住在宾馆里，对房间收费的矿泉水等物品一概敬而远之，只用热水器烧水，用自己带的杯子。有人去拜访他，他才舍得打开房间的大灯，访客一走，他立即只开一盏小灯。

听他说话，感兴趣的依然是他热爱的诗歌。他说了，“我认为诗的创作应该是有形式的，我的诗就是方方正正的样子，不过它是一扇窗，窗含西岭千秋梦，什么都在里边，包括思想和情愫。这没错，诗人追求的自由就该是心灵的自由，而非创作形式的自由。”好了，对食指就先写到这里吧，他把自己诗的心窗都打开了，我们还要奢求什么？那就张开自己的眼目，透过他不加掩饰的心窗，领会他诗的成就。

白发，白发，芒克和多多，他俩都是一头的白发了，只是芒克的短一些，多多的长一些罢了。

他俩就这样顶着一头雪样的白发走进了大家聚谈的会议室。作为朦胧派诗歌的代表人物之一的芒克，与已故的北岛，在1978年携手创办了文学刊物《今天》，他们以刊物为阵地，开创了中国现代诗歌的一个新时代。他的诗集《阳光中的向日葵》，风靡了中国的诗坛，亦被译成多国文字，在世界各地流行。可是现在他不写诗了，放下烫手的笔，拿起多彩的刮刀，却在钉着框架的画布上，开始了色彩斑斓的油画创作。

这很奇怪吗？

谁说不是呢，依他自己的话说，“我画画很意外，全为经济目的，从上世纪70年代起，我就没正经拿过工资，还是朋友出的主意，让我卖画为生。”是这样子，从没绘画基础的芒克，先在家里窝了两月时间，涂抹了十几幅画儿，朋友拿去办展览，居然一幅不剩地全部卖出去了。芒克拿着头一次卖画所得，在北京办了买房首付，让他有了一个真正意义的家。现在，芒克的油画，像他的诗名一样，很受大家热捧，我在一些杂志

上看过他的画作，觉得他的画清爽自然，透着诗的气息。

诗人的画呀，就该有诗的气息。

为此我想，芒克虽然不大写言语的诗了，而他的油画，不正是一种诗的表达吗？

五十八岁的芒克，太具诗人的心性了，我在聚会结束后的自主餐宴厅，看见了他四岁的大儿子，雪白了头发的老子和稚嫩着脸面的儿子，端着盘子走在一起，就像他的油画一样惹人喜欢。听说了，芒克还有一个不满周岁的小女儿。他这个人呀，一儿一女，像我们关中俗话说的，可真是活成个“活神仙”了。

多多的身份，在他旅居海外的十多年后，也有了一个变化，现在成了海南大学的教授，带着一帮研究生，却不教人诗歌理论，说他教不了那个。那他怎么办呢？这不用别人发愁，他自有自己的独特办法，捧着一本本诗集，教授他的学生来读诗。

很简单的一种方法，读诗。

然而这个简单确实又大不简单呢。古今中外，大千世界，有那么多诗人，有那么多诗作，种类和语言又千千万万，怎么读？读哪一个人？读哪一种诗？还真不是个好教的课。但我想对他是很少问题的，因为他就是个诗人。

诗人。写小说的叫作家，画图画的叫画家，他们都是家，到了写诗的人这里，就不叫家了。这很好，好就好在诗人没有把自己看得高高在上，他还是人。我们百姓都是人，大家都在人堆里，有着人的感性，有着人的担当，想一想还有什么比做人更好的事情。

多多所热恋的，就是做一个诗人，让诗来说话。

对他的这一句话，我深以为然。这与聚会预先设定的题目，诗人的使命与担当，似乎有些冲突，这倒引起了我的兴趣，并回想起在此之前，我去关中东府的合阳县，参加当地民间组织的关雎诗社活动，大家在会

上畅所欲言，谈的问题不谋而合，也是诗人的使命与担当。

对此我也发了言。

我是从《诗经》的首篇诗作《关雎》说起的。也不知专家的考证是否有据，他们说《关雎》一诗，讲的是周文王从关中西府的周城，到东府的合阳冶游，爱上一位窈窕淑女的故事。果真是这样，让我一个有幸来自西府的汉子，就有了一丝骄傲之情，感觉我们西府男人周文王，该是一个多情的汉子了。同时也为东府合阳女子而迷醉，想她该是怎样的娆媚多情，竟然迷住了雄才大略的周文王，因为她迷住周文王，也便迷住了天下。

这可是太美妙了。

时在深秋，我们参加关雎诗社活动的几个人，因为初到合阳，就还在活动结束后，去了据说是周文王初遇采荇女的地方。那里紧临黄河，有一大片湿地，生着茂密的芦苇，时值深秋，芦苇长得密匝匝，随风鼓荡，一会儿向着天空努力挺拔着，一会儿又向着地面斜斜地俯压着，万千的姿态里，其中就有雎鸠"关关"的叫声。

我没见过雎鸠，但听人说，雄性的雎鸠羽毛艳丽，雌性的雎鸠体态温顺羽毛灰亮，潜隐在芦苇林里，发现鱼儿时，会以迅雷不及掩耳之势，剑一般插入水中，叼出鱼儿来饱餐一顿。吃足了，喝足了，雎鸠该干什么呢？唯一的举动，就是雌性雎鸠，对着她们所心仪的雄性雎鸠，不断地发出"关关，关关，关关"的鸣叫，以此吸引雄性雎鸠，使之双双行淫乐之事……在此时刻，雎鸠"关关，关关，关关"的鸣叫节奏会比此前快得多。这倒使我不禁哑然失笑，心想，为诗之源的《关雎》一诗，为后来的诗界创出的美好之音，原来只是男欢女爱的叫床声。

但愿我这么评论《关雎》不是对他的亵渎。因为我在想，诗人的使命和担当，究竟应该是什么？历史的教训摆在那里，诗人总是有着强烈的使命感；而且总是想有担当。然而到头来，往往是想有使命时，却不

能行使使命,往往想有担当时,却也不能担当。譬如伟大的屈原,他用他的生命,为后世诗人作了最为壮烈的诠释。可是,一旦诗人没想行使使命,没想有所担当时,却历史地行使了自己的使命,历史地有了担当。要举的例子还是伟大的屈原,在他沉江死后数千年来,在中华民族的历史上,每时每刻都有屈原的精神,为我们所使命着,担当着。

他是用他的诗来使命,来担当的。

就像神圣的一部《诗经》,有太多的诗人隐没在了诗的背后,但他们留下了诗。

诗不死,使命依然,担当依然。

2008年9月21日西安后村

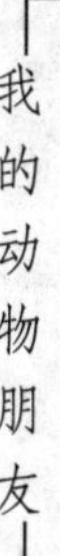

我的动物朋友

猪婆坟

属猪的孩子，赶在周岁那年，就有他家养的那头小黑猪，做了幸福的猪妈妈，膝下一窝的小猪崽，胖嘟嘟的极为可爱。

“三年媳妇熬成婆”，接着又豪迈地养了几窝猪崽，小黑猪就成了猪婆了。它不受节制的生育，成了家里的主要经济来源，打油称盐要调味，头疼脑热要买药，都在猪婆卖儿卖女的收入中支出；过年过节时，给家里人扯块布料，缝一件新鲜的衣裳，也少不了猪婆卖儿卖女的收益；孩子背上书包上学了，花销靠的还是猪婆卖儿卖女的积蓄。在很长一段时间里，村上人看见，孩子的父亲赶在集日，都要捉了猪崽去卖。

孩子是乐见猪婆的，看它臃肿着身子，从猪圈里游出来，靠在猪圈旁的香椿树上，蹭着身上的泥垢。摇晃着的香椿树上，常有喜鹊喳喳响

亮的欢叫。孩子上学了，学业很有长进，总在班上考第一。

三年级的一天，孩子却晕倒在课堂上。送到医院抢救过来，医生对呆在一边流泪的母亲说："孩子严重贫血，营养一定要跟上。"孩子和母亲相视无语，都很放松地嘘了一口气，因为谁都知道，农家的日子，总是营养不够。孩子爬起来，和母亲就要出院回家，恰在此时，医院门口吵吵嚷嚷地，又抬进一个人。孩子眼尖，扑上去就喊爹。原来孩子的爹在外给人造屋帮工，听说儿子昏迷，自己眼前也是一黑，这就从丈五高的屋架上跌下来。抢救在紧张地进行，母亲攥着孩子的手，眼泪串着线儿掉。孩子没哭，只是盯着白大褂的医生护士，进去出来，出来进去，急促的脚步终于停了下来，传话说：命无大碍，腰伤了，从此怕站不起来了！

祸不单行，在1981年的这个春天，孩子觉得他突然长大了。

父亲伤愈出院，果然站不起来。孩子在学校更用功了，三好学生的奖状，一学期一张，裱糊了家里的半面墙。可孩子扛不住还要头晕，又在课堂上昏过去了。抢救是及时的，医生的话十分坚决，孩子必须输血，否则……否则什么呢？医生不说出来，孩子的母亲听出来了。过去，母亲听不得那样的话，听了就是一脸的泪水，现在的母亲没眼泪了，天塌下来，母亲都默默地承担着。家里那一连串的变故，使柔弱的母亲坚强得如一座山。屠户是母亲喊来的。母亲在猪圈旁的香椿树下，架起一口大铁锅，熊熊的火焰烧得锅里水翻浪滚。母亲对屠户说：善人啊！你看这头猪婆能杀几个钱？杀了它，给我娃输血呀。屠户闭上了眼睛，虽然他生来杀猪无数，可他坚决不杀猪婆。再说，猪婆的肉也卖不上钱。屠户很想转身而去，但他不能，他晓得这一家的艰难。屠户就睁开了眼睛，睁开眼睛时就亮出了他的杀猪刀，长长的、弯弯的杀猪刀闪着瘆人的寒光！

母亲卸下圈栏，举着一捧猪草，轻轻地唤着猪婆，想把猪婆哄出猪圈。可是猪婆像是看透了母亲的伎俩，只管慵懒地蹲在圈里，抬头看了看母亲，便只和绕膝的猪崽玩儿了。母亲失去了耐心，撵进猪圈，要赶猪婆出来了。而猪婆干脆倒卧地上,嘴里发出只有猪崽才懂的呼噜声,众猪崽闻声而来,拥在猪婆的两排乳头上,发出一片风卷残云的吮奶声。母亲在这时候流泪了,很长一段时日,原来泪罐罐一样的母亲,忙了家里忙外头,再不流泪了。却因为猪婆这一耍赖的举动,忍不住流泪了。孩子日后猜想,那是两个母亲的较量,母亲爱着她的孩子,猪婆也爱着它的孩子。没办法,母亲就只有流泪,她必须牺牲猪婆的母爱,而完美她自己的母爱了。

猪崽吃饱了奶汁,跑到一边玩去了。母亲开始了她的强制措施,抓着猪婆的耳朵,准备把猪婆拉出猪圈时,猪婆却自己站起来,朝圈外寒光闪闪的杀猪刀走来了,嘴里呜噜噜地低吼着,身下肥硕的两排乳头,浪浪地甩来甩去,甩出点点滴滴的洁白的乳汁……猪婆走出了猪圈,走到了屠户的身边,屠户的杀猪刀也举起来了,却见两只粗壮的胳膊扑上来,护在了猪婆的脖子上。

这是父亲呢。卧床不起的父亲,是什么时候爬下床,爬到猪圈边来的,母亲和屠户都没有注意。但却正是父亲的出现,猪婆得救了。屠户收拾起刀子,嘴里不无感动地说:这猪婆太有灵性了!

父亲让母亲准备好架子车,他爬上去,让母亲拉着去了医院。父亲瘫痪了下肢,上肢却是出奇地发达,那一天的表现,深埋在父亲和母亲的记忆里,直到孩子上了大学,有了一份很好的工作,父子俩就着一碟炸花生,你一盅烧酒,他一盅烧酒,喝得高了,父亲才说出来的。原来孩子输血,总是在母亲拉着父亲去一次医院,他再去医院输的。他所输的血,都是父亲从自己身上抽出来输给他的呀!

猪婆是最后老死的。死后就埋在猪圈旁的香椿树下,时常地,喜鹊还会飞来,兀立香椿枝上,继续着喳喳地欢叫……

狗儿娘

狗崽子还小,就已知道了愁滋味。

狗崽子饥饿着，一路走来，不蹦不跳，低头耷脑，让人看了顿生怜悯之情。但狗崽子不能不走，前头的那只走不动了，会卧在地上歇一歇，后边的那只就走到了前头，两只纯黄的狗崽子，努力地找着狗娘。

"大跃进"的1958年，村里种了一块玉米田，公社来的农科专家肩负着上级领导的一项伟大使命，要叫这块田的玉米放上一颗大卫星。农业专家想尽了办法，大肥大水地养着卫星田里的玉米，果然也是，黑沉沉长得很不一般，比起大田的玉米，真是天上人间了。专家算了一笔账，收成是不会错的，绝对地破了历史记录，但与上级要求的大卫星，却还差着十万八千里，换句话说，这颗卫星累死农业专家，也放不上天了。

上级的指示不能违，怎么办呢？听人说，狗肉喂玉米，不是八千(斤)就是一万。

农业专家就盯上村里的狗了。

村里是有不少狗。大狗咬，小狗叫，在村里愉快地生活着，已然成为村里的一道风景。农业专家突然提出来打狗煮肉喂玉米，村里人一时转不过弯儿，顶了几日，就有大帽子往下压，什么破坏"大跃进"，破坏放卫星，破坏社会主义，就没人敢顶了。这就成立了一支打狗队。农业专家想在村里找人担当打狗队长，可是找谁谁不当。村里知道硬顶不行，硬顶有大帽子，软顶总可以吧，毕竟是，狗养在自家村里，养得时间长了，养出了感情，成了好伙伴，看家护院，守秋防贼，忠心耿耿，谁忍心带头对他们的好伙伴下手。农业专家就只有自己当队长了。

从公社调来几杆枪，农业专家扛了一杆，选来的几个青年各扛一杆，便在村里撵着开枪了。起先倒也顺利，狗不晓得亲如一家的人要取它们的命，枪口对着脑袋了，也不思躲避，直到枪响，打出脑浆，还大睁着一对不解的狗眼，以为人在逗它们玩儿。

死了几条狗，把狗丢在大黑锅里熬肉时，狗们才有所警觉，才知道躲避。当然，还有村里人的原因，感情上放不下，不大配合农业专家的

行动，把狗放开来跑，跑得远远的，跑出一命是一命。

叫黄毛的狗娘也跑了。放心不下两只狗崽子，还会跑回来温存一阵子。

其实狗崽子已经断奶了。狗娘黄毛完全可以放开不管的，但依稀尚存的母爱，使它忘记了近在咫尺的危险，当它偷跑回来的身影在村子闪过时，农业专家的枪口就对上它了。也是农业专家打狗心切，不等黄毛走近，就先开了枪，子弹擦伤了黄毛的耳朵，洒着一路的血，跑出了枪弹可能打着的距离，躲进了密不透风的秋田里。

农业专家有承诺，只打老狗，不打狗崽，可他端着枪，押着两只黄毛狗崽去寻黄毛狗娘时，枪口几次对准狗崽子，真想两枪把两只狗崽子也崩了。农业专家劝自己不能太冲动，打死两只狗崽子有多大点肉，能喂几棵卫星玉米。他要打的是黄毛狗娘，打一只有一只的分量，煮熟了煮烂了，一棵玉米的根喂一勺，就有一大片玉米放卫星了。这么想着时，农业专家还朝那片不远的卫星玉米田瞭了一眼，风吹过来，他甚至闻到了喂食卫星玉米的狗肉香。

不能自禁的，农业专家的喉头紧了紧，有股馋不可忍的口水倏忽涌了他满口。说实话，农业专家也是馋那一口狗肉的。大跃进，大食堂，把村里的粮食不几月就糟践光了，大家缺吃少喝，都把裤带勒进骨头里去了。当然，农业专家好一些，他有固定的供应粮，吃饱是不成问题的。有人观察得细，村里人拉的都是干硬的黑橛橛，农业专家拉的是稀软的黄旋旋。

黄毛的狗崽子吠叫起来了。

狗崽子的吠叫，立马唤来狗娘的吠叫，在空旷的秋野上，崽和娘的应和，像是一曲美妙的天籁。狗崽子听到了狗娘呼唤，一下子来了精神，向密匝匝的秋田深处飞窜而去。

农业专家有意绕后了几步，跟在狗崽子跑去的方向，探头探脑，鬼

鬼祟祟地跟进着。事后，听打狗队与他一起行动的几个村里青年说，农业专家的样子，很像地雷战中偷挖地雷的洋鬼子。

影影绰绰地，农业专家看见了黄毛狗娘和黄毛狗崽子。在农业专家指挥下，成扇形包围过来的打狗队员，也都看见了黄毛狗娘和黄毛狗崽子。团聚在一起的黄毛狗家族，兴奋得滚在了一起，滚了几滚，滚得快意极了，滚得差不多了，黄毛狗娘抬爪拨拉着玩性正酣的黄毛狗崽子，引导它们去吃一堆屎。两只狗崽子饿了，有了屎吃，当下都吞了一口，露出了屎堆绵软橙黄的色质。

农业专家和打狗队员都有一时的愣怔，他们心里明白，这堆屎是他农业专家拉的（吃糠咽菜的村民拉不出那种质地的屎），黄毛狗娘发现了，守着屎堆，舍不得吃，等来了它的黄毛狗崽子，要它们吃。

黄毛狗崽子是不会客气的，它们太小了，不像黄毛狗娘，有了崽，自然地就学会了客气。吃得欢实的狗崽没注意，看着狗崽子大吃的狗娘也没注意，农业专家的枪口已偷偷地瞄准黄毛狗娘了。

农业专家扣动了扳机。那只是个非常轻微的动作，却还是惊动了黄毛狗娘，迅速地扑上去，护在了黄毛狗崽子的身上。腥热的一股鲜血，从黄毛狗娘的额头上汩汩地流出来，模糊了狗娘的眼睛……狗娘死了。而它的两只黄毛狗崽似无察觉，费了很大的劲，从狗娘的身子下钻出来，又去香喷喷地吞食那堆黄灿灿的屎堆。

疯牛命案

惊恐的神色，依然浓重地挂在乡亲们的脸上。

那是因为一头牛，一头名叫二哥的犍子牛。它这名字是跟着主人叫起来的，这是一种缘分，村里人呼叫二哥时，二哥答应着，他养的牛也答应着，一声的应“哎”，一声的应“哞”，音虽不同，其义一般，久而久之，二哥的人和二哥的牛，就共用一个名讳了。

这从一个侧面说明，二哥的人和二哥的牛，感情是融洽的，和睦的。

那日回到西府的老家省亲，围来的老乡七嘴八舌，热肠热肺的问候自然不少。问候着，就说到了忠厚善良的二哥，说他死了，是被他疯了的牛二哥犄死的。

我心一惊，不禁黯然神伤，觉得为人的二哥太不幸了。

不幸的牛二哥，五十有三的年岁，仍旧孑然一身。我知道，他是很想女人的，好像从他嘴唇上长出齐茬茬一层黄毛起，就不停点地张罗着看女人，先是活着的父母带着他相看，父死母亡，他就自己相看了，相看了有三十年，相看了有三十多个女人，没一个他看不上，最后都没能走进他的家门，推辞的话归纳起来一句话：老实人一个。

没指望时，牛二哥去了牲口市场，用他相看女人花不出去的钱买了头黑花公牛。

初进牛二哥家的黑花公牛还小，圆圆滚滚的样子，十分招人喜爱。长过一岁半时，村里来了个阉牛匠，把他骑来的自行车支在牛二哥家大门外的粪堆旁，绕着黑花公牛转了一圈，便摁着他的自行车铃一阵猛敲，把窝在家里的牛二哥叫了出来。阉牛匠毫不掩饰他的动机，冲牛二哥说：你的牛该阉了。

阉牛匠支在一边的自行车，前头的拐把上加了一根高挑的豆秆铁丝，铁丝上拴了一束红彩绸。牛二哥眼望着飘飘荡荡的红彩绸时，也看见了装着阉刀的生牛皮皮囊，他知道，皮囊里的任何一把刀子，都是十分飞快的，阉一头公牛，眨个眼儿就成。过去，他没少见阉牛的场面，也知道，一头公牛，除非留下来做种牛，都难逃阉牛匠的那一刀。可他的黑花公牛不能挨那一刀，尽管他也不想让黑花公牛做种牛，但他仍然不能让黑花公牛挨刀阉。

牛二哥拒绝了阉牛匠，说：不阉。

阉牛匠笑了，说：真不阉？

阉牛匠就推了他的自行车走了。走出一大段路后，还回了一下头，

对在原地不动窝的牛二哥说了一句话:你可别后悔。

牛二哥没有后悔,把他的黑花公牛养着,这就养到三岁的口了。荒村人常见的情形是,一个是孤寡的牛二哥,一个是身单的黑花公牛,仿佛一对亲密的伴侣,在他们那个显得破败的家里出出进进,偶尔地,黑花公牛会长嚎一声,随着牛的长嚎,牛二哥在跟前还是不在跟前,都会失急慌忙地转到黑花公牛的眼面前,伸手去摸牛的面额,对牛说:别嚎了,知道你饿了,知道你渴了。

知热知冷的一人一牛,突然地起了冲突。

问题出在邻家的那头黄毛母牛身上。这头同是三岁口的母牛为邻家冬尽的日子牵回家的。起初不见什么异常,到春暖时节,荒村街上的洋槐花绽出一阵阵香气时,两头牛的表现便起了变化。也怪人的粗心,谁都没太关注那样的变化,只觉隔着一堵墙的牛,比过去嚎叫的次数增多了,公牛叫时,母牛也叫;母牛叫时,公牛也叫。作为主人的牛二哥,还像他平时一般,在黑花公牛嚎叫时,去抚摸牛的面额,问候牛的饥渴,可他的黑花公牛,却不像以往那么顺从,有几次,挺着尖削的犄角,冲击像亲兄弟一般呵护着它的牛二哥。

头一次的冲击,牛二哥没有在意,还夸了黑花公牛:嘿嘿,长脾气了。后来,黑花公牛的脾气越来越大,冲击的势头越来越猛,牛二哥就不能不有所注意了。当然,他的措施只有一个,就是拴短黑花公牛的缰绳,向他冲击一次,就把缰绳拴短一截。在拴短缰绳时,嘴里再不是对黑花公牛的问吃问喝,而是一声一声地訾骂了。起先骂得还是顺和的:疯了吗?不认人了吗?渐渐地骂得就很恶毒了:让你疯!剥了你的皮,剐了你的肉,看你还疯不疯!

悲剧在牛二哥不断拴短黑花公牛缰绳的时候发生了。

那一日,西府荒村的牛二哥像往常一样下地回家做饭,刚一打开榆木的头门,黑花公牛疯了似地向他冲来,把尖刀般的牛角顶入他的腹腔,牛二哥仅只惨叫一声,便昏死了过去。如此还不算完,黑花公牛红

了眼睛，头顶着牛二哥冲出院子，冲到了荒村的街道上。牛二哥的肚皮破了一个大洞，肠子和鲜血洒了一街，当场死亡。而健硕的黑花公牛却像没事一样，悠悠然跑出村子，顺着村外的那条大水渠逛游而去。

牛二哥濒临死亡的惨叫，荒村的邻居都听到了，纷纷赶来时，所见已是横尸街头的牛二哥，去寻杀了主人的黑花公牛，它还摇晃着滴血的尖角，向图谋逮它的人愤怒地咆哮着。

接到报案的当地公安，也派出警力赶到了现场，协助村民捕捉背了一条命案的黑花公牛，却也经不起公牛的左冲右撞，把大家冲撞得四散乱窜，几个慌不择路的村民和一位警员，竟然跌进大渠里的水中，高呼救命。

警方作出决定，现场枪杀黑花公牛。

接了命令的警员，举了枪，一遍遍瞄着黑花公牛，瞄准了还是不敢扣扳机，唯恐走火伤了群众。

恰在其时，荒村街头又响起牛的叫声。

大家心里一惊，以为那头牛又如黑花公牛一般疯了。惶恐中听出那头牛的叫声要柔和温暖一些，就知道是牛二哥邻家的那头黄毛母牛在叫，于是，惶恐的心有所收敛。与此同时，大家还发现狂暴的黑花公牛，也收敛了它的疯魔劲儿，昂起头来，耸动着耳朵，十分贪婪地聆听着黄毛母牛的叫声。

快，把黄毛母牛牵来！

谁先喊出这一声的，事后已理不出头绪了。但现场的村民和警察，却都听出了这句话的意思，并纷纷附和，让把黄毛母牛牵来。

迅速地，黄毛母牛牵来了。

在太阳光下，黄毛母牛的皮毛如绸缎一般，闪耀着温馨柔软的光芒。暴躁着的黑花公牛被吸引了，它看了一眼黄毛母牛，不好意思地低下头来，小心地啃着水渠边蓬勃生长着的野草。它就这么吃一嘴草，再抬头看一眼黄毛母牛，那样的眼神，仿佛在向黄毛母牛检讨它刚才的疯

狂和荒唐，身边那么多围捕它的公安人员和村民，在这时，都不入黑花公牛的眼了，它忘记了他们的存在，羞涩小心地吃了几嘴野草之后，便颠着小步向黄毛母牛奔来了，那个奔跑的样子，像是参加体育竞技的马儿跑着的盛装舞步。

无疑，黄毛母牛也被黑花公牛吸引了，响应着黑花公牛的情恋，也以同样的姿态，向黑花公牛靠拢着，这使公安人员和村民们大开眼界，在荒村这个弥漫着血腥气的午后，看到了两头牛幸福的表演。

不一会儿，黑花公牛和黄毛母牛就已经很亲热了。两头牛依偎在了一起，身体有意识地相碰撞，相摩擦；自然地，都还伸出带刺的舌头，在对方的鼻尖上、耳根上、脖子上舔舐着……大家发现，黑花公牛的鼻环豁了一个大口子，那是它逃脱束缚时自伤的吧。黄毛母牛红红的长舌，在黑花公牛的伤鼻子上舔的时间最长，好像它的舌液能够疗治黑花公牛的创伤一般。黑花公牛领受着黄毛母牛的抚慰，不时地，还会发出也许只有黄毛母牛才能听懂的呻吟……蓦然，健硕的黑花公牛转到黄毛母牛的屁股后边，前腿腾空而起，很是野蛮地骑在了黄毛母牛的背上。

见时机成熟，公安人员和几位有经验的村民，移步到两头亲热着的牛身边，把一条蘸了水的麻绳套在了黑花公牛的犄角和脖子上，有了一条人命的黑花公牛就这么被擒获了。

叫人奇怪的是，狂暴的黑花公牛不再抗争，任凭大家粗绳大绑地捆扎它的双角、脖子，以及前腿、后腿，它都表现得很温顺、很从容，一副大义凛然神情。

兔儿娘

绒绒的，像团雪样的兔儿，买回来是要杀了做菜的。从四川盆地来到西安打工的姜姓夫妇，做得一手叫人称绝的缠丝兔肉，久未品尝，夫妇俩是要打一回牙祭了。

兔儿买回来，撂在他们租屋的后窗外，那里有一溜窄长的空地，生着一丛丛的杂草。兔儿倒也适应得快，张着豁子嘴，把杂草啃断了，却不嚼碎了下咽，叼在嘴里，一趟一趟地堆在檐角里，天黑时，竟然在堆起的草窝里下了一窝小兔崽。挨刀的兔儿就这么做了兔儿娘。

女主人首先发现了这一景象。

也有身孕的女主人，透过后窗玻璃，悄悄地看了兔儿娘的分娩过程，那是怎样的一份痛苦呀！女主人不错眼地看着，直看到兔儿娘落草了四只红肉蛋蛋似的兔崽子。在那个时刻，女主人摸着她隆起的肚皮，决心不杀兔儿娘了。天黑，男主人回到租屋，听了女主人的叙述，自然同意了她的意见。

以兔儿娘推比自己，少吃一口缠丝兔肉没有啥。一窝兔崽子失了娘，就没法活了。

为了兔儿娘很好地养育兔崽子，女主人不仅按时送吃送喝，还找来一个纸箱，铺了棉絮，安放在后窗外的屋檐下，替代了兔儿娘自己叼垒的青草窝。应了一句民间俗语：有苗不愁长。兔儿娘吃得好，喝得好，奶水也就好，喂得四只兔崽子肥肥胖胖，原来光溜溜的肉身上，长出了一层好看的绒毛。

兔崽子挨挨挤挤地，试着学步了，却不知从哪里钻来几只老鼠，与兔儿娘争食女主人抛进后窗的馍块。女主人看不过眼，找来一个老鼠夹，放了诱饵，安顿在老鼠出没的地方。

想不到，悲剧由此而生。

胎儿在肚子里的动静大起来了。夫妻俩赶紧去医院分娩，也就多半日时间，回来时，两口之家变成了三口之家。一脸幸福的女主人，因为有了兔儿娘分娩时的经验，憋了一口气，就很顺利地产下了孩子。抱着孩子一回租屋，女主人就去察看兔儿娘。这一看让她眼前发黑，差点晕了过去。

老鼠夹子没有夹着老鼠，却把兔儿娘的一条前腿夹住了。

固定在一边的老鼠夹，兔儿娘是拖不动的。可以想见，兔儿娘在被老鼠夹夹住的时间里，做了最为痛苦的挣扎，它没有办法，而它能看到兔崽子饥饿时的嚎叫。兔儿娘不忍听，又不能不听，它希望开始学步的兔崽子，能够迅速地学会走路，走到它的跟前来，叼着它的奶嘴大吃。可是兔崽子走不过来，好像原来学会的一点本事，在饥饿的打击下，也都失去了。

兔儿娘便张开它的豁子嘴，用它独具的两颗大门牙，一下，一下，啃着夹在老鼠夹里的那条腿。可敬的兔儿娘，硬是咬断了它的伤腿，跑到饥饿的兔崽子跟前，躺下来，露出鼓胀的乳房，兔崽子扑爬上去，四张豁子嘴，争先恐后地咬住一个乳头，撅起屁股，形象凶猛地吮吸着兔儿娘的奶水。

断腿上的血在流着，浸染着身上的绒毛，呈现一片触目惊心的艳红……

灵鼠墓

黑与白，两种色彩的对比是强烈的。

黑是一只瓶盖，白是一粒药片。白的药片就盛在黑的瓶盖里，静静地放在孩子伸手可及的炕边上。孩子知道，这是老爸摸黑下地前给他预备的，紧挨着黑色瓶盖和白色药片的，还有一个木质的小碗，碗里的水原来是很烫的，冒着丝丝缕缕的热气，现在已经放凉了，看不见飘荡的热气了，孩子只需伸出手来，把药片倾进嘴里，用水送进肚子就好了。这是孩子应该做的功课，天天如此，一日不落，已经做了很长时间了，做得他的心烦烦的，实在不想再做下去了。

有什么办法呢？孩子病了。在村头的小学课堂上幸福地读着书，老师夸孩子用功，同学羡慕孩子用功，他也总是争气，在十几所小学的

教区里，测验考试，他的成绩一直名列前茅，老师和同学就预言，孩子的前途无量。可是孩子病了，是骨头上的病，在孩子拼了命挣扎，最终还是倒在教室里后，老爸背着孩子走州过县，遍访名医，却也不能治好他的病。孩子就趴在了炕上，去不了学校了。

老师和同学来看孩子，赞赏的、羡慕的目光就都变成了同情。渐渐地也不来了。而孩子的母亲，看不惯别人同情的眼光，堵在心里，堵出了满腹的疙瘩，人便早早地去了，剩下孩子和老爸苦苦地熬日子。

孩子也绝望了。孤独地趴在土炕上，也不吃老爸给他预备的白药片，用指甲掐得碎碎地，扔到脚底下。那只老鼠就出现了，小小的眼睛，小小的嘴巴，嗅着碎碎的白药片，最后竟挑着拣着吃了下去。

老鼠吃着白药片，一时吃上了瘾，先还怯怯地在空寂的土屋脚底找寻孩子抛撒了的碎白药片吃，后来像是知道碎白的药片来源于病卧土炕上的孩子，就大胆地跃上土炕，图谋与孩子做进一步交流。如果孩子没生病，他肯定是讨厌老鼠的，决不会与老鼠有什么交流。现在不同了，老爸在地里有忙不完的活，孩子就只能趴在家里，孩子太孤独了，他多么需要一个伴儿啊！孩子没有，隐隐地听得见村头学校的歌声，孩子就更孤独了。老鼠的出现，填补了这个空白，老鼠有意与孩子交流，孩子又怎么能拒绝呢？哪怕是一只老鼠，孩子也不能选择。于是，在老鼠向孩子发出交流的信息时，孩子是迎合的。但一人一鼠的交流并不容易，需要的时间那么长，持续了一个冬天，一个春天，直到夏末秋初时，人和鼠才默契得像是一对朋友了。

白色的药片成了孩子和老鼠交流感情的纽带。仿佛是受到老鼠的感动，孩子又开始吃药了，不过，孩子会掰下小小的一块，喂给朋友般的老鼠，留下大大的一块，他自己吃下去。

天上扯着淋雨，早上起来，老爸出门时雨有多么大，现在还是多么大。老爸咕叽咕叽踩着满院的烂泥刚一出门，孩子就睁开了眼睛。可他只是睁了睁，就又严严实实地闭了起来。那只老鼠钻出了墙角的鼠洞，

不失时机地很轻捷地跃上土炕，和孩子亲热在一起。老鼠翘着它的尾巴，在孩子的眼睛上扫过来扫过去，孩子受不了鼠尾横扫的痒痒，伸手逮住了老鼠，又取来黑色瓶盖里盛着的白色药片，像往常一样，掰下一小块，喂进了老鼠的嘴里，他自己也吃下了剩下的一大块。孩子还端起木碗，自己喝了两口，又送到老鼠的嘴边，让老鼠去喝。这时的孩子，慈祥得像是一位老奶奶，他逮着老鼠的手，敏感地体会到老鼠肚子的小崽，孩子就温柔地念叨上了：又要做妈妈了呢！

长期的交往过程中，老鼠已经幸福地做了几回妈妈了。

雨就不见停，下了二十天了吧，土坯的墙基湿了半人高，不断地有墙皮脱落下来，摔在地上软成一堆泥。吃了老爸烧的晚饭，灭了灯，听着老爸的唉声叹声，孩子沉沉地睡了过去。孩子做梦了，他梦见了太阳，红红的太阳下，却还不紧不慢地下着雨，他赤着脚，在太阳雨下跳着、跑着，他看见了村头上的学校。也就在这时，钻心的痛疼从脚心而生，直刺孩子的大脑，他醒过来了，嘴里又尖锐地喊了一声。老爸在孩子的喊声里也惊得坐了起来。孩子说，我的脚心疼！

别说孩子的脚心，孩子的小腿和大腿，很长日子都不知道疼了。却突然地脚心疼了，老爸点亮灯去看，就看见了那只老鼠，正呲着牙咧着嘴，疯狂地咬着孩子的脚。

老爸愤怒了，举手去打老鼠，老鼠却敏捷地躲开来，跳下炕向门外跑去。老爸一定是气糊涂了，光着身子追着老鼠而去，泥泞的院子里，就满是老爸追打老鼠的喊叫。孩子不愿意老爸打老鼠，尽管老鼠咬烂了他的脚，他也舍不得老爸打老鼠。孩子在屋里的土炕上，一声一声地哀求着老爸，可他的哀求却像是一声一声的动员，老爸追打老鼠的气势更甚了。孩子听得见，老爸手里还操起了一把宽大的铁锨……情急中，孩子从炕上爬起来了，跌跤爬扑地冲出屋门，冲到了风声雨声喊打声的院子，只见老爸举起的铁锨在黑夜中划出一道亮白的弧线，重重地拍在了泥地上，铁锨下满是泥污的老鼠，发出了一声无奈的呻吟。恰在这

时，一声沉闷的巨响，房子塌下来，溅起院子里的泥水，糊了孩子和老爸一身。

房塌之后，是一片寂静，只有老爸粗粗地喘气声，直往孩子的脸上喷。孩子弯下腰，取开了老爸的铁锨，捧起已经毙命的老鼠，向后院的那块丑丑的石块走去，在石块旁用手刨出了一个深坑，很小心地把老鼠放进去，一点点地填着土。填得高出了地面，高成了一个圆圆的土丘。

持续了几十天的淋雨，这时候突然停了，墨色的天空裂开了一道缝，月亮出来了，皎洁而明净，照着孩子和他的老爸，两人的脸上都挂着晶莹的泪珠！

2006年2月15日　马来西亚—亚庇

黄土流波

原来以为，黄土是凝固不动的，是亘古不变的，却突然的有了一次俯瞰的机会，才发现黄土是流动的，像浩瀚的大海一样波涛荡漾。

这是我乘坐在飞机上的发现，同时发现从西安国际机场起飞要去北京的班机为什么老飞不高，总是在一种低空状态下盘旋，我和同事王炳军坐在临窗的位置，偏头就能看到窗外波动的黄土，这使我疑惑，又使我激动，觉得我生命的黄土，在这个特殊的境遇里，是那么的风姿绰约，遍布着神奇的波影，透明、轻巧、恍惚。

所以我要疑惑了，疑惑生养了我们的黄土地，原来就是一片生机勃勃的水国，她是那样丰富，从来都不曾寂寞。在其波动的地表上，那许多的梁峁和沟河，那许多的树木和庄稼，是一刻都不会消停的，不断地变化着，仿佛它们的生命，蕴藏着太多的活力，难得有那无穷的变幻，才能获得美丽的释放。我仔细地看着那波涛汹涌的黄土地，把它每一道梁峁，每一条沟河，还有每一棵树木，每一片庄稼地，都看成一个独立的生命，它们紧紧地匍匐在黄土地上，以它们各自所有的色彩和动态，诠释着各自的性感和命运。它们有自己的来路和去处，有自己炫目的光芒和前程，自然还有自己无法预知的漩涡和陷阱。

波动的黄土地，不像有形的河道，虽然婉转迂回，却也一目了然。黄土地就不这么简单，她的广阔与丰富，无疑使它显得格外扑朔迷离和不可捉摸……其流动的形态，具有强大的繁殖力。在我的眼底，刚才的一波褶皱，迅速地又会变幻出几个来，那几个又在继续繁衍变幻……我是要惊讶了，惊讶于我所热爱的黄土地上，波动着无数的变化，是那种奇异的几何级数的增长，我揉了揉我的眼睛，有种几乎被遗忘的意识，忽然又闪现在我的脑际，那便是对数学的美的意识。

黄土地上的数学，是那样的隐秘而美丽！

我想这该是风的能力了，它使如水般波动的黄土地，产生了一种繁复的美，飘飘荡荡，洋洋洒洒，无边无际，不可救药地反复呈现着，层层推进，如冥想一样没有穷尽，显示出广大无比的自然存在，承载了它可能承载的一切：街镇、村庄、牛马、鸡狗、树丛、芦苇、粮草、炊烟、月光、雨涝、干旱、诗词、书画、二胡、唢呐、秦腔、皮影、爱恨、朝代……无穷无尽的物事，在遗传的作用下，肆意地张扬着，谁都不愿低头，自信这就是各自存在的源泉，各自挺立的基础……还有高陵、三原、泾阳、周至、户县、蓝田、临潼……全都风姿绰约地活跃在波涛汹涌地黄土地上……我必须承认，这是黄土地上的不二主人，她们一个一个，历史地种植在黄土地上，差不多都有数百年、甚至数千年的高龄了，她们懂得黄土地的性情，知道黄土地的感情，因此就都毫不吝啬地扎根在黄土地上，一天天，一月月，一年年，贪婪地吮吸着黄土地的营养，不断地壮大着自己……可亲可敬的黄土地，毫无疑问地成了现实生活的参照，是个美人

儿，就在黄土地上走出美人儿的风情；是个汉子呢，就在黄土地走出汉子的英武……无处不在的黄土地，就是一面黄金的镜子，本来是空，本来是虚，但是有了这面镜子，每个生命就都有了意义。

飞机在低空顽固地盘旋着，坐在机舱里的乘客，开始并不知道什么，一直地低空盘旋，是惯常乘坐飞机的乘客发现了问题，脸色慌乱地扫描着机舱里的空姐。我和王炳军都是发现飞行问题的乘客之一，我也向空姐投去了疑惑的眼光，但我发现，空姐是不接触这种眼光的，投射到她的脸上，都被她平静的神情，钢打的盾牌一般，碰得粉碎……有压抑的哭泣，也在机舱里起了声。我奇怪，在这个时候，我却没有一丝慌乱，我不知道，这可是舷窗外波动的黄土地给我的信念？我把扫描空姐的眼光收回来，再一次地透过了舷窗，来俯瞰波动的黄土地了。

可以自豪地说，我是黄土地的儿子，我爱黄土地……起小，我就与黄土地亲密不分，溜着面面土(细如面粉的黄土)，摔着泥炮长成大人，我发现着黄土地的秘密，寻找着黄土地的诗意。

还别说，我是有了些发现的，这些发现就在我俯瞰着的视线里，我能如数家珍般地说出我能看到的公路和村庄，那密如蛛网的公路，牵连着无数的村庄，像是流水的河道，一波一波，越流越远……姜村、梁村、碾合村，好娃出在太子村……八阎村、九豆会、十朝留，找不见青龙心发灰……关中西府的扶风、岐山，俯首可拾的就是这样的歌谣，十分上口地记述着那让人难以忘怀的故乡记忆，在这些个星散的村庄里，少不了祠堂、牌楼、路亭、戏台、寨墙等村社特有的基本元素，典型如韩城的党家村，传说这个原始面貌保留得非常完整的村子，是有一颗避尘珠的，黄土地上风扬着的尘埃，是落不到村子里来的。我不相信避尘珠，但我相信风水，党家村的洁净、美好，是他们祖先选了一处好风水，才是尘埃躲着村庄走。

党家村如今成了旅游胜地，去过那里的人，都会为这里的风水赞

叹，墙接着墙，房连着房的老屋，满是明清时的格局，素木密槛，花窗雕门，极端可能地夸张着村庄的历史。我就曾两次深入其中，在那无处不在的细节里，认真地领悟着黄土地的信息，竟然让我昏沉沉迷醉不已，把那一幢幢的旧时房屋，当做了童年的摇篮，让我置身其中，仿佛悬浮在空中一般，又似乎流淌在水面之上，没有了依托和支点，我的沉重的肉体，一时之间，似乎是比空气还要飘了。

有不知哪儿来的画家，在党家村的街巷里写生，看他专注的神情，我不怀疑他所写的画图，一定是意象丰盈的。

黄土地的生活，大同小异，但这并不影响诗人的吟唱，很早的时候，有一些无名诗人，歌声吟唱着黄土地，他们的吟唱被专司采风的官吏收集起来，编入了不朽的《诗经》；后来的李白、杜甫、白居易……还有苏东坡、黄庭坚、李清照……也来诗赞黄土地了，他们都是唐宋两朝伟大的诗词家，他们笔下的黄土地，更加丰饶壮丽，更加风情万种……到了现在，柳青来吟唱黄土地了，陈忠实来吟唱黄土地了，贾平凹来吟唱黄土地了，这些沾染了黄土地的字纸，漫浸着水的气息，波动着诗意的灵性，在我们的眼前闪耀着、波动着，纯厚而绵长。

哦，我们母亲的神秘，母亲的性感啊！

那应该就是我们的母亲了，波动的黄土地啊，只有母亲才有这样的风姿，是女孩儿就还不行，尽管她们彩衣飘飘，是很有黄土地的原始本性，但她们略显嫩弱，还需要岁月的磨砺，像我们的母亲一样，身穿的衣服不会特别平整，举止使她们的衣着更多一些褶皱，那是流动着的褶皱呢，像是海水一般，我们见过的海水就都是游动着的褶皱。母亲是轻盈幸福的，那衣袂上的褶皱也就轻盈幸福地变化着，变化出无限的形态来，那样的变化，应该说，是人所乐意领受的……由于纺织物的自然垂感，或者由于一次次的浆洗，母亲的衣裳还会出现一些别样的变化，譬如色彩，又譬如褶皱，就如那黄土地种植的庄稼和陷落的沟壑……纺织

物的美丽质感，有效地遮盖了肌肤的润泽，使其愈加透出难言的神秘和性感。

耗空了燃油的飞机，这时候开始下降了，一点点地下降，最后冲着长长的跑道俯冲下来，直接去了机场一隅的修理厂，乘坐在飞机上的乘客，在脚踏黄土地的一刹那，本能地曝出一脸的喜悦。

时在2007年春日，我不认识飞机上的其他乘客，只认识我们的好同事王炳军。

2008年5月3日晨西安后村

水主沉浮

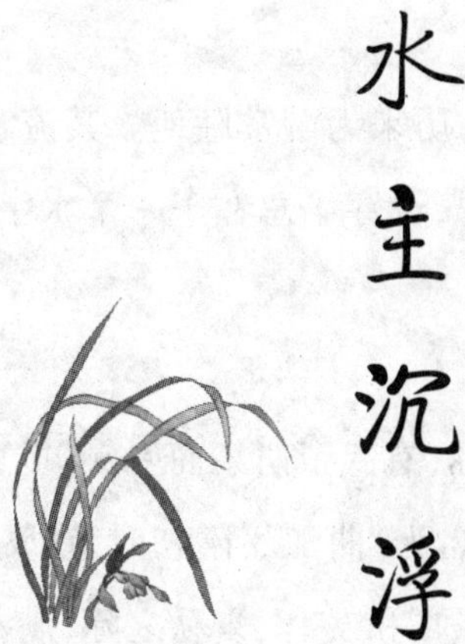

惊人，震撼，轰动……我想再多这样一些炫目的词汇，也不能涵盖这条新闻了。2008 年 7 月 1 日，曲江池、唐城墙、大慈恩寺三大遗址公园同日盛大开放，如织的游人，踩着落红遍地的炮屑，徜徉其中，莫不疑为梦中游。

有幸为曲江重建者邀请，我于三园开放的第五日，乘兴游历了一番，只觉纵是双眼不眨，也难阅尽扑面而来的景色……我没法对三大遗址公园扯平了来写，就先对曲江池涂上几笔淡墨。老实说，在此之前，我像所有心仪曲江的人一样，知道的曲江差不多都虚掩在发黄的典籍和诗歌中，真实的景象是个什么样子？我是不知道的。现在好了，有了曲江人的发掘和建设，在不长的时间里，恍如时光回流，使我能够真切地感受曲江的美丽了。

日宫开万仞，月殿耸千寻。花盖飞团影，幡虹曳曲阴。绮霞遥笼帐，丛珠细网林。寥廓烟云表，超然物外心。展现在我们面前的曲江是新的，但与唐高宗李治诗歌状写的曲江，似乎没有什么二致，还是原来的山水，还是原来的殿阁……而这恰是曲江人的理想，他们更愿意把遗址上的旧物事，全都很好地再现出来。

兴起于秦汉，繁盛于隋唐的曲江，历来为游赏胜地。其流觞遗风，文苑韵事，是不可胜数的。然根本之源，说穿了总在于一个水字——水主沉浮：

水兴则曲江兴，水灭则曲江灭。

典籍记载的实况是，早在西汉之际，有武帝凿泉而引水，贯通水系，积水为池，因其“形似广陵之江”而命名为“曲江”；隋初时节，文帝杨坚整修大兴城，复又疏浚水网，扩大池容，广植芙蓉，夏秋之际，满池荷舞，花繁似锦，就又有了个芙蓉池的美誉；唐代隋立，似嫌芙蓉之名太过柔靡艳俗，而追念大汉的雄霸强悍，复又还其原讳曲江池，直至玄宗李隆基时，更加爱惜曲江胜景，征召民夫巧匠，凿黄渠引来终南活水，起山楼，修栈道，跨原带隰，形成规模空前的园林风景盛地。

畅游在曲江人复兴的曲江遗址公园，那一组组的线雕，一组组的石刻，一组组的铜塑，都极尽艺术地现映着历史曾经的繁盛和辉煌。

取材于唐朝画师李昭道所绘《曲江图》（现存台北故宫博物馆）雕砌的石刻壁画，长达一百米，高逾三米，堪称世无二者的古画摹拟巨型雕塑。还有自创的《秦汉隋·曲江源流图》线刻雕塑，更是长达一百二十米，高逾五米……仰视这雄奇壮阔的石刻画卷，我更感动水所以沉浮曲江的重要。只说《曲江图》中的情景吧，画家的目光该是非常写实的，他用自己的画笔，形象生动地勾勒出唐时曲江，游人云集，与山水相间，便是贵为天子的李唐皇室人物，也不避讳市井流民，大家聚于曲江水畔，其乐也融融，其景也煌煌。

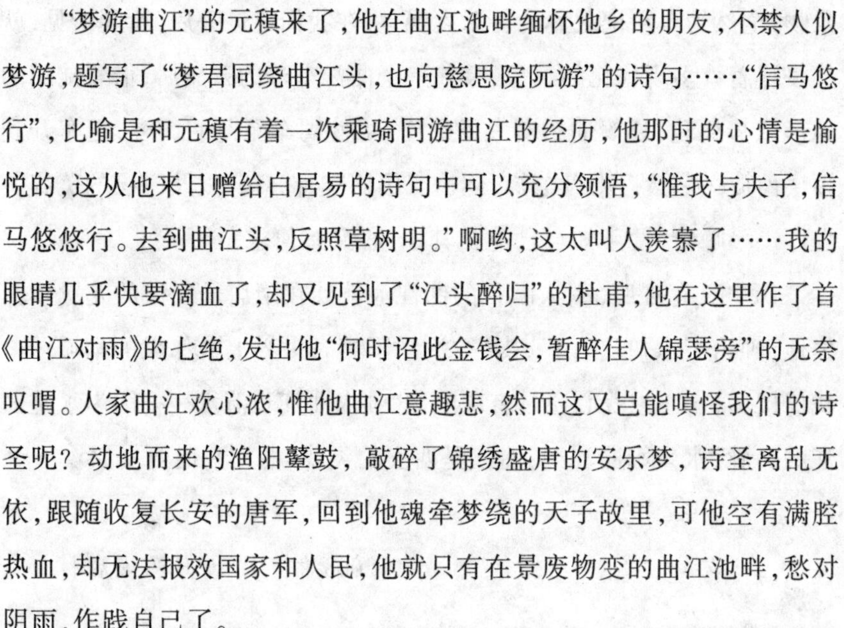

“梦游曲江”的元稹来了，他在曲江池畔缅怀他乡的朋友，不禁人似梦游，题写了“梦君同绕曲江头，也向慈思院阮游”的诗句……“信马悠行”，比喻是和元稹有着一次乘骑同游曲江的经历，他那时的心情是愉悦的，这从他来日赠给白居易的诗句中可以充分领悟，“惟我与夫子，信马悠悠行。去到曲江头，反照草树明。”啊哟，这太叫人羡慕了……我的眼睛几乎快要滴血了，却又见到了“江头醉归”的杜甫，他在这里作了首《曲江对雨》的七绝，发出他“何时诏此金钱会，暂醉佳人锦瑟旁”的无奈叹喟。人家曲江欢心浓，惟他曲江意趣悲，然而这又岂能嗔怪我们的诗圣呢？动地而来的渔阳鼙鼓，敲碎了锦绣盛唐的安乐梦，诗圣离乱无依，跟随收复长安的唐军，回到他魂牵梦绕的天子故里，可他空有满腔热血，却无法报效国家和人民，他就只有在景废物变的曲江池畔，愁对阴雨，作践自己了。

天下盛景的曲江，叫诗圣杜甫的这一次江头对雨，竟然宿命地成了一个分水岭，从此日薄一日，直到后来，载歌踏青的脚步不见了，颠饮修禊的诗酒灭迹了，插柳斗花的喧哗无闻了……曲江池的流水渐渐地也枯竭了。

从此一千多年，因为曲江水绝，连带着繁华的帝王之都，也像贫血的巨人一般，一直萎缩着，到新中国建立的时候，仅只剩四方城里十分之一不到的地方，听得见驼铃的空响，闻得到野狼的悲嚎……荒僻，孤寂，恍如天高皇帝远的边城。

突然地，曲江池又泱泱水满，碧波荡漾，众鸟翔集，云蒸霞蔚，蔚为壮观，出现了历史上曾经恢宏的曲水胜景图像。

翌日，受邀游历的商子雍、商子秦两兄弟，以及我的好友穆涛、杜爱民、第广龙等人，在爽朗的微风里，环水而行，一会儿车走，一会儿登舟，一会儿步行，一会儿踏浪……次第映入眼帘的有鸿胪寺和曲江池，芦荡栈桥和祈雨亭，阅江楼和云韶居，藕香榭和御道长廊……这美轮美奂的

景物，全然为典籍记载着的复旧大观，可在我们走进去后，所闻所见，就又浸淫着许多现代化的物象，譬如一个曲江东畔的云韶居，借着陡峭的地形依势而建，蜿蜒曲折着一条通道，可使驾车至此的访客，把车开到顶层停放……然后乘着电梯，到达二层的健身会馆，以及一层的美容美发厅……嗨呀，便不知自己身在其中，心又有何求？

历史已有观照，引人瞩目的曲江池就处在隋唐长安城的龙脉六爻之地，独占了水口“生门”，支撑、润泽了当时世界上最伟大的都城……我倚楼凭栏，心想我心还是有求的，我唯求曲江长流水……因为水是曲江的命脉，水兴则曲江兴；曲江是西安的灵魂，曲江兴而西安兴。

2008年7月20日西安后村

黑灯记

我是不挂灯笼的。很多年了,便是过年也不挂灯笼。但我知道我们那儿的风俗是要挂灯笼的,正像广播电视里唱的那样,“正月里来正月正,正月里来挂红灯”,但我坚持不挂红灯笼,因为我忘不了肖伙儿,忘不了曾经的黑灯劫。

与我在村里一起溜面面土,一起玩尿泥的肖伙儿,是个性格比较内向的人。曾几何时,我父亲是“黑五类”分子,我是“黑五类”的狗崽子,村里的孩子都不和我玩,只有肖伙儿毫无知觉地和我不离不弃。我们不离不弃,不是说他和我一样“黑”,他家世代贫农,是心红肉红骨头红的红孩子,他却还与我不离不弃,我就打心眼里感激着他了。

不期然地,到了一年的尾巴上,村里进门了两个新媳妇。那时没有好耍的,耍新媳妇就成了大节目,而且还给没边没沿地耍闹寻了个理

由:过门三天没大小。什么意思呢?就是说过门的新媳妇,头三天里谁都能要,除了公爹,是爷爷、是叔伯、是哥哥,都不要紧,想要摸新媳妇的翘奶子,逮着机会摸一把也是可以的。如果是小弟弟,更是咋疯咋有理,就像吊在大家嘴上的那句话一样:嫂子的尻蛋子,小弟有一半子。

刚进门的两个新媳妇,按辈分,我和肖伙儿是要叫嫂子的。我和肖伙儿业已约好,喝过夜汤后,一块去要新媳妇。

肖伙儿先自喝了夜汤,两手捽捽打打往我家门上走,我也从门里往出走。由于到了过年的前夜,各家各户的门头上都点起了一盏红灯笼。我家亦不例外,由父亲刻了个萝卜灯盏,倒上油点着,放在一个很大的红纸灯笼里,斜挂在门头的边框上。肖伙儿走到我家门口,仰头看着通红的灯笼,有一阵发愣,嘴里说:你们家不能挂红灯!

他这话说得我心疼,知道他虽与我不离不弃,骨子里还是把我当做"黑五类"的狗崽子的。我不好说啥,低了头看他很熟悉地从我家头门背后取出一个油瓶子。农家的日子,谁都少不了这样的油瓶子,装的是从拖拉机站买来的废机油,以便出工时润滑自己家的架子车。不用说,废机油是黑色的,品质非常不纯,里边常有掺进去的柴油和汽油。我不知道肖伙儿找来废机油做什么,背身回家去给父亲说。可在我和"黑五类"的父亲赶出来时,不该发生的悲剧已经不可避免地发生了。

肖伙儿找来废机油是要涂黑我家的灯笼的。他很认真地向红灯纸罩上涂着废机油时,溅起的油滴引燃了灯笼,同时还引燃了废机油瓶子。千钧一发之际,肖伙儿一手挑着着火的灯笼,一手擒着着火的废机油瓶,拼命向街上的空地上跑。他跑得飞快,不知脚下有啥一绊,把他重重地摔在地上,瓶子碎了,废机油泼在了他的身上,油到哪儿,火烧到哪儿,很快他就如一个火人儿了!

父亲甚至来不及喊叫,脱了身上的棉袄扑上去,裹住了肖伙儿,也裹住了肖伙儿身上的火。便是如此,肖伙儿也被烧得面目全非,到长成

大人，由于破相太甚，就一直没有讨下媳妇，如今孤零零地一个人过着日子。

从那以后，我与肖伙儿的友谊也断了，几乎没再和他说话，直到我考学离开村子。但我常常会想，肖伙儿明知起火，他为什么不丢弃灯笼和废机油瓶呢?是他一时心中慌乱吗?我大概不能这么想问题，如果他不把着火的灯笼和废机油瓶拿走，任其在我家门口烧，可能会烧到我家房子的。因为挨着我家头门一侧，就有一堆麦草垛，飞溅的油火烧着了麦草垛，想要扑灭就难了，而麦草垛一旦起火，必然会殃及房屋的。

后来，我这么想肖伙儿，就还觉得他是够朋友的，甚至堪称英雄。

现在我们的年龄都不小了，我想回到老家，应该看看他的。去年春节的晚上，就拾掇了几色礼，有烟有酒有糕点，提着去肖伙儿的门上。老远我却看见，他在自家的门头上挂了一盏黑灯笼！

为什么挂黑灯笼呢?我不敢贸然进他的家门，问在街上游走的乡党，都说挂了好几年了，劝他换个红灯笼，他硬是不换，坚持挂他的黑灯笼。其中有人还吐了痰，骂了声“晦气”。满村都是红灯笼，你挂黑灯笼干啥吗?

2007年1月28日西安后村

长桥长

世俗的脚，催我走过长城时，未能感受到好汉的情怀；又同样催我走过运河时，亦未感受到贤达的风流……然而，在我走上晋江安海镇的五里长桥时，心头却蓦然涌起一股难以抑制的冲动，很想大喊一声，用以表达我的景仰和崇拜。

不比长城和运河，那是两个皇帝的杰作，一个叫秦始皇，一个叫隋炀帝，在他们耗费了举国的力量，修筑了一座长城，挖掘了一条运河后，却都十分悲哀地死在了两项伟大工程的脚下，成了后世儿孙不断反省与追问的历史教材，有人啼血赞颂，也有人飞沫痛骂，总难取得一个公认的结论。而这座石梁式长桥，从它建起的那一天起，就为人们所称颂，所歌赞，便是七百多年后的民国初年，国民革命的先行者廖仲恺先生行经安海时，亦感慨长桥的壮美，悲然慨之，填词调寄《黄金缕》：

五里长桥横断浦。不度返乡，只渡离乡去。剩得山花怜少妇，上来椎髻围如故。

……

走在长桥上，我吟诵着才刚读熟的前辈的词句，感知他们悲伤妙龄的新妇，正是那个时候的晋江民情，因为战乱，因为贫穷，总有不忍离家的汉子"日暮随潮人去远"，空留心爱的人在庸常的生活中煎熬着，无心妆扮，随意地扎起一个椎状的头发，苦盼着离乡讨生的亲人归来。这样的平民心肠，与这座古老的石桥是太吻合了。南宋绍兴八年(1138年)开始架设的石桥，便完全是由安海的平民百姓，以他们平民力量架设起来的，到绍兴二十二年(1152年)架设竣工的那天，又为石桥起了一个非常平民化的名字：安平桥。

为安平桥的雄伟壮丽而感动，而歌赞的还有现代著名诗人郭沫若，他于1962年的秋天赴闽，慕名游览了安平桥。他激荡如潮的诗心，在他游览时大为悸动，展纸运墨，写下了七绝《咏五里桥》。诗曰：

英雄气魄垂千古，劳动精神漾九霄；
不信君谟真梦醋，爱看明俨偶题糕。

……

郭老的题词是恰当的，安平桥的架设绝对是个人间奇迹。据1957年的一次调查证实，桥长2070米，宽3～3.8米，建有桥墩314座，不仅为我国最长的石梁桥，在世界上亦为最长的石梁桥。

追溯历史，宋时晋江的安海镇该是十分繁华了，与之相对的水头镇亦然物丰人茂，隔江相望的两地百姓，随着集市贸易的日趋旺盛，痛感相互往来的不便，于是心生修建一座长桥的打算。自然的，建桥者的初衷是要造福乡梓的，不想成为廖仲恺笔下凄清的景象。但有什么办法呢？事与愿违地又常要使人喟叹了。

喟叹当初架桥时，就颇为困厄。当然，这是不好抱怨的，其时的南

宋小朝廷，正值奸相秦桧当权，岳飞父子遇害；小皇帝赵构纳表于金，称臣割地，算得是中国历史上既腐败又屈辱的一个时期。但安海人不畏艰难，逆时而上，想得到做得到，为了地方经济的发展，也为了国家民族的强盛，义无反顾地开始了安平桥的架设。但是，要建这样一座桥又谈何容易，便是那架桥的每一块石料都要利用大船，从海上的金门岛运来。到过安平桥的人知道，桥面上铺设的石梁，长度都在8~11米之间，宽和厚也在0.5~1米之间，最小的石梁也有三吨多重，而最大的石梁不下二十五吨，工程之浩大，没有非凡的毅力和勇气是无法完成的。安海人合理运用海水涨落的规律，以自然的力量帮助他们架桥。有位戴着一副花镜的老先生，大概就住在安平桥边吧。在我疑惑着脸向人打听建桥的情况时，他自觉地迎了上来，用他闽南味很浓的普通话告诉我：潮水的力量是巨大的，既有害于人，又有利于人，关键在人怎么认识，认识到潮水有利它便是有利的。譬如架桥，船载着大石，潮涨时划到预定位置，潮退时石头自卸下来，空船离去，载石再来，把一个今天看来都难完成的架桥工程，便很容易地做到了。听着老先生不无骄傲的介绍，我心是飞扬的，感动安海人的非凡毅力，创造性地、智慧地架设起来了。

为了石桥的安全，安海的建设者根据地理位置的不同，选择了不同的桥墩砌筑形式。若是水流湍急的深港，便都砌成船形桥墩，使两端尖出，用以减少流水的阻力。若是一边水急，一边水缓的港道中，则又采用鞋形桥墩的样式，向上游的一边尖出，向下游的一边直出，以便利于泄水。若是水浅流缓的地方，便都砌成长方形的桥墩，也可增强桥的稳定性。更为叫绝的是，离开长长的桥身，还筑起数座方形实心石塔，不知利害的人看去，以为那样的石塔只是为了长桥的美观，岂不知亦有非常实在的作用，便是能够很好地缓解潮水涨退对桥梁的冲击。凡此设计，无不显现古人的科学精神，严谨而缜密，是我们今天人要认真学习的。

走在安平桥上，敏感的脚底板体会得到，宽厚结实的花岗岩桥梁，

有些光溜溜呈现出历史的痕迹，有些粗瓦瓦显系新铺设的。这没有错，现在的安平桥确是1982年整修过的，好像从长桥架设起来后，历朝历代都有整修了，从有记载文字看，自明朝永乐二年到清朝道光二十九年，其间就有十数次的大规模整修。

然而，日久天长的整修挡不住长年累月的泥沙湮塞和人为围垦，使一座曾经跨海而过的水上桥变成了陆上桥。安海人的记忆不能断裂，他们心中的安平桥还应该是水上桥，到新中国成立后的1962年，老百姓刚从一场大饥荒中苏醒过来，他们就又开始了对安平桥的整修。这次整修得到了国务院的大力支持，拨了巨款，派了专人，不仅整修了损坏的桥礅、桥板、桥栏，还在桥身两侧开挖了一条30余米宽的海渠，使他们魂牵梦萦的安平桥大体恢复了旧有的模样。

不过，这时的安平桥已渐失其通衢大道的作用，而变身为一处旅游观光的景点。

玉龙千尺天投虹，

直槛横栏翔虚空。

有着宋家皇室血统的赵令衿，是很有一些诗学修养的，他对安平桥的架设功不可没，这两句咏唱安平桥的诗句，是他在安平桥建成之初信手写来的，到今天读来，依然不为过时，倒像是为现在整修过的安平桥而吟诵的。波光粼粼的海渠上，倒映着安平桥长长的虹影，让我走在上面，大有蹈海而行的感觉。

这样的感觉是不错的，便是为了修桥做出巨大贡献的这位赵令衿太守，在桥成之日，就先不胜喜悦，写下了一篇碑记，记叙了当时的胜况：……隐然玉路，俨然金堤，雄丽坚密，工体鬼神。又因其余财为东、西、中五亭以附，实古今之殊胜，东南所未有也。谓是良辰，属宾落祭其上，老壮会观，眩骇呼舞。车者、徙者、载者、负者、往者、来者，无所濡蹇。日出雾除，海风不动，岛屿渠湾，寂寞无声，空水苍苍，千里一色

……”素有读碑雅好的我，在赵太守的笔墨中，不仅读出了他的喜悦，还读出了他心跳的力道，那可都是拳拳为民的心跳啊！

感觉着赵太守热扑扑的心跳，我从历史的大幕背后，看见了两个白髯飘飘的僧人和一位长袍翩翩的商人，从他的身侧影影绰绰地走了出来。我知道，那两个僧人一是祖派，一是智渊，而那个商人就是黄护了。《清源旧志》上的寥寥数语，把他们三人活生生地画给了热爱他们的后人，在此我绕不过去，别人也绕不过去，因为那样的记载只能为他们所领受了：宋绍兴八年戊午，僧祖派始为石桥，镇人黄护与僧智渊各施钱万缗为倡，功将半，派与护殁，越十四载未竟。

长桥未竟身先死，按说该是一个遗憾，但我要说，那也是个美丽的遗憾。我们今天景仰安平桥，所景仰的就包含着三位事功未竟者的遗憾。

水心亭在我们走了很长一段桥，才一点点地明晰在渴望看到它的眼睛里。在石垒的亭舍里，大家围在一位陪同而来的“长桥通”跟前，聆听着他的讲解。很快地，就都对观音殿上的那副旧联，发生了浓厚的兴趣。

世间有佛宗斯佛，

天下无桥长此桥。

好大的口气呀！在我读得摇头时，看见同来的几位也摇头了。我想大家和我想法也许是一样，觉得写此对联的人该是怎样的口大如舌，气势汹汹。这么揣度着，只一会儿，却又不得不钦佩人家的那一份气概了，而且是，下联实话实说，人家长桥就是长嘛。至于上联，本来就是为了下联而起兴，说得过分一点又有什么不对呢？再者说了，文学描述毕竟不同于科学结论，用不着丝丝入扣，合榫对卯。

便是我在晋江以及安海活动的这些日子，无论历史的，无论现实的，感觉到南闽这一方水土，为人所养成的品性，尽皆逞强争胜，鳌头独占的气势。只说自唐以来的科举应试吧，千二百年的时间跨度里，全国

出了五百零二名状元，泉州地区占了八席，竟被安平桥所在地的晋江安海全部包揽；历代相爷，整个泉州出了二十余人，晋江安海占去了十分之七。难怪他们晋江安海的人要说：摆三文钱的土豆，也要做个头家。他们信奉的一句话是：宁做鸡头，不为凤尾。干什么事，都一定要干出个名堂来，就如他们祖先修筑安平桥一样，修出来就是天下唯一。

喜欢体育运动，也爱看体育比赛，央视五套（体育频道）上的插播广告，十有八九是晋江的产品，有服装，创出名牌的服装有七匹狼、虎都、劲霸、利郎、柒牌等几十种；有鞋子，创出名牌的鞋子有爱乐、德尔惠、特步、安踏、喜得龙、贵人鸟等几十种，明星周杰伦、周星驰、谢霆锋、郭富城、刘德华等等，凡是在世人眼里红火着的，几乎都成了晋江人鞋子和服装的代言人。

晋江人敢说，全球运动鞋，晋江制十居其一。

联合国派来了官员，拟在晋江设立专门的采购中心，对此，来晋江考察的中国纺织工业协会的权威人士不无豪迈地说，他们的鞋服产业链已非常完整，实力企业积累了大量的原始资本，并在市场上形成了一定的渠道垄断优势。

似乎不仅在鞋子服装方面，唯晋江人领了时代潮流之先，在制造业、化学工业、电子科技等多个领域，都有不俗的表现，整体化向产业高度挺进。

我这么梳理晋江的现实经济，也许只能是个挂一漏万的梳理，但我想这已经能够说明我最想说的一个理由了，那是安平桥给桑梓百姓带来的福气。

长桥长，最长的是长桥的精神，长桥的感情！

2006年12月5日西安太阳庙门

都是题外话

感动《美文》

说出去的话，泼出去的水，是不好再收回来的。可是《美文》杂志的聂晶遵了他们主编的命令，打来电话，发来伊妹儿，要我把十天前在他们编辑部组织的散文研讨会上说的话，整理出来传给他们，这让我有点惶恐，又有点惭愧，不知我说的话，似雨过的干地皮一样，收起来又有什么用处。

但我是必须听话的，在2007年的头一天，吃过一碗糁子面后，趴在家里来整理自己的发言，觉得要说的第一句话，还是那天发言时说的，我感动《美文》。

我的感动有千种万种，而最感动的是《美文》倡导的“大散文”理念，让可能写散文的人，或者不可能写散文的人，汇聚在这杆大旗下写起了

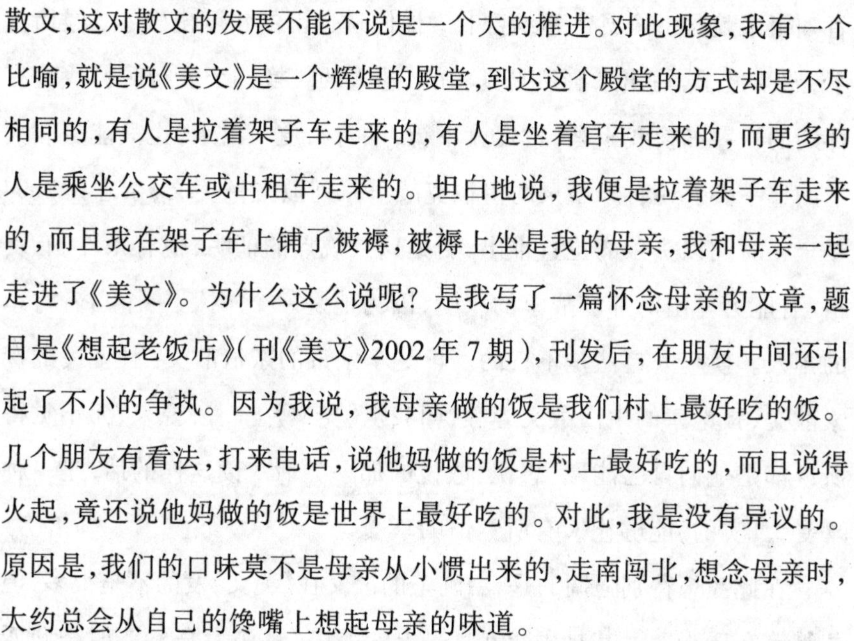

散文，这对散文的发展不能不说是一个大的推进。对此现象，我有一个比喻，就是说《美文》是一个辉煌的殿堂，到达这个殿堂的方式却是不尽相同的，有人是拉着架子车走来的，有人是坐着官车走来的，而更多的人是乘坐公交车或出租车走来的。坦白地说，我便是拉着架子车走来的，而且我在架子车上铺了被褥，被褥上坐是我的母亲，我和母亲一起走进了《美文》。为什么这么说呢？是我写了一篇怀念母亲的文章，题目是《想起老饭店》（刊《美文》2002 年 7 期），刊发后，在朋友中间还引起了不小的争执。因为我说，我母亲做的饭是我们村上最好吃的饭。几个朋友有看法，打来电话，说他妈做的饭是村上最好吃的，而且说得火起，竟还说他妈做的饭是世界上最好吃的。对此，我是没有异议的。原因是，我们的口味莫不是母亲从小惯出来的，走南闯北，想念母亲时，大约总会从自己的馋嘴上想起母亲的味道。

就是这样，我与《美文》结下了不解之缘，让我一个原来不大写散文的人，狂热地爱上了写散文。而且一写起来，便不能罢休，总觉得有话要说。

自然了，我要说的只能是自己的话。也就是说，说自己能说的话；说自己想说的话；说自己敢说的话。

不知我的理解对不对，《美文》杂志所重视的，可能还有其他的标准，但我所说的几条应该也算他们的标准。这从我读《美文》的过程中是体会得到的。如我自己被《美文》刊发的作品，除了《想起老饭店》之外，还有《西府经典》系列、《碑说》系列、《花间集》系列，都是我所熟悉的生活，无疑也就是我所能说话，而且是我想说和敢说的话。

这是我的自信。而且我还自信，从《美文》上看到的《一个财政局长的工作手记》和《向农民道歉》两个长篇散文，就是两位作者能说的话。我们知道，这两篇散文的作者，前者王云奎就是一个县的财政局长，后

者刘银录就是一个县的组织部长，他们从自己的角度出发了，经历过了，感受过了，写出来自然是真实的、感人的。换一个人行吗？我是有怀疑的！譬如换我来写，肯定就不行，硬着头皮写出来，也只能是假大空的那一类。还有朱增泉的伊拉克战争系列散文，《美文》杂志在2004年全年时间以头条的位置推出，更是这一观点的证明，他有条件、有资格、有能力写出对那场战争的感受，因为他是一个军人、一个当着将军的军人。换个人自然是不行的。再是李宗奇的亲情散文，杜爱民的探索散文，张艳茜的生活散文等等，叫我从《美文》上一一说来，无不觉得所说都是他们自己能说、想说、敢说的那一类话。读这样的话，是一种享受，真实的、能够让人有所觉悟的享受。

在此我想特别强调的是，白阿莹的散文在《美文》发的不是很多，但却篇篇有看头。尤其是去年9月号上的那篇《重访大寨》，当时把我看得心惊肉跳，觉得他观察之敏锐，认识之深邃，笔力之劲道，没有一股敢说话的勇气，是做不出来的。的确，许多人都到大寨去了，也写了不少的文章，如我一样，对这个中国土地上十分特殊的一个山村，是有许多禁忌的，别说大胆地写出自己的看法，就是大胆地想也不敢多想。写大寨，千篇一律的，差不多都是少盐没醋的一杯白开水。

这该是我对《美文》的又一个感动了，诚如研讨会起首时李浩先生（西北大学文学院院长）说的，“有宗无派，有文无类”，不管作者是谁，拉着架子车来也罢，坐着官车来也好，搭公交乘出租来也成，一概以文章是否说了自己的话为准。当然，说了自己的话而且又是自己能说、自己想说、自己敢说的话，他们就更欣赏了。

我想，这是《美文》对我的鼓励，一个极大的鼓励啊！我们应该尽量脱去小和尚念经的心态，学着如高僧一样，说出日常的、家常的，甚至是庙堂的话，这便是我在研讨会上的收获了。

——写在《小说选刊》改版周年之际

凝重超然，庄严肃穆，博大广阔……回顾《小说选刊》改版一年来的感受，我大脑的词库毫不吝啬地迸出了这样一串词汇。我想，便是这样的词汇，也不能完全表达一个读者的期待，在过去的一年中所享受到的欣喜。

我的欣喜是多方面的，但阅读是第一位的。已经有些年头了，我的阅读味觉是被动的，不由自主地总被这样那样的一些潮流所污染，感觉不是个味儿。但怎么不是味儿呢？我想找到答案，却苦于缺少一个参照物，而总是迷途。到我读过2006年第一期的《小说选刊》之后，仿佛在我迷茫的眼前开启了一个窗口，让我看见了文学的蓝天，和蓝天上飘浮的白云以及飞翔的鸟雀。再读下来，到我把全年12期的《小说选刊》整整齐齐地码在书柜上，回头再看时，心里一下亮堂起来了。知道那些年头让我觉得不很对味的东西，是有那么一些人，还有一些杂志，把神圣的文学当成了任人游戏的玩具，他们可真是能玩，敢玩啊。一会儿兴之所至，玩庸俗；一会儿兴之所至，玩青春；一会又兴之所至，玩性爱……他们一路玩下来，接着玩小资，玩帝王将相，玩才子佳人，真不知道他们还将玩什么？但是，一个残酷的事实摆在大家的面前，这么玩的结果，读者是不大买账的，纷纷远离了文学。因此，玩文学的人玩得其实也不开心。

原因是，文学不是夜总会，不是桑拿浴场，不是麻将桌，不是杀人吧……总而言之一句话：文学不是玩的。

改版了的《小说选刊》无疑是对那样一个现象的校正，从中让人感到本质文学的回归和树立。就如知识界一样，是很看好上世纪80年的大风尚。那时的文学界，是个人也好，是刊物也罢，都有一种纯真的、执

著的追求，那样的追求是自信的，也是开放的，出现了多少脍炙人口的优秀作品，譬如路遥的《人生》，譬如谌容的《人到中年》，譬如张承志的《黑骏马》，譬如张一弓的《犯人李铜钟的故事》等等，不是我一篇短文能列举完的，他们高扬严肃文学的旗帜，自己写来，肯定都是先感动了自己，然后又感动了读者。我还记得当时阅读这些作品时的感受，觉得自己的神经被作品尖锐的文字刺痛了。

在今天，我想追问自己，阅读那样的作品，为什么就有痛感？而阅读别的作品就没有呢？我想大概就在于这样的作品追求的终极目的是真理吧！诚如费舍尔说的：现实主义是为真理服务的。舍此，便就不是了。此外，记得还有一位外国人说：让苦难有出声的机会，是一切真理存在的前提。现实主义是有感召力的，并使作家有一种巨大的归顺感。

太好了，归顺感。我们的文学仿佛一个夜游症患者一样，盲目地夜游了一些时日后，是该归顺了。可喜的是，《小说选刊》以他们神圣的责任意识，为我们的归顺树起了一座明亮的灯塔，让我们有了一个归顺的目标。

这个目标就包含在他们选发的作品之中，像2006年第1期的《我们的路》、第2期的《你该把什么藏起来》、第4期的《我们能拯救谁》、第7期的《逆着时光的乡井》、第9期的《锈锄头》、第12期的《远去的蝴蝶》等等，让人读起来，神经又有了刺痛的感觉。纵然，我们现在的生活好过了起来，但不能掩盖生活还有痛苦，文学的责任，就是以别样的视角，把生活的痛苦展现出来。当然了，这个展现是善意的，是要告诉我们，还必须为我们的理想而努力。我在文中列举的小说基本做到了这一点，除此而外，其他选载于《小说选刊》上的作品，差不多都在为这一目标发挥着自己的作用。

阅读《小说选刊》上的小说作品是这样，阅读《小说选刊》上的其他文字也是这样，其中包括一期一篇“声音”专栏的理论文章，《专家推荐》

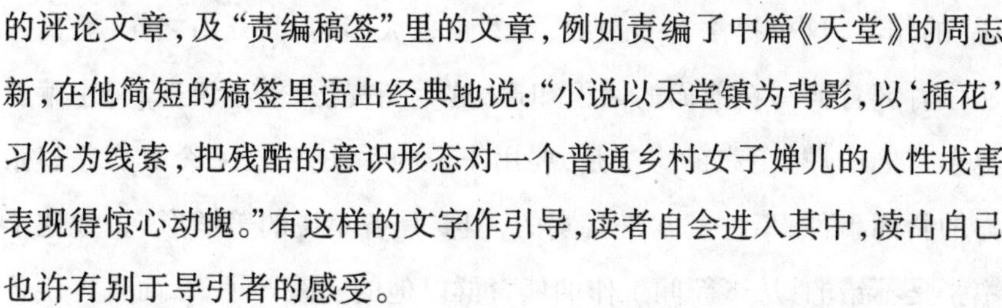

的评论文章，及“责编稿签”里的文章，例如责编了中篇《天堂》的周志新，在他简短的稿签里语出经典地说：“小说以天堂镇为背影，以‘插花’习俗为线索，把残酷的意识形态对一个普通乡村女子婵儿的人性戕害表现得惊心动魄。”有这样的文字作引导，读者自会进入其中，读出自己也许有别于导引者的感受。

当然，几次的主编告白，亦然很有特色，让读者远离编辑部，却也能感受到《小说选刊》的主编们和编辑们的呼吸和热度。

最后，我还想说说《小说选刊》的封面设计和内文的版式设计。2006年第1期在封面上打出的“生存状态”主题语，绝对是别出心裁的，特别是与之一起呈现在读者面前的那位打工仔，满身都是粉刷墙壁染在身上的斑点，不知他洗手了没有，一把抓了几个馒头，有半个馒头已被他吞进了嘴里，看得出来，他是饿了，但他很乐观，一脸纯洁无邪的笑，让人读着他的神态，也像是读着一篇隽永的小说。

《小说选刊》坚持着“生存状态”的封面设计，直到12期的那幅剃头匠为人刮脸的图象，没有一期不精彩，没有一期不引人，相信过个十年二十年，再看《小说选刊》的“生存状态”系列封面，会给人以更加深刻的认识价值。我写这篇短文时，2007年的第1期刊物已搁在了我的案头，这一期封面看上去似更具匠心，一个戴着老花镜的读报老僧脚前，有一只很小很小的雏鸡，正瞪圆了眼睛在地上寻觅可食的东西，这告诉了我们什么呢？我不愿想得太多，只是发现，封面的设计者巧妙地让雏鸡的两只爪子，稚嫩但却坚定地走出了画面之外。

也许，封面设计看上去是简单的，但谁又知道，世界上复杂的事情常常并不难做，倒是简单的事情，又常常难以做好。《小说选刊》的封面设计和内文的版式设计，就都从最简单的立场出发，达到了一种并不简单的境界。

此外，在新一年新一期的《小说选刊》上，读者会看到一篇“新闻小

说”的作品。这个提法是新颖的，自然也是大胆的，其开山之作《无巢》，从作者熊育群写在前面的话里知道，这个新提法是《小说选刊》主编杜卫东首倡的。杜卫东的想法是，要用小说的手法，书写一个具有思想张力的新闻事件；事件基本是真实的，但要具备小说的美学形态。他这个主张是不错的，从事新闻工作的熊育群以他的实践开了头，而且可说开了个好头，接下来是要有人响应的，新闻工作者队伍是庞大的，其中不乏龙虎之辈，这里开辟了一个他们大展拳脚的舞台。

图雅对我们说

在观摩电影《图雅的婚事》之前，我对国内的影视作品有了一个模式化的印象，即所谓：上房、上床、上朝。

何谓上房？武打片之所谓也；

何谓上床？激情片之所谓也；

何谓上朝？宫廷片之所谓也。

大家不妨转回身去，看一看改革开放以来的影视剧发展过程，是不是可以用这三句话来概括呢？我敢武断地说，没人会有异议。因为这是事实，一个让人几乎看厌了的不想再看的事实。

在这样一个大的背景下，蓦然透过银幕，我们看到了一部《图雅的婚事》的影片，眼睛就不能不发热，心情就不能不激动，我想说的话首先是：谢谢导演王全安，谢谢编剧芦苇，谢谢为该片付出心血的每一个人。

但我还有一个问题要说，《图雅的婚事》获得的是金熊奖，是在德国柏林为一帮蓝眼睛的人评出来的大奖。作为评委，我为他们的艺术精神所感动，他们把自己神圣的一票投给一部中国的电影，肯定都是本着自己的艺术良心而投的。何况《图雅的婚事》又不是什么大制作，仅仅花了五六百万元，做出我们看到的那个样子，却能赢得评委的普遍青睐，实在是件难能可贵的事情。这就是我的问题了，如果评委们不是一帮蓝眼睛，而是像我一样的黑眼睛，《图雅的婚事》还能获得那个大奖吗？

当然，现在提出这个假设，有人是会发笑的。可能还会说我幼稚，但他否定不了我的问题，因为风靡我们影视市场的现实是，小制作往往要败给所谓的大制作，好像谁把剧本做得越假、越大、越空，才越是好剧本，谁给影视作品投的钱越多把画面弄得越堂皇越好。

偏偏地，《图雅的婚事》不这么做，先是编剧写了一个实实在在的故事，导演执导了一本实实在在的大戏，演员演出了一个实实在在的人物。我这么说是不为过的，看过影片的人知道，全剧众多人物，仅只有一位职业演员，其他人就都是导演在蒙古草原慧眼挑选的一个个非专业的演员了。譬如影片里的男一号巴特尔，就是蒙古草原上一个朴素的牧民巴特尔。再譬如男二号森格，也是蒙古草原上跑场子赛马的骑手森格……他们都是本色的，十分的本色，恰恰是他们的本色演出，却更能打动观众的心，让观众深刻地记住他们。

下来，我想把心思放在《图雅的婚事》这个故事上多想一想。一个个性倔强的蒙古族妇女图雅，为了能够在日益退化的草原上生活下去，自己动手打井了，不幸的是，丈夫把井没有打成，却把自己炸成了残废。图雅放不下残废了的丈夫，但她又无法很好地照料丈夫、孩子和他们的一大群牲畜，她需要有人帮助。应该是个什么样的帮助呢，就是她带着残疾的丈夫、孩子和她的一大群牲畜，改嫁一个新的丈夫。一个一个想要迎娶图雅的人来到了她的面前，最后都是因为她的前夫，而未能嫁成。但有一个人就是那个有点痞，还有点窝囊的森格，以他的执着不屈，迎娶了他说不上爱，也说不上不爱的图雅。剧情发展到这里，导演就很聪明地结束了拍摄，在银幕上打出“剧终”的字样。

应该说，这个故事太不新鲜了，甚至有些落入俗套。却因为编剧的智慧和导演的不俗，把这样一个偏远地区十分常见的故事拍出了新意，

拍出了新鲜，因此也便十分的不俗了。恰如影片在柏林获得金熊奖后，评委们集体作出的评语那样："影片用美丽的叙事，再现了行将消失的一种文化和生活方式，因而极有价值。"

是的，有了这样的结论性评语，我还说什么呢？不说了，再说都是多余的。

乌鸦的智慧与蠢傻

近一期的《作文报》选了我的一篇文章，发出来又做了多角度的分析。朋友告诉我消息后还复印了一份给我，我才知道选的是我在《小品文》杂志上发的那篇《暗香浮动的茶叶蛋》，说实话，几位作者的分析文章对我是很有启发的，对我重新认识我的作品提供了多种可能。

正在他人的分析文章里思索着，却接到《美文》下半月刊编辑的电话，约我就今年的高考作文谈一些看法，我应了下来，顺着茬儿就说一些吧。各地的高考作文题都不一样，我所在的西安地区，用的是一个关于乌鸦学习老鹰抓羊的寓言故事，要求考生写一篇作文。应该说，这个命题是有水平的，在貌似单纯的背后，蕴藏着太多发挥的可能，是够考生用心想象，写出一篇别具一格的美文来。

亲爱的考生，你是怎样审题，又是怎样作文的，我不知道，但以我的理解，咱们不可拘泥于一个方向，按照一个模式去写作文。

譬如，我们可以很正面地入笔，写出乌鸦的梦想，和它实现梦想的勇敢和无畏。因为我们知道，乌鸦是鸟类中最有智慧的一个物种，《乌鸦喝水》的故事不是故事，事实是乌鸦本身有那个智商，瓶子里有水，它喝不到口，就叼来石子投入瓶子，使水位升高，它就能喝到水了。

智者乌鸦，在它的同类之中，也许只有它才有这样的智慧，鸟类研究家的研究成果表明，乌鸦能够制作简单的工具抓取食物，甚至还能够

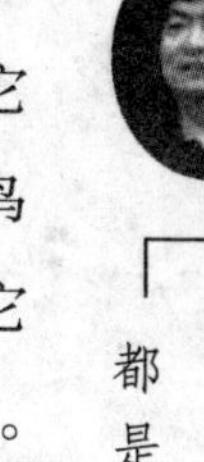

将一段直铁丝弯成钩子，把食物从管子钩出来，除了人之外，没有其它动物(包括灵长类的猴子和人猿)能够解决如此复杂的问题。此外，鸟类中数乌鸦的叫声最丰富，大约有三百种之多，所筑的巢穴，也是其它鸟儿所望尘莫及的，如人类修筑的高层楼宇一样，最高竟达七层以上。最可为人惊讶的是，它还具有与人一样的记忆功能。所以说，乌鸦是不可貌相的，它生得黑，黑又怎么了，在人类社会里，黑色是永远不变的流行色。

什么“乌鸦头上过，无灾必有祸”“天下乌鸦一般黑”“乌鸦叫丧”“乌鸦嘴”等等有辱乌鸦名节的说法，都只是一种外在的浅薄，绝对是不能当真的。

勇者乌鸦，它也许知道普罗米修斯活着的意义，就是为了人类过上幸福的生活，于是，他不畏牺牲，冒着触犯天条的危险盗取火种，而不幸被天神宙斯锁在高加索山的悬崖上，受尽折磨而不改初衷。有这样的榜样，乌鸦还有什么可畏惧的，它行动起来，像只雄鹰一样去抓羊。当然，它可能会失败，甚至会牺牲了自己，哪又有什么可珍惜呢？它把自己的生命已经交给了一个新的尝试，一个新的开拓，甘为乌鸦一族的一个英勇的殉道者。试想，如果没有它这一只乌鸦去抓羊，大家都不思求变、麻木平庸，心甘情愿地在腐肉堆上延续传统的生活，那该是多么可悲呀！这只乌鸦勇敢地站出来了，它势必赢得群鸦的尊敬，而历史也会记下它敢吃螃蟹的精神，尽管它准备得不是很充分，使它的壮举缠绕在柔韧的羊毛上，让它饱受痛苦和折磨。

生命可以平凡，但不能平庸；可以很短暂，但不能不探求，即便是失败的、痛苦的探求，不也正是一种积累吗？经验是在积累中成熟的……可敬的乌鸦，相信你的冒险和探索，升华为鸟类一个普遍的智慧时，你就会享受永远的崇仰与膜拜。

为乌鸦的壮举喝彩，这应该是一种作文方向，但不是唯一的方向，

考生还可以反其道而行之，写出乌鸦的悲剧精神，让乌鸦知道，你只是乌鸦，不是雄鹰，你的明知不可为而为之，只能是自取其辱。

脚下是滚滚激流，勇者无畏的一跃，便会成就飞瀑的一次壮怀激烈；

前面是绝壁悬崖，勇者无畏的升攀，便会成就历险的一次梦想升华。

是啊，只有无畏的勇者，才可以鱼跃龙门，精卫填海，愚公移山……老鹰天生是这样的勇者，它在选择自己的生活环境时，也总是按照勇者的意志，挺立在人烟不能所达的峭崖之上，迎着寒风飞雪，迎着雷电暴雨，展开它雄健的翅膀，高高地翱翔在飞雪雨暴里……食肉是它的本能，而且绝不食腐肉，突然，一只肥硕的绵羊映入了它的眼睛，它俯冲下来，只是轻轻地一扑，就把羊抓了起来，变成它口里的一顿美味。

乌鸦躲在一棵树上，透过茂密的枝叶，目睹到了老鹰的勇猛和壮烈，感受到了老鹰的雄浑和苍劲，它思想开了，我怎么不能学习老鹰呢？而它的肠胃告诉它，鲜肉比起腐肉来，味道不知要好多少倍。于是，它学着老鹰的姿势一次次地俯冲，一次次地扑腾，它是坚忍不拔的，正所谓古人所说：学贵有恒。经过一个很长时间的自我训练，乌鸦自以为像只老鹰了，但它不能忘了，它永远都是乌鸦，像是表面的，本质上乌鸦不能成为老鹰。

悲剧由此而生，第一次俯冲抓羊，便落了个自投罗网的下场。

成语故事中所讲的“邯郸学步”“东施效颦”该是这个道理，就是说乌鸦先得知道自己是什么，千万不敢把自己忘了，学到最后，什么也学不来，还把自己给丢失了。人家是老鹰，你是乌鸦，虽然都是长着翅膀的鸟之类，怎么都是不好比的。就像人们嘴上说的，面是面，米是米，两个不能放到一块儿比一样，天生如此，比是没法比的，譬如拖拉机和飞机，烧的都是燃油，也都是人在驾驶，谁还能把拖拉机开着飞到天上去，谁又能把飞机开着在高速公路上跑？不能吧，那就好，就要有个自知之明，别做盲目攀比效仿、不自量力的蠢事。

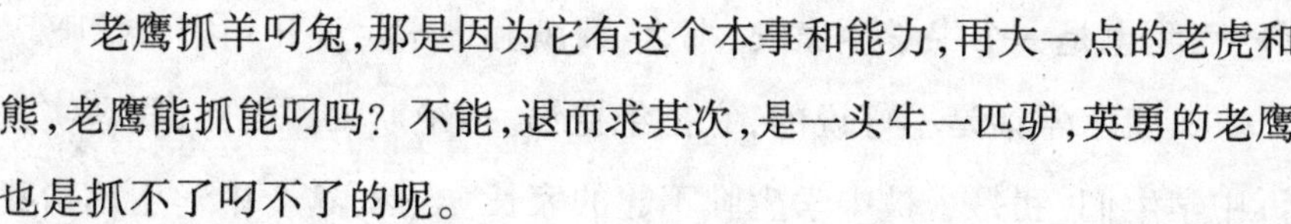

老鹰抓羊叼兔，那是因为它有这个本事和能力，再大一点的老虎和熊，老鹰能抓能叼吗？不能，退而求其次，是一头牛一匹驴，英勇的老鹰也是抓不了叼不了的呢。

老鹰也有自己的局限，何况乌鸦乎。它是太悲哀了，悲就悲在忘了自己是个什么“鸟”，哀就哀在它不了解自己所处的外部环境，一知半解，便盲目效仿，注定只能是一次惨痛的失败。

乌鸦的失败，给我们的启示是：人必须明了自己的角色定位，知道自己能吃几碗干饭，可不敢吃多了撑着自己，吃少了饿着自己。若不然，昏头昏脑地一番蛮干，今日学老鹰，明日学老鹰，学着学着失去了自己，落个乌鸦的下场，岂不是太伤自己了吗！

考生朋友，我这么“正”一说，“反”一说，来说这道高考命题，说得自己是不满意的，原因在于，我不想以自己的理解，给同学们扎起一道篱笆，束缚了同学们的想象，那我不也成了一只可悲的乌鸦，既害了自己，还要害了大家。

相信我们慧聪智颖的考生朋友，会有更为精彩绝妙的想象和理解，做出更为神思奇诡的作文来。

几句家常话

噼里啪啦的炮仗声在窗外裂响着，是元宵节的晚上呢，我想全世界的华人，在这个欢乐的时刻，都会用自己的激情仰望璀璨天空中绚丽的礼花。但我却被几篇中学生的作文，牵绊住了眼睛。

这是《华商报》作文版对我的信任，让我对几篇中学生作文进行点评。我感激这份信任，更感激写出优秀作文的中学生。

对此，我能说什么呢？想了想，记起年前在西北大学附中与中学生朋友见面说的话。他们是约我当文学顾问的，我说我顾不上，也问不

好,而我也是一个中学生家长,那么,我就和中学生说几句家常话吧。

其实家常话是不好说的,它拒绝掩饰,拒绝欺骗。因此,我老实告诉中学生们,我是个被中学生瞧不起的家长。当然,这个中学生单指我的女儿,她今年要高考了,学的是理科,却并不偏废文科,在初一时参加团市委等单位组织的中学生作文大赛,这个大赛不分初中和高中,一锅煮着来,没想到我的女儿竟夺了大赛金奖,所以说她有资格瞧不起老爸。原因为我在读书的时候,就没有获得那样的大奖,所以就认同她对我作文的评价:烂烂文章。

这次读了李欣宇、李正清、刘嘉越三位中学生朋友的作文,我觉得你们也可以瞧不起你们的老爸,当然也仅限于作文一端。

我要十分喜悦地告诉你们,你们的作文是不错的。你们的不错表现在作文时,绝不无病呻吟,一字一句,都是付出了真感情的。譬如《那一刻,我将陪你一起走》,李正清就深情地感激着他的父母,为他花费了太多的时间,倾注了太多的心血,他想让父母得到很好的休息,就说"你们受累了,这里痛了那里酸了"。还譬如《那短暂的温暖熟睡》,刘嘉越怀念驾车载着他和母亲出城郊游的幸福,现在爸爸没了时间,但他仍然期望着,期望郊游回到家里的疲累,可以在"寂静的夜里,温暖地熟睡"。有真感情,有真性情,是写好作文的基本条件,而再加上一些诗性的意韵,应该会更好一些。李欣宇在《有这样一种声音》中就做得好一些,他紧扣校园民谣这一独特现象,做了充分的诗性的表达,这是难能可贵的。

好了,我的家常话就说这几句吧,希望不要误导了大家。

最后我还想啰嗦的是,作为《美文》杂志全球华人中学生作文大赛的评委,我兴趣盎然地参加了五届。我发现参赛作文,初中组总比高中组要好一些,最近的两届,初中组都评了金奖,而高中组却遗憾未能评出金奖。我在思考这个问题,也和中学语文教育专家交谈,发现我们的语文教育,在初中时还能尊重孩子的本性,自由地抒发自己的情感,而

到了高中，就很难有这样的机会，大家都奔跑在高考的高速路上，无论是老师的指导，还是堆积如山的辅导资料，把作文归纳在几种有利于高考的类型中，一遍一遍地练习，不知不觉便失去了作文中鲜活的东西，而多了许多技巧性的玩意，这是让人所要忧虑的。

唉，对此我实在难说对与错。

我的文化故乡

故乡在一个人的意识里，是刻骨铭心的。

我在想，我的故乡在哪儿呢？对了，一个在小堡子扶风县的南阳镇，一个在大堡子西安市的《西安晚报》。南阳镇的故乡是地理意义上的，而《西安晚报》却是文化意义上的。1994年初，我有幸从地理意义的故乡走出来，走进了文化故乡的怀抱，在这里，我工作了14年，于去年夏又离开这里，但我的心却没有离开，还在为我的文化故乡跳动着；还有我的眼睛，也为我的文化故乡时刻明亮着。

我一往情深地热爱并感恩着我的文化故乡。

我高贵典雅、踏实稳重的文化故乡，你的游子，在你出刊10000期的日子里，诚挚地祝福你精神不老、青春永驻。

吴克敬　敬贺

2008年11月30日

伤手足

结缘文学

重读《人生》

——写在路遥逝世十五周年之际

周五(2007年4月13日)上午,与青海来的同学董生龙在东二环的一口香饭店用餐，忽然接到观胜兄的电话，嘱我写一篇缅怀路遥的文章。我答应着,眼前即已浮现出路遥那张坚毅的、意气奋发的脸。我算了一下,他离开我们已有15年了。

同学董生龙做着青海省作协主席,并兼着《青海湖》杂志的主编,他听到了电话里的内容,先就叹惋地轻语了一声:可惜了,正是盛世年华……而我心里想的,与同学董生龙一样,也叹息着路遥的英年早逝。如果他还活着,不知还有多么了不起的文学贡献呢。

路遥的生命，或许就是为着文学而存在的。听他说过，在七八岁

时，因为家里穷，父亲把他带到几百里外，过继给了他的伯父。当时说是来玩的，几天就回去，可父亲却在来日清晨，撂下他一个人悄悄地溜走了。尽管路遥那时还小，但他敏感的心已有察觉，他不想让父亲难堪，在父亲溜走时，他跟了一段路，出了村子，躲在一棵大树的背后，目送着父亲走远。路遥深情地记录了这次经历，说他真想大喊一声，跑过去，抓住父亲的腰带，死活跟着父亲回家去。但他控制住了自己，任凭眼泪刷刷地往下流。他知道，伯父虽说也老实，也贫穷，但还咬牙能够勉强供他读书。这就非常好了，年幼的路遥，把能读书上学看得重于一切。

这是路遥的智慧，惟其如此，我们今天才能谈论路遥，怀念路遥。

坦率地说，我能走上文学之路，是路遥的《人生》带着我走来的。

上世纪的80年代初，我在扶风县农机局以农代干地打发着日子。现在的人很少理解“以农代干”这样的名词了，如果读了路遥的《人生》，认识了《人生》里的高加林，知道了他的特殊身份，大概就能知道以农代干的意思。也就是说，我虽然身在机关做着干部的工作，吃的却是农业粮，是要把生产队分配给我的粮食，按照合同约定，缴售到辖区粮店，拿着粮店的收购清单，再到工作的单位，由分管后勤工作的人再按合同从县粮食局等量兑取粮票，我才可以在工作的单位吃到食堂的供应。这样一个身份决定我的姿态必须是积极主动的，小心谨慎的。否则，随时都有被解除的危险。

刊发了《人生》的《收获》杂志，就在这个时候捧在了我的手上。是夜，我卧床看了一个开头，就再也放不下了，一口气读到深夜三时多，把路遥一部《人生》读完后，翻过来，对其中的一些章节又重读了一遍。我读得泪流满脸，为高加林，为刘巧珍，也为黄亚萍等。在我的意识里，觉得路遥笔下的高加林就是我，他的理想和追求，他的命运和生活，几乎就是照着我当时的思想轨道和生活道路来写的。

合上杂志，我闭上眼睛，却还关不住热喷喷流出的眼泪……无可奈何，我从床上爬起来，坐在了一张简陋的三斗桌前，写下平生头一篇文学的习作。

到今天，缅怀路遥，我最为感动的，是他影响了我，引领我无怨无悔地走上了文学之路。

其实要说，不只是我，那一代如我一样的青年，谁没有受路遥的影响？谁没有被路遥所引领？他的成名作《人生》，以其强烈的现实主义色彩，将永远成为影响和引领人们追求美好生活的精神向度。

便是去年的腊月天，我和几位文学界的人受邀去陕北的志丹县参加一次文学活动，主办者召集了一场声势浩大的报告会。轮到我作报告时，选题自然地定在了路遥和他的作品上，我给大家说，我在陕北这块神奇的土地上，说不出别的话，但我愿意和大家重读《人生》。

重读《人生》，从哪儿读起呢？

我不知别人会怎么说，但我在阅读了路遥的全部作品后，我想我们从他的随笔作品《早晨从中午开始》来读，也许更能读得懂路遥，也许更能够读得透《人生》。

《早晨从中午开始》是一个阅读路遥和《人生》的通道，从此能够真切地穿透他的作品，从而进入他的内心世界，使我们清晰地看到他对文学的执着，以及创作过程的艰辛，正所谓"字字看来皆是血，十年辛苦不寻常"。是的，他的追求与成功，他的忧思与矛盾，都深深地渗浸着传统文化的汁液，这是他作为一个农民的儿子的生命必然，他因此受益匪浅，成为创作时取之不尽的生活源泉。他立足于此，又眼观世界文化，广纳博取，把鲁迅，把托尔斯泰、肖洛霍夫等大家名篇百读不厌，使他的创作境界宏阔高远，又意韵深长。

奠定了路遥创作基础的《人生》，应该是他这一生命和生活背景的必然产物。他年轻的生命，就曾不停地奔波在"城乡交叉地带"，充满生气和机遇的城市生活，对于身处封闭贫困农村的他构成了一种双重的

刺激，是物质上的，更是精神的。路遥痛苦地思考并理解了这一现象，于是在有可能破除旧的框架、产生新的机遇时刻，他敏锐地突入进去，用他的笔，形象生动地为苦闷着的农村青年（有知识没知识都没关系）推出了一个独具典型意义的人物。

这个人物就是高加林。他身上具有了现代青年敢于向命运挑战的自信和坚毅，同时又保持着质朴和勤劳的传统美德。他心性极高，有着远大的理想和抱负。当生活给了他可能大显身手的机会时，他即投入了极大的热情，努力工作，力图有所作为。在此之前，村子里日出而作、日落而息的生活，让他无奈而苦恼，甚至有些绝望，恰在其时，善良美丽的农村姑娘刘巧珍闯进了他的生活，这使失意至极的高加林获得了精神上的慰藉。突然地，高加林的生活发生了变化，他走进了理想中的城市。在这里，他又遇到曾是同学的城市姑娘黄亚萍。与巧珍相比，黄亚萍的洋气以及开朗活泼、大胆炽热，自然使高加林的情感发生了倾斜，慢慢地接受了黄亚萍的爱。这使刘巧珍大受伤害，但心地善良的她，眼含热泪接受这一难以接受的现实。

好梦总是难圆。高加林进城的事因为体制的原因，他被人告发了。结果，他只有再次回到农村，而且一下子扑例在黄土地上。

《人生》之后，路遥开始三卷长篇小说《平凡的世界》的创作。这个史诗般的宏篇巨制，路遥一口气写了100多个各具时代特色的人物群象，其中孙少安、孙少平两兄弟，是路遥所要着意刻画的，在他们俩的身上，依然有着高加林挥之不去的影子。因此，在我看来，《平凡的世界》是路遥成名作《人生》的一个继续和拓展。所以说，我们重读《人生》，是要把《平凡的世界》联系起来一块儿读的。每一个人读了，可能都会有自己的体悟，但我认为，入木三分地写出生活和苦难、残酷的卑微，绝对是路遥文学实践的一个特色。或许，一个作家做到这一点并不是很难，都可能达到路遥的水平，但要像路遥那样，在创作中不至于陷入平庸沉闷和种种不如意的泥沼，神奇地转化成高尚闪光的艺术品，就不那么容

易了。而这也许就是我们崇敬并怀念路遥的一个本质性的原因。

贫穷不是罪过,寒酸不是低贱,落魂不失纯真。重读《人生》,使我更加坚实了过去对于路遥的认识,他这样诗意的创作态度,牢固地树起了他作品的美感特质。

记得在1986年的夏天,路遥完成了《平凡的世界》的上部创作,《花城》杂志的主编亲来陕西约稿,想在他们的刊物上予以首发。路遥陪同那位主编西去凤翔参观考古开挖的秦公大墓。车到扶风时,来文化馆找我小憩。此前,我因在《当代》杂志发表了中篇小说《渭河五女》,被县上安排在文化馆搞群众文化辅导工作。路遥的突然到来,使我喜出望外,又是泡茶,又是找烟,同时汇报到文化局,由时任扶风县文化局局长的韩金科(此人后调法门寺地宫出土文物博物馆任馆长)出面接待。

韩金科也是路遥的作品迷,他在很有西府饮食特色的县招待所安排了一个包间,派人嘱我,陪同路遥去了那里。一路上,路遥对我说的,都是鼓励和关心我的话,并且特别嘱咐,要注意身体。他是用柳青的话来嘱咐我的:文学是以六十年为单元来计算的。

今天,我又一次回想和路遥的那一次相遇,以及他嘱咐我的话,我的心仍不免发酸,想他关心别人、劝告别人,却唯独忘了他自己,最后竟为了文学,早早地累坏了身体,离开了我们。

二十年前,我和路遥在扶风县城的招待所吃了一顿西府特色的饭,喝了一顿西府特产太白酒。观胜兄电话嘱我写这篇纪念文章时,我恰又坐在扶风县招待所办在西安的饭店里,陪同同学董生龙等人吃西府特色饭,喝西府特产酒。接完电话,我沉默了一小会儿,让酒店的服务换了一瓶太白酒,为在座的每位同学和朋友倒了一杯。我说,咱们为路遥敬杯酒吧。

听出来,我的声音有点暗哑,但大家都站了起来,端起杯,互相碰了一下,都默默地倾进了喉咙。

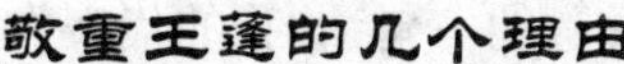

敬重王蓬的几个理由

丁亥的年酒刚喝过，齿隙中还留了些余香，这就收假上班了。打开办公室的门，首先看到的是一摞摞的报纸，和一堆的书信，其中最大的一个信包，即是王蓬先生寄来的。我想会是几本书呢，打开来果然不错，是他新出的文集五至八卷。

捧着那沉甸甸的四本书，我的心不能不为之所动了。我知道，那是深埋在我心里对王蓬的敬重了。

2004年的仲夏时节，《美文》杂志在汉中的留坝县召集全国散文类刊物开一个会，我因故未能成行，而妻子陈乃霞恰在汉中出差，就代我去了留坝，在那里见了王蓬，他即托我的妻子给我捎回了他文集的一至四卷。现在，团聚了的八卷本王蓬文集，就整齐地码放在我的书柜里，使我每看一眼，都会有种眼睛发热的感动。

当然，我不会只把王蓬的文集作为摆设，我还会瞅空儿抽出一本，仔细地阅读的。老实说，他的许多篇章，在未结集之前，我从原发的刊物上差不多都阅读过了。我喜欢阅读王蓬的作品，一次再次地阅读，使我对他，及他的作品产生了一种更深的理解。

我感到，王蓬之于文学，深怀着一种感恩的信念。

听王蓬说，守在父母的身边，他的心就特别宁静，他的思维就特别活跃，他的创作欲望就特别旺盛。因此，他的许多好作品，就都是陪伴在父母身边的日子里孕育和诞生的，他感恩着他的父母，视父母亲为他灵感的策源地，命运的守护神。

王蓬的文集中，有一篇《祭父》的文章。最早我是在《延河》上读到的，感觉在收入文集时，王蓬对这篇文章作了些修订。我阅读后感觉，不论修订前还是修订后，都能充分地读出一个儿子对父亲的无限深情，使一个旁观者的我，读来亦觉肺腑大恸，泪水潸然。

这让我想起王蓬说过的一句话：我的代表作就是父母亲的墓志铭。

一个作家，用这样的狠心对待自己的创作，本身就很让人感动了。因为他把自己的根扎对了，他把自己的情用对了，他把自己的力用对了。我读他的作品，知道了他的不容易，也知道了他父母亲的不容易。两个老人，原来都有很好的生活、很好的工作，由于时代的原因，双双被贬至汉中山里一个叫张寨的地方，犁田、插秧、打场、盖房……把一个堪称知识分子的幸福家庭，迅速打磨成一个道地的陕南农家样子。王蓬成长在这个变故了的家庭，他不可回避地打上了这样一个家庭的烙印，很坦然地蜗居在汉中山里，把他农民的身份做得有模有样，把他的农活干得有条有理，便是世代居于张寨的乡民，也要对他这城里下来的年轻后生刮目相看了。

这就是王蓬，以感恩的心面对生活，无论顺境，无论逆境，他都不会抱怨，而只会认真地做事。

像他为文，一旦提起那支沉重的笔，就一定要坚持下来，不为求得大功名，只为安慰自己的心。便是后来的功成名就，以一介布衣，位居陕西省作协副主席、汉中市文联和作协主席的位置上，他依然保持着不端架子、亦不媚俗的人生态度。我听人说，而且自己也有感受，觉得他待人是谦和的，处事也总是低调一些，让人面对，总有一种大哥的风范，心里有话，也想对他兜了底儿地倾诉。

可惜，我与他许多年了，却难有聚谈的机会。幸亏今年春节过后的一次聚餐，我们才臂膀挨着臂膀坐着，频频地举杯喝酒，一会儿白酒，一会儿红酒，一杯杯地喝着，酒是喝得不少，话却说得不多，三言两语的，说的话少，却说得很透很暖心，使我一下子把他当成知己。并且觉醒，人能够相互知己，其实是不需要太多的接触，而只需要赤诚的心与心的交流，便是一次的相遇，也会长长久久地朋友下来。

我读王蓬的作品，像读他人一样，感到他于文学，永葆着一种厚实

的心志。

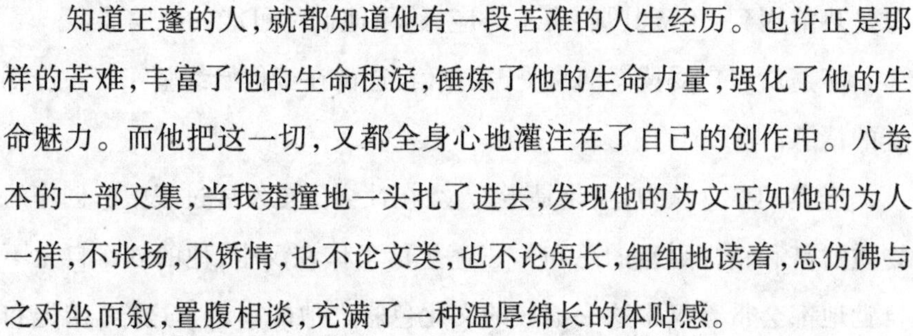

知道王蓬的人，就都知道他有一段苦难的人生经历。也许正是那样的苦难，丰富了他的生命积淀，锤炼了他的生命力量，强化了他的生命魅力。而他把这一切，又都全身心地灌注在了自己的创作中。八卷本的一部文集，当我莽撞地一头扎了进去，发现他的为文正如他的为人一样，不张扬，不矫情，也不论文类，也不论短长，细细地读着，总仿佛与之对坐而叙，置腹相谈，充满了一种温厚绵长的体贴感。

这就是王蓬的气度和胸襟了。

在一些叙写友人的短章里，看到的都是友人的长处，并以友人为镜，观照自己，取长补短，使自己有所收获，有所长进。特别是在贾平凹发表了长篇小说《废都》后的一些日子，社会上一片挞伐之声，批评的文章像是伏天的冰雹，冷劲儿向贾平凹的头上砸。王蓬没有在真空生活，他的周围有人知道他与贾平凹的交情，却也忍不住要撇凉腔了。王蓬没有理会，他抱着《废都》读，一页一页地读完后，他站出来讲话了，说了许多为《废都》辩污的话。许多话，后来人大多忘记了，但那句结论性的话语深深地印在人们的心里了。那句话是：

就凭着贾平凹写出一千多万字的作品，他在中国文学史上的地位就不容动摇。

为人厚实的王蓬，总是以朋友的爱为爱，为朋友的喜而喜。前些年，我挤了一些时间，把我四处游历收集到的一些民间碑文，加以思考和消化，把旧碑文透露出的历史信息，与火热的现实生活相比照，从中发现一些可资我们再思考的东西，写了许多篇的随笔，刊发在《随笔》《美文》《延河》等杂志上，王蓬看了，也记下了。就在今年春节后聚餐时，他和我见了面，见面就说他爱看，对我的鼓励不谓不大。

而我还只是个与他隔了一座秦岭大山的人，与他同在一地的作者，想来比我要幸运得多，他们有条件拿着作品，找到王蓬的跟前，面对面

接受他的指导。听一位与我相熟的作者说过，王蓬对于有求于他的人，总是热情周到，不厌其烦，有求必应，给予他们尽可能的帮助。

王蓬所以广受读者的喜爱，我相信，这都在于他始终坚守着一份不变的情感。

经典的概念认为，文化是指“人类在社会历史发展过程中所创作的物质财富和精神财富的总和”。王蓬生活工作在汉中，他的创作自觉不自觉地都会带着汉中这一地域的文化色彩。他的小说是这样，传记和散文亦是这样，字里行间，无不表露出存在于这一地域的历史地理、社会风俗和人物故事。

八卷本的文集中，其第五卷中对此作了充分的描述，让人读来，强烈地体会到，作为作者的王蓬，是把他的血肉之情深深地牵系在汉中的山山水水间了。

从汉中地域处境而言，王蓬的笔触深入得是极广阔的，他眼里的汉中之外，还有川北、黔桂、甘南、河西走廊、天山南北、中亚和西亚……但他把放出去的眼光顽强地收回来，专注于汉中域内的褒斜栈道、石门摩崖石刻、张良庙、定军山、武侯墓……自然，还有风云际会于域内的杰出人物王世镗、安汉、张佐周、张茂功、许自彬等。可以说，王蓬文集是在为汉中市志作着一种大补充，不是志书却比志书更好读的文本。如他的《古栈道风情》，用了八大篇章，对栈道沿线的民众生产、生活、物产、饮食、服饰、环境、婚丧、嫁娶等，作了全面生动的记述。又如他写的《功在千秋》，对保护了石门瑰宝的公路专家张佐周，进行了最为真挚的描述，透过他的文章，而心为张佐周而感动。

有人对王蓬的文学作品作过这样的评价，认为他在刻画人物方面，或是在记述历史事实时，总是严格遵循着历史的真实来写的，不虚美，不矫情，笔锋所指，往往都是情之所至，自然流露，完全不见故作姿态，或无病呻吟的嫌疑。我没有机会与王蓬深谈，不知道他对别人这么评

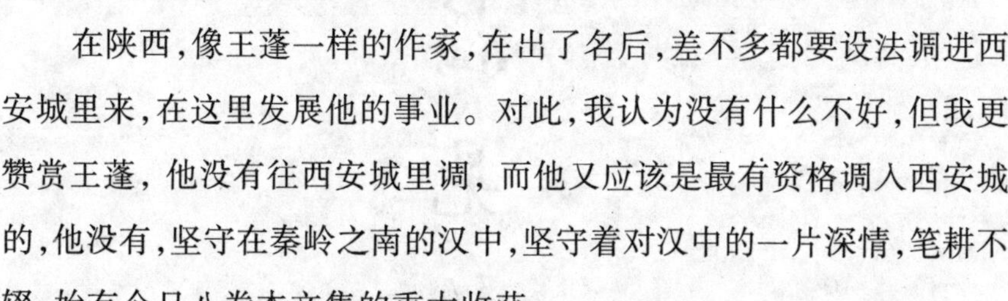

价是怎么想的，但我想他是会承认的，因为这就是他，是他最为真切的性格轨迹，做一件事，就必定按照这样的良心标准往下做，做到底。

在陕西，像王蓬一样的作家，在出了名后，差不多都要设法调进西安城里来，在这里发展他的事业。对此，我认为没有什么不好，但我更赞赏王蓬，他没有往西安城里调，而他又应该是最有资格调入西安城的，他没有，坚守在秦岭之南的汉中，坚守着对汉中的一片深情，笔耕不辍，始有今日八卷本文集的重大收获。

如今，王蓬已年届花甲，而他的思考则愈加敏锐，文笔亦愈加老到，相信他在今后的日子里，会为喜爱他的读者奉献更为大气精彩、更为赏心悦目的好作品。

严一宁印象

风是柔的，水是柔的，还有丝绸和青草也是柔的。世间许多事、许多人，有了柔的姿态，那就一定是牵了美的手，让人目之，就要刮目相看，就会流连忘返，永难忘记。应该说，严一宁就是这样一个人。

在西安市电视台做了多年主持人，现在又做着管理工作的他，与人相交，使人很容易从他阳刚坚毅的状貌上，见识到男人所欠缺的那份柔。他给刚强涂上了柔的色彩，又给柔融入了刚强的特质，因此，做人便显得刚柔相济，做事便显得游刃有余，是一个既有重量又有质量的人，值得信赖，且值得依靠。

我与严一宁神交已久，把他作为我生命的榜样也已很久。兹希望他百尺竿头更进一步，凌风玉树枝头，长歌大河潮峰。

2007年4月6日西安太阳庙

摇晃的眼泪

砖作的墓碑

看得清楚，那是很普通的机制红砖，都已残了，是从地震的废墟上捡来的，前不久立起在什邡市洛水镇李冰村的一座山下，成了一座座让人喷泪的墓碑。

有人数过，横一排，竖一排，统共有108块残砖做的墓碑。这也就是说，有108条鲜活的生命，因为“5.12”汶川大地震的灾难，埋葬在了这里。

他们都是遇难的中学生，他们生前的学校叫洛水中学，官方公布的资料(初步统计)显示，洛水中学地震时有栋五层的教学楼垮塌，在教室上课的400余名师生，仅有5名师生生还，余皆命丧废墟。

我是事后十五日来到这里的，面对那几乎难说是墓堆的新坟，和难

说是墓碑的残砖，心痛得似欲裂的碎片，我默立在那里，眼眶里满是泪水，有位像我一样站立在这里的一个人，看见我穿的白衣短袖衫上的标识和挂在脖子上的胸牌，知我是中国作家协会派赴灾区采访的作家，就主动上来和我说话了。

那人说他叫杨学志。

他一开口，就又是满把泪水，他永远不会忘记，遇难学生是他们家长和解放军战士从废墟中挖出来的，接着又一个一个下葬的。他们的尸体，就伴和着家长的泪水、解放军战士的泪水，从废墟里挖出，又葬埋进坟坑里……一具中学生的尸体挖出来，就有蜂拥而上的家长相认和幸存的中学老师辨认，被家长认出来的，就由家长痛哭流涕地搬运走；是老师认出的，又找不到家长，就只有葬埋起来。为了便于以后认领，随手在废墟上捡一块残砖，写上这位学生的名字，立在这个学生的墓堆前……正当血气方刚的杨学志，说起当时的惨状，几次哽咽失声。

"妈妈，你下地忙，我下午放学回家后回来帮你做饭，给你送到地里来。"杨学志在他哽哽咽咽地讲述中，说到了这样一个李姓女孩，她就以这样一句话，和她的母亲做了最后的诀别。洛水是个山区镇子，四面山围，爬过一架山，眼前还是一架山……镇子上只有这么一所中学，孩子们来镇子上的中学读书，往往要走好几十里的山路，即便是近一些的学生，早晨不摸黑，也是很难赶上学校的上课时间。但是，就是这样一个偏僻之地，孩子们又都特别懂事，学习再紧张，也都不忘帮助家里干活，李姓女孩，在家里为大，她的身后还有一个小弟，也在洛水中学读书。姐姐带着小弟，清早起来，在给辛劳的母亲说了那样一句暖心暖肺的话后，过去了多半天的时间，就和她的小弟，在地震中一起遇难了！

李姓女孩和小弟的尸体是在不同的时间挖出来的，那位可怜的母亲，在孩子的尸体挖出废墟的时候，都要疯了一样扑上去，抱着孩子的尸体哭昏过去，别的孩子母亲，谁又能心硬如铁，不对自己的孩子悲伤

欲绝，哭昏过去！

杨学志的女儿也是洛水中学的一名学生，他女儿也很不幸地死在教学楼坍塌下来的废墟中。他说在地震后，他是一刻都没耽搁，一路狂奔，赶到洛水中学寻找女儿。当时的惨象，把他惊骇得骨软肉酥，站立不住，扑塌坐在地上了。他看着塌成一堆废墟的学校，满目碎砖烂瓦和歪七扭八的水泥梁柱……其中就有遇难者伸出废墟的脚和手！

堂堂七尺男儿，追述震后的那幕惨状，终于不能抑制，放声大哭起来，显然，他还无法忘却这一人间的惨剧。

这个人间惨剧是大自然造成的，但是我们人，难道就没有责任了？

我要说，我们人是有责任的，很大很大的责任呢！网络上有志愿者发起的一个民间统计活动，已有一个初步的统计结果显示，汶川大地震倒塌的政府办公楼仅有3座，而倒塌的幼儿园和中小学，就达33座……这个比例，我不说，大家心里有数，就是我们口口声声讲的，要全民重视教育，再穷不能穷教育，再苦不能苦孩子，都只是落实在口头上而已，太表面了，完全与实际不相符。

难怪绵竹市的老百姓在震后第13天，便要向坍塌的学校的责任者问责了。

5月25日上午10时许，县级市绵竹通往上级市德阳的公路上，地震中遇难的富新二小127名学生家长自发组队，徒步走着，目的地是德阳市委……队伍中，失去孩子的父母们，手捧子女的遗像，默默地向前走着，红肿了的眼睛，都是痛伤的啜泣，但却流不出眼泪来……我们的眼泪都流干了！前行队伍里有人这么说，自从悲剧发生后，孩子的家长们，就都守候在富新二小在废墟上搭建的灵棚里，等待着有关部门来做调查，给大家一个说法。

大家要的说法很单纯，教学楼的质量有问题吗？

等不到来人给说法，家长就只有讨说法了。他们义无反顾地往前

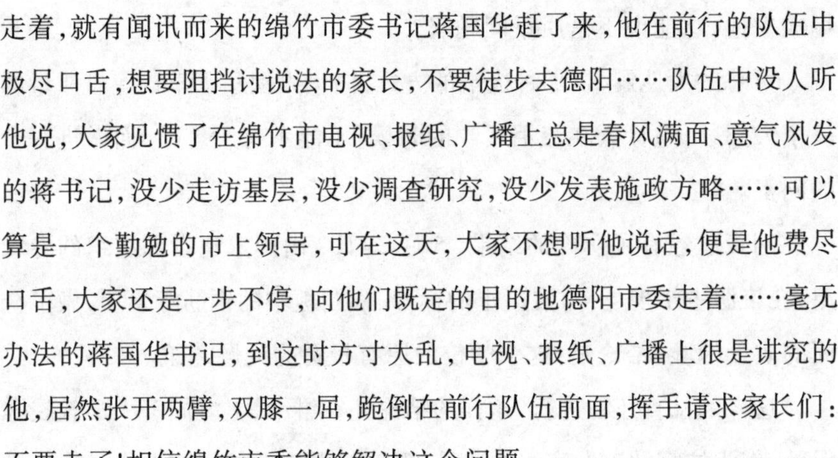

走着，就有闻讯而来的绵竹市委书记蒋国华赶了来，他在前行的队伍中极尽口舌，想要阻挡讨说法的家长，不要徒步去德阳……队伍中没人听他说，大家见惯了在绵竹市电视、报纸、广播上总是春风满面、意气风发的蒋书记，没少走访基层，没少调查研究，没少发表施政方略……可以算是一个勤勉的市上领导，可在这天，大家不想听他说话，便是他费尽口舌，大家还是一步不停，向他们既定的目的地德阳市委走着……毫无办法的蒋国华书记，到这时方寸大乱，电视、报纸、广播上很是讲究的他，居然张开两臂，双膝一屈，跪倒在前行队伍前面，挥手请求家长们：不要走了!相信绵竹市委能够解决这个问题。

跪下了!一个市委书记给老百姓跪下了，不在这么特殊的环境下，他会跪下吗？他会有许多办法不跪的，不跪也能把你老百姓挡在绵竹市，但是房塌了，死人了，死的不是一个，而是成百上千个，他就只能跪下来了。这一跪，让我不禁对他生出许多同情来，因为那塌了的学校，不一定是他任内盖的，追究责任，大概也追究不到他的头上，那么他又为何要跪阻老百姓向上级反映问题呢?

我揣摸不透，想来想去，觉得不外乎两种因素，一是蒋书记还想捂盖子，不愿意把问题捅到上级去，那对他的仕途可能有影响；再是他心里愧疚，真的觉悟到平时的工作有不到的地方。当然，不能排除还有其它方面的因素。但遗憾的是，蒋书记的下跪，并没能阻挡得了老百姓越级反映问题的脚步，绕过万般无奈的他，一路前行，最终到了德阳市委，向上级组织递交了调查教学楼建设质量的请愿书。而且迅速获得答复，一个月内调查清楚，向老百姓作出交待。

类似富新二小家长们的内心痛苦和大胆质疑，在地震灾区死亡学生家长中普遍存在，譬如最早被媒体关注的聚源中学，教学楼的垮塌，导致273名学生和6位老师遇难，另有80多人受伤。家长们气愤难平，是因为聚源镇远离震中心，镇上的建筑大都受损较轻，唯独学校的楼房

塌成平地,这能说不是质量问题吗?

可恶的大地震,以那种极端的方式,向世人揭示了学校建设质量的一个大问题,这让人在流泪哭泣的时候,不能不有所警醒,而做进一步的问责。

问责已经有了明确的结果,5月25日,由国家建设部组织的专家组,在聚源中学现场,对混凝土的标号、预制板中的钢筋等事项,做了全面的质量检验,结论是:这个学校的原有校舍为问题建筑。

这样的检查还在进行,这样的结论还在继续,上海同济大学教授陈保胜,作为抗震救灾专家组的成员,到都江堰中学的废墟上作了实地勘察后,明确指出:聚源中学在选址、建筑的构造、施工和材料诸方面,肯定都是有问题的。

与这些问题教学楼形成对照的是,有一个叫刘汉的人,捐资建的几所希望小学,无一出现问题,学校里的众多学生和教职工,在大地震来临时,全部安全撤离,没有一人死亡或受伤。

对建筑木作颇多兴趣的我,在灾区采访,很想能去刘汉希望小学看一看,接待人员没能满足我的要求,因为唐家山堰塞的危害,包括刘汉希望小学在内的一大片居民村落,都已撤出原住地,搬到了地势相对较高的安全地带。

去不了刘汉希望小学,我就找了一位知情的人,向他询问采访了。

他倒是肯说,说得也有根有底,只是在问他姓名时,他很干脆地拒绝了。他的理由是,希望小学是刘汉出资盖的,你晓得他的名字就好了,要我的名字有啥用。我同意了他的理由,就说你说得对,我们知晓刘汉就好了。

因为他出资建设的希望小学,距离地震中心区的北川县城仅只8公里,但却安然无恙,学校里的483名学生和29名教职工,连个擦皮剐肉的小伤都没有,这让他在广大的地震区域,几乎像英雄一般,让人传

颂着了。

知情者一开口，就先说了这样一段话。

他说，刘汉最早也在学校当过老师，后来下海弄潮，先做建材贸易，后来又做期货，现在又涉足房地产，旗下人才多是通晓建筑业务的专业人士。一次和北川县负责教育的副县长拉话，谈起大山里的教育，副县长给他说，许多都是不能再用的危房。刘汉听在耳里，急在心上，当即就与那位副县长商量，要在大山里捐建一所希望小学。

对学校建设知根知底的刘汉，不想把他的捐款花得不明白，因此，在希望小学的工程施工中，他派出了专业技术人员，对工程质量进行了全程监理。

当时，刘汉面见承建希望小学的建筑商，问他60万元的一项工程，你打算在中间赚多少？

建筑商回答得干脆，就一成吧，合计6万元。

刘汉笑着告诉建筑商，你把60万元全都用在工程上，我另给你6万元怎么样。

建筑商不是傻子，他听得懂刘汉对工程质量的重视，在施工中就也不敢含糊，照图纸要求，一丝不苟地建设了刘汉希望小学。即使这样，在震后学校把电话打到汉龙公司，向刘汉通报了希望小学的情况，他那边的人，有许多人笑了，笑着笑着又都哭了。他们担心，那么大的地震，希望小学是不是也完了？

几天了，就是出资人刘汉，也把一颗心提在半空放不下，他希望他的希望小学能够经受得住大震的考验。现在他是放心了，包括这家深山里的刘汉希望小学，以及他出资在绵阳地区捐建的另外四所希望小学，无不经受住了大震的考验。

这个考验是什么呢？仅是几座挺立在地震废墟上的建筑吗？应该说是的，但还包括了世道人心，就是做一件事情，必须对得起自己的良心。

原来阴得很深的天空，突然地裂开一道缝隙，有万道阳光透过缝隙射向地面，让我有些冰凉的心，获得了一丝温暖……站在那残砖做的108块墓碑前，我的心绪天马行空乱得不见眉目，我想起网上发布的一幅照片，是有一位头戴钢盔的军人，面对这一块块残砖，和残砖背后小小的墓堆，他无法安慰自己，在荒山上采来一把青草，躬身献给了这片新的墓地……我感动这位解放军战士的情怀，自己无法告慰自己，就也学着他的样子，从墓地旁的野山坡上，采来一把青草，献给了那么多年幼的灵魂……我转过身了，在我就要离开这片墓地的时候，却又看见几只花彩的蝴蝶，从我眼前飞过，飞入了那片墓地，一会儿在这块残砖的墓碑上停一阵，一会儿又到那块残砖的墓碑上停一阵……

噢，翩翩起舞的蝴蝶啊！

指挥任木匠

如果不是大地震，任隆富是做不了这个临时指挥的，可恶的大地震一来，连村组一级的干部都没做过一天的任隆富，却义无反顾地成了向峨中学现场救援总指挥。

这个决定是都江堰市副市长廖小平作出的。赴灾区采访，我有幸见到这位从农村基层一步步干到副市长职位的副市长，十多天的抗震救灾，塌下身子泡在灾害第一线的她，满脸的倦容，浑身疲惫，在她向我们介绍情况时，很动感情地说到了任隆富。

廖小平副市长说，任隆富是个木匠。

源于我的生活也有一段木作经历，蓦然闻听这样的介绍，兴趣比起别人自然要高一些。我插话了，把任隆富这个木匠的情况问得仔细了些。很有耐心的廖副市长，给我回答得也很耐心，她说她是5月12晚上9时多赶到向峨乡的，她到的时候，任木匠已经组织力量，在灾情严重的向峨中学实施救援，而且已经成功救出一批塌楼下掩埋的学生。

县乡干部向廖副市长汇报工作，说到了任木匠，而在此时，夜幕中的任木匠正在廖副市长听汇报的附近改装一台吊车。此前，任木匠把他能找到的一台铲车，迅速改装成一台吊车，在实施抢救过程中已经吊坏了，没办法，他又来改装第二台吊车了。

正是任木匠改装的吊车，在抢救现场起了大作用。

大地震发生的时候，很有些创富能力的任木匠，正带着一帮兄弟，在他承包的一个机械建设工程上施工，他们赶活赶到两点，才爬出矿洞吃饭，可就成了他们逃脱厄运的良机。当时，大地震把他端在手里的碗都震落了，他们没顾上捡，惊魂甫定，就站起来，往乡政府的所在地跑起来了。和任木匠在一起的兄弟，有木匠和泥水匠，还有焊工和切割工。任木匠招呼大家，一路躲着山坡上滚落的飞石，跑了一个半小时，行程十多公里，一刻不停，直接去了向峨中学。

任木匠的宝贝女儿，三个月前刚刚转学到这里。

赶到已被大地震夷为平地的向峨中学，任木匠看到的情景是，自觉跑到学校的学生家长，排成了几列长队，迅速地往外传递着废石残砖。然而人力所限，大家只能搬离一些小的砖石，横梁楼板等大件废墟，根本无法搬动。

任木匠看了一眼，就让跟他一起跑来的工匠，去找氧气切割工具，而他站在废墟高处，大声地提醒家长们，大家要有理智，要讲科学，绝对不要因为自己的蛮干，使幸存的孩子死在废墟下。

正是任木匠的登高一呼，使得混乱的救援现场变得有了秩序。

从乡政府大街上找来了氧气罐和切割工具，这时也搬到了现场，任木匠指挥着有手艺的工匠，开始了较为周详的救援行动。然而，面对焦急的家长们，以及废墟下孩子的呼救，切割的方法还是慢了点。

有台吊车就好了！任木匠向周围的群众大声询问，得到的回答是

没有。但也有人回答,一家乡企有两台铲车。

任木匠说,铲车也行。

铲车马上开来了,可铲斗太短,根本没法吊起水泥板梁。任木匠就把学校操场上篮球杆拔了出来,又找来一根钢管,焊接在铲斗上,把铲斗的臂长延伸了4米,这就能够起吊大件水泥板梁了。

改装这台吊车,任木匠用时仅15分钟。

有了这台改装吊车,任木匠指挥着他带来的八名工匠,把废墟上大块的预制件切割开,再穿上钢绳,用吊车吊起,移到旁边去……这使救援效率得到大大提高,存活在废墟下的孩子一个一个地被救了出来。

廖小平副市长知道这些情况后,当即作出决定:向峨中学救援工作指挥权全部由任木匠负责,乡干部和村干部,都要无条件听从任木匠安排。

救援任务是艰巨的,很快,任木匠改装的第二台吊车也用坏了!怎么办?廖副市长派了一辆110警车,让任木匠带着另外两个人,迅速赶往都江堰市,采买两台改装吊车急需的配件。

拉着警笛的110警车,在都江堰市跑了几家配件门市部,买齐了需要的配件后,就要往向峨乡回赶,任木匠突然想起,他的一个侄儿有台正规吊车,他就让110警车拉着配件先走,再自己跑着去寻他的侄儿,可他侄儿的吊车也没闲着,由侄儿的师傅开着,正在市里的一家银行实施救援。

那个时候,地震灾区有多少吊车都不够用。

任木匠跪下来了,给他的侄儿和师傅,他说上面的中学塌了,里面有七八十个幸存学生,我们不能不救啊!

时针指向13日凌晨1点,任木匠带着两台真正的吊车开到了向峨中学,一台起吊重量8吨,一台起吊重量12吨,有这两台大家伙,向峨中学的救援工作便有了专业的水平,大多数的幸存学生,几乎都是在13

日这一天救出来的。

救援工作在任木匠的指挥下有条不紊地进行着，到14日早晨，他可爱的女儿也被营救出来了，非常遗憾，他的女儿已经失去了生命。

许多孩儿都是闷死的。事后，任木匠说起他女儿，仍然抱着很大的遗憾。但在当时，他只把女儿看了一眼，交给他的妻子，让妻子用布把娃包好，而他自己转身又投入紧张的救援工作中。

任木匠说他和女儿的关系最好了，他有空回家，都要受到女儿的“欺负”，两只小手，嫌他不常回家，把他浑身掐得青一块、紫一块，他说疼，女儿就又用她软软的小手，在青紫的皮肤上抚摸。

坚守在救援现场的任木匠，送走女儿的尸体后，他在废墟下发现了一个小女孩，他钻进去，把他的手伸给那个女孩，女孩把他的手抓住了，还把她虚弱的小脑袋枕在了他的手腕上。面对女儿的尸体，任木匠的眼泪没流出来，面对这个废墟下的女孩，任木匠忍不住满脸是泪，他安慰小女孩，你要挺住，叔叔马上救你出来。

任木匠让人给他递了两个千斤顶，又让赶来援助的解放军战士拿了两把工兵锹，任木匠心有顾虑，担心千斤顶表面接触点小，在顶预制板时，把预制板顶碎，造成小女孩的不幸。他用两把工兵锹，垫在千斤顶的端面上，慢慢地顶，这就安全地顶起了预制板……20分钟时间，在任木匠的心头像过了20个小时，他把压着小女孩的预制板顶起来，然后慢慢地把小女孩拖出。在拖拉的过程中任木匠把自己的身体做了铺垫，他不能让不幸的孩子再受一点伤害。

我采访任木匠，找见他的时候，他正好还在向峨中学的废墟前徘徊。

向峨中学的废墟，在我看来，已然十分平静，当时紧张的救援活动已看不到任何踪影，指挥了那场救援活动的任木匠，却还心有不甘，不时地还要从十多公里之外的家，翻山过来，站在流过汗、流过血的废墟上，这里转转，那里看看，随手掰开一块残砖碎石，偏着脑袋住废墟下瞅

……偶然地，他会神情一振，迅疾地翻动废墟，因为他还能听到孩子们的呼唤：叔叔救我！

在实施救援的最初几天，灌进任木匠耳朵的，就都是童稚的救命声。

我字斟句酌，小心地问着任木匠，半天了，他才回答我几声，我听得出他心里的不甘和无奈。

他给我说，叫岳媛的女孩垫着他的身体被救出后，他发现紧挨着岳媛的身下还埋着一个男孩子和一个女孩子……救援活动的紧张和劳累，任木匠已经没有了体会，但在岳媛被成功救出后，在那一个瞬间，他突然有种虚脱的感觉，眼前发黑，几乎要昏迷过去，他摇了摇头，还举拳在自己的太阳穴上擂了两下，使他的神志得到些微的恢复……他已经动了手，来救那个男孩子，可是那个女孩比男孩的情况更惨，男孩只是一只脚压着，而女孩是两只脚全被压着。

太难选择了。

任木匠感觉这是世间最难做的一次决定，他咬了咬牙，安慰那个男孩子。说你是男子汉，你先给咱挺着，我先救这个女孩，接下来救你。男孩儿虚弱得张不了口，就向任木匠点了点头。

当时，任木匠坚信男孩还能坚持几十分钟，可在他费尽力气把女孩救出后，再去救男孩时，他却没能坚持下来，两只大大的眼睛，盯着身边的任木匠，看他全力营救着女孩子，自己却渐渐地停止了呼吸。

这个女孩叫刘雪，是任木匠从废墟里救出的最后一位幸存者。

先救出来的岳媛，后来被截了一条下肢，再救出来的刘雪，被截掉了两条下肢，但她没有对截肢表现出太多的悲痛，仅过了两天时间，刘雪给陪在她床边的爸爸说：你把我的课本拿来，我要学习，地震落下了许多课，我要一节一节补上来。

救援到了5月16日，在向峨中学的废墟下，就再找不到一个幸存者了，五天五夜，摸爬翻滚在废墟上的任木匠，几乎没眨一眼，他说他睡

不着觉，总能听到有人在喊救救我。

现在，任木匠能够回家睡觉了，可他还是睡不踏实……他是木匠，又是泥水匠，而且又会机械设计和电焊等工艺，他在想，下来该是重建家园、重建学校了，重建的家园和学校必须要能抗御大地震的危害。

我祝愿任木匠，他应是新家园和新学校的建设者，我相信他会建设起抗御大地震灾害的高标准的新家园、新学校。

唱歌娃娃

"两只老虎，两只老虎，跑得快……"北川县曲山小学的废墟前，江苏省地震救援队的队员，正紧急地救援幸存者，突然听到一个童稚的歌声，从掩埋很深的废墟下传了上来，在场的人，包括孩子们的家长，地震救援队的队员，刚听了个开头，就都不能自禁地热泪横流，泣不成声。

在黑漆漆的废墟里唱歌的孩子，是曲山小学一年级的学生任思雨，她在废墟里已被掩埋了好几天了。5月14日下午，驰援北川地震灾区的江苏省救援队，千辛万苦，刚刚打开一条徒步进入北川县域的通道，翻进那处一团死寂的山坳时，立即就有闻讯而来的群众追到他们的身边，给他们说，快去曲山小学吧，我们的娃娃埋在下面，快去救救他们呀！一双双渴望的眼睛，在救援人员看来，就是最为严肃的命令，带队的周军，步子停都没停，当即就和八名战友，随着老乡们去了曲山小学的废墟前。

废墟上有着一个一个的大缝隙，凭着过往的经验，周军他们知道，会有孩子幸存在下面。他把随身携带着的手电拧亮，向着幽深的废墟下探测……情况是复杂的，缝隙里横七竖八，都是或粗或细的钢筋，要想突破过去，决非容易……大家屏息凝望，不期然地有声稚童的气息传到了地面，这叫围上来的家长们和救援队员，精神为之大振，七嘴八舌

地呼喊起来：你在哪里？你在哪里？周军用手势制止了大家的呼唤，然后走近传出童声的地方，对着狰狞的缝隙喊：小朋友，不用怕，叔叔来救你了，你能告诉叔叔你在哪里吗？

有那么一点儿间隔，细小的童声就又传了上来。周军听得真切，下边掩埋的是个小女孩，她给周军回话，说她不怕，叔叔，我在里面，我的腿上有东西压着，我动不了！

事后十多天，我随中国作家协会赴灾区采访团，辗转去了北川县城。我是想见识一下那个唱歌娃娃的，却听说她被转移去了成都市的华西医院，去那里接受最好的康复治疗。没能见上唱歌娃娃，但我四处打听，却侥幸地见到了救了唱歌娃娃的周军他们，白天晚上连轴转，在地震的废墟下营救幸存者的生命，把钢铁般身体的他们，搞得都极疲惫，但是他们还是很耐心地接受了我的采访。

铁汉子周军，说他听到唱歌娃娃的回话时，心是兴奋的，朝着身后的战友去看，他发现所有含泪的眼睛，都有他一样的兴奋之情在里面。

唱歌娃娃活着就好！可在营救中，是要格外小心呢，有几层水泥板盖在唱歌娃娃的身上，破拆时一不小心，就会给可爱的孩子造成灭顶的灾难！周军和他的战友仔细地观察着，把一些容易发生断裂的水泥构件，先用液压泵固定起来，一点点地敲打，一点点地切割，终于在废墟上打通了一个救援通道。然而孩子呢？她的准确位置在哪里？怎么又没了声音？

问题一个接一个地往周军他们的眼前摆，他又呼唤小姑娘了，连着几声呼唤，终于又得到了小姑娘的回答。不过，她的回答是特别的，出乎现场所有人的想象，她唱起了歌，是在学校里欢快地唱着的《两只老虎》！周军说他惊呆了，此生此时，他真正地听到了美不胜收的天籁之音。

在那叫人灵魂为之大恸的时刻，周军和他的战友，唯一想的是：多么纯洁的生命啊！不能让她就这么逝去，努力努力再努力，一定要把唱

歌娃娃救出来!

循着唱歌娃娃甜润的歌声,周军和他的战友,加快了挖掘救助的行动,手指磨破了不要紧,手掌流血了不要紧,咬着牙,瞪着眼,大家昼夜不停,挖刨了48个小时,终于把掩埋在废墟下四天四夜的唱歌娃娃救了出来!

围成一片的学生家长热烈地鼓掌了,救援队员在大家的掌声里把唱歌娃娃小心地抬上担架,就要抬离现场时,小姑娘奋力地抬起头来,对营救了她的周军一字一句地说:谢谢叔叔,我叫任思雨,今年6岁半了!

送走了唱歌娃娃任思雨,周军和他的战友,转身又到废墟里去找寻幸存者了……在他们的日记上,一个生命一个生命地记着,他们共从废墟下救出了六个鲜活的生命。但让周军最为牵挂的还是唱歌娃娃任思雨。

周军说,他爱唱歌娃娃,但愿她能与亲人团聚,生活快乐。

周军的祝愿是真诚的,转到华西医院康复的小思雨,很幸运地见到了妈妈,现在,她天天和妈妈在一起,康复得特别快。

不错,唱歌娃娃的身体恢复得很好,可那样一场灾难,在她心里留下的阴影能轻易散失吗?也许不会太容易,我打电话给《成都日报》的朋友,询问唱歌娃娃的近况,得到的信息是,她近来的心情很烦躁,把她以前喜爱的玩具,也会抛得狼藉一片。但她嘴里老要念叨,念叨她的班主任老师胡蓉,她说她爱胡蓉老师,废墟下正是有胡蓉老师在,她才会那么坚强。

可爱的小思雨,你不知道,胡蓉老师已经去了!而且她还不知,她的爸爸,也仍不见下落!

不过,我还有个问题问了《成都日报》的朋友,问他可否知道唱歌娃娃任思雨,在那么恐惧的环境下,怎么有心唱歌儿?朋友说了,任思雨后来给她妈妈说,水泥板压得我疼!太疼了,我一唱歌就不感觉疼了!

哦,事情还有这样一层根源。

“六一”儿童节到了,在学校里获得少先队员资格的小思雨,这天要戴上红领巾,光荣地向少先队队旗宣誓了。她非常高兴,高兴航天英雄杨利伟这一天也来到她的身边,蹲下身子,在摄像机和摄影机的灯光闪烁下,亲手给她系上了鲜艳的红领巾。

杨利伟鼓励任思雨:你的表现真是太棒了,我们所有人都为你感到骄傲!

仪式结束时,任思雨又唱起了《两只老虎》,杨利伟和见证了她加入少先队员的人,全都跟着唱了起来,使这首欢快地略带诙谐味道的儿歌,响彻了那间临时设置的入队仪式现场:

两只老虎,两只老虎,

跑得快……

一只没有耳朵,一只没有尾巴,

真奇怪……

敬礼娃娃

“叔叔,我要喝可乐,冰冻的。”17 岁的中学生薛枭,在废墟下掩埋了 80 个小时,他获救后开口说的这句话,让人听来,于悲伤中可否笑起来?

“妈妈不哭,我就不哭,你不要哭。”6 岁的小学生文鑫,在废墟下掩埋了 48 个小时,他获救后安慰妈妈的话,让人听来,于欣喜中可否会心酸起来?

汶川大地震中,少年儿童表现出的英勇乐观,真是太多太多了,薛枭和文鑫,只是他们中典型的两个例子,此外,还有那个可爱的“敬礼娃娃”小郎铮,在他被救出后,举起右手,向解放军叔叔敬的那个礼,更是

叫天下人心，无不为之大恸，而后又要心疼地乐起来的。

5月25日，住地西安的第四军医大学，为了更好地救治“敬礼娃娃”小郎铮，调动了一辆战地伤员救护车，把在绵阳市帐篷医院里治疗的小郎铮，接到西安的本部医院治疗。我在第一时间，赶到西安东郊的四军大唐都医院，通过院里的安排，看望了仅3岁半的小家伙。

因为路途劳累，入院不久的小郎铮躺在病床上，已酣甜地睡了过去。

我不忍叫醒这个可爱的小家伙，就与陪同他来的母亲小声聊了起来。他的母亲吴晓红看来也极疲惫，但她不想冷落了热情的我，就拣我所希望知道的事情，给我作了介绍。

不幸中的大幸呢！5月12日下午，在北川县幼儿园里的小郎铮，像往常一样，在阿姨们的组织下，开开心心地做游戏，突然地，房也摇了，地也晃了，包括阿姨们，和幼儿园里的小朋友一起，连反应都没作出来，就被嘎嘎怪叫的房屋塌下来埋住了。在尘灰弥漫的废墟下，小郎铮在一个夹角里度过了一个漫长的下午和一个漫长的夜晚，到第二天的清早7时许，《绵阳日报》记者杨卫华跟随救援队伍来到这片废墟前，他敏感的耳膜，捕捉到了一声孩子的哭声，他叫住了几个解放军战士，向着有哭声的废墟下照手电，并且大声地喊着话：“能看到光吗？能看到光吗？”废墟下没有回答，只有嘤嘤的啼哭。于是，他们不再喊话，争分夺秒地挖刨起坍塌的废墟。没有应手的工具，杨卫华和解放战士，就用钢锤砸楼板，并用劈柴刀砍钢筋，整整用了3个多小时的时间，这才把小郎铮救出来。

小郎铮是勇敢的，但是再怎么勇敢还是个小孩子，刚从废墟中把他抱出来，他便扯长喉咙地哭……现场初步检查，他的左手臂骨折了。懂点野战知识的一名解放战士，取出他自带的绷带布，又从地上捡了两块小木板，小心地把他的断臂包扎起来……小郎铮疼得嚎啕大哭，他哭了一小会儿，就哭得喉咙冒烟岔了气，急得一旁的解放军战士，把他喝着

的瓶装水,喂到郎铮的嘴上……看来他是渴了,肠胃冒火般地渴啊,嘴巴一接触瓶装水,就咕嘟咕嘟狂饮起来,甘甜的水把他的哭声止住了。

废墟上有块木板门,战士们把小郎铮抱着,轻轻地放在门板上,门板的两边,各有几名解放军战士,他们相互呼应着,抬起小郎铮,准备把他往相对安全的救护医院送。就在这个时候,让所有人动容落泪的情景出现了:小郎铮挣扎着举起右手臂,虚弱而且执着地向救了他的解放军战士敬了一个礼!

记者杨卫华的照相机,此刻正好对着小郎铮,他敏捷地按下了快门,以摄影的形式,永远地记录下了这个惊世的敬礼。

当日下午,杨卫华把这幅照片贴上了互联网,到第二天,全国的平面媒体,在重要的版面,几乎无一遗漏地作了转发。这使无数人感动得泪流满面,却也使心急如焚的吴晓红露出笑脸,撵到救护医院,使他们母子灾后得以相逢。

为小郎铮正式施行接骨手术的是四军大唐都医院张勇教授。5月21日上午,护士把小郎铮推进临时搭建的帐篷手术室,张勇教授仔细地检查了郎铮的全身,最后对他的左上臂骨折部分,做了正位手术,接下来还对他的左手手指坏死部分进行了切除手术。第二天上午,张勇教授来到他的病床前,问他“伤口疼不疼”,小郎铮竟笑着说“不疼”。那样一份坚强,便是一个成年人又能怎么样?

几天的治疗护理,小郎铮与穿着军装的张勇教授熟了,只要他走近郎铮的病床,小家伙都要情不自禁地给张勇敬礼呢。

5月23日,温家宝总理二次深入地震灾区,他到四军大设在绵阳的救护医院看望受伤群众,专门去了监护室,俯下身子,亲吻了小郎铮。转院来到四军大西安唐都医院,小郎铮的妈妈吴晓红,把温家宝亲吻小郎铮的照片带了来,装上镜框放在小郎铮的枕头旁。听他妈妈说,小家伙很喜欢这张照片,在绵阳时,有人问郎铮,知道亲吻你的人是谁吗?

小郎铮摇头了。问话的人就告诉郎铮，他是温家宝总理呀！你猜小家伙是怎么说的，他说我不知道他是总理，只知道他是一个非常好的爷爷。

小郎铮转院西安，是张勇教授观察发现，小家伙骨折的左上臂桡神经也有损伤，这不是帐篷病床可以解决的问题，必须转移到条件完备的本部医院，为他专门定制支具，对损伤神经进行固定护理，使其逐渐恢复健康。

和郎铮的妈妈说着话，一直不见小家伙醒来，而医生又催着我走，让小郎铮休息好，下午时好有体力接受新的治疗。对此我不好太坚持，和郎铮的妈妈告了别，相约过个两天，再到医院来看小郎铮。

可我一回单位，就接到通知，紧急出发，随中国作家协会赴灾区采访团，去了也受地震危害的汉中宁强县。我在那里，白天跑，晚上跑，短短的几天时间，竟然遇上了3次强余震，最让我受惊的是5月27日下午3时许，四川省青川县的5.4强余震过后30分钟，又在距离青川县20多公里的宁强县，爆发了5.7级强余震。

每一次的强余震，不知为了什么，我都特别要想起“敬礼娃娃”小郎铮。

5月31日，我从地震灾区刚一回到西安，就失急慌忙往唐都医院跑，就是想见小郎铮的。到了他住的爱心病房二病室，却结结实实地吃了个闭门羹，医护人员守住大门口，任我说破嘴，都不能突破他们把守的大门。我听他们解释，住在医院的小郎铮，是比得上一个红遍天下的影视童星哩，太多太多的人，涌到医院来，举着鲜花，举着玩具，拿着衣帽，嚷嚷着要看小郎铮……几天时间，山西河南的人，渡过黄河到西安，也要来看小郎铮，他还小，又是个受伤的孩子，心灵上地震产生的恐惧情绪，还都不能短期消除，大家都来看他，是对他的爱，可也让他受不了，现在的他，不爱说话，也不爱笑，就是他的妈妈让给别人敬礼，他也没反应。

我能给小郎铮增加这些负担吗？不能，但我还有问题，不晓得三岁半的他，早慧得真的知道用敬礼来为救他的人而感恩吗？我没法在小郎铮的病床前求解这个问题，回到家，却从积了几天的报纸堆里看到了答案。

原来郎铮的父亲是一名人民警察，最爱做的游戏就是敬礼……爸爸给儿子敬礼，儿子给爸爸敬礼。爸爸有任务时，特殊情况下还有配枪携带，这让爱说自己是“小男子汉”的郎铮喜出望外，总要嚷嚷着打枪。真的枪，爸爸不敢给儿子玩，就在商场里给儿子买仿真枪，儿子玩得不过瘾，警察爸爸就给儿子说，你要快快长哩，长大了去当解放军，穿上军装了，你就天天都有真枪打了。这些话装进小郎铮的脑子里，他对解放军就有了特殊的感情。如今，大地震把小郎铮埋在了废墟下，又是解放军叔叔把他救了出来，他对解放军就更崇拜了。现在不多说话，开口要说了，就说是“解放军叔叔救了我，我爱解放军叔叔，长大了也当解放军叔叔”。

前天是“六一”儿童节，西安的媒体又发了一幅“敬礼娃娃”的照片，这次他敬的还是一位军人的礼。那是一直做着小郎铮主治医生的张勇教授吗？媒体上没有明确说，但我猜是的，是第四军大唐都医院骨伤科专家张勇教授，他像给他敬礼的小郎铮一样，也向小郎铮敬礼了。

敬礼，人与人的沟通，人与人的相爱，有时候其实不需要太多的付出，只要轻轻举起手来，敬一个礼就足够了。

2008年6月2日西安后村

三个老师

谭千秋

不去现场，我想我是不会流泪了。

5月12日14时28分的汶川大地震，把我们的泪水，在不长时间里，差不多是震干了。可是当我在余震不断的摇晃中，站在汉旺镇东汽中学的废墟前，不由得鼻子发酸，我是又要流泪了。

我知道那个叫谭千秋的中学老师，就牺牲在眼前的这座废墟里。

他曾经的学生杨笑宇在博客上撰文怀念谭老师，说他是个好老师，对学生既严厉又关心。有回上课，谭老师提了个问题要他回答，他站起来，大说一通，而谭老师的评语却毫不留情，说他犯了逻辑性错误。这惹来班上同学的一场大笑，从此再不敢信口开河，说话做事，都是想明白了说，想明白了做。一堂课，一个问答题，让他终生受益。

只有这样的好老师，在大地震来临时，才会不顾自己的安危，拼着性命保护他的学生了。

大地震过去了30多个小时，到5月13日夜里，救援人员在废墟下刨出了谭老师，当时的情景让所有在场的人无不动容。大家发现，谭老师在教学楼坍塌下来时，把4个学生塞进课桌下，他自己则张开双臂，趴在桌面上，抵抗着砸下来的砖石水泥板，保护着他的学生。

他的学生得救了，他却永远地牺牲了。

他以如此壮烈的姿态，诠释着一位人民教师的真爱，成为东汽中学永远的记忆。

谭千秋老师的爱人张关蓉，也在东汽中学任教。我听人说，她给谭老师清理遗体时，细细地梳理他蓬乱的头发，轻轻地擦拭他脸上的尘沙……谭老师的后脑被楼板砸得凹下了，谭老师的脸上满是伤痕，爱他的妻子张关蓉，尽着她的可能，把谭老师的发型梳成他生前习惯的那个样子，把谭老师的脸擦洗得如他生前那么洁净……张关蓉擦拭到谭老师的手臂上了，这双传播知识的手臂，曾经是那么温热，曾经是那么富有激情，现在却又冷又硬，张关蓉无法忍受地痛哭起来，珠串一般的眼泪，瞬间淋湿了谭老师的手臂。

张关蓉想把谭老师的手臂拉起，捂在她的脸上，来为她拭去眼泪……过去的时光，爱哭的张关蓉，在她流泪的时候，都是谭老师为她拭泪的，可是谭老师冷硬的手臂，再也没法为爱人张关蓉拭泪了。

那天早上，谭老师还和往常一样，6点钟起床，把女儿从被窝里拉起来，给她洗漱穿戴，然后带她出去散步，并早早地赶到学校上班……可爱的小女儿，在母亲为父亲擦拭着遗体时，她就站在母亲一边，张嘴叫了一声爸爸。

小女儿的叫声很轻柔，她是怕惊醒了爸爸的梦吗?爸爸没法答应她，只有越集越多的学生和家长，围绕在谭老师的遗体旁，垂首默立……不知是谁，从哪儿找来了一挂鞭炮，为谭老师燃放起来，噼噼啪啪的爆

响，响彻了整个汉旺镇……我来迟了，没能见识那个庄严的时刻，但我已泪眼婆娑，向着废墟遍地的东汽中学，垂首孑立，在心里默默祷告：

谭老师，你没走，你还在。

张米亚

欢城与废墟的距离，到底有多远？沧海桑田，曾经只在电影、电视上看到的场景，突然就实实在在地发生在我们的眼前。一切恍如惊梦，眼睁睁地看着鲜活的生命，在我们面前陨落，而我们却无能为力。这是地震灾害后一位幸存学生的日记。在日记里，他还写到，灾难可以摧毁我们的生命，却摧毁不了我们的意志。我们完全有理由相信，在以后的日子里，哪怕是失去了双翼的蝴蝶，依然会奋力飞舞。

是的，从废墟上站起来的人们，肯定不会屈服，肯定还要奋飞。

可是，映秀镇小学的张米亚老师，他还会再飞舞吗？

三天三夜，时间在和死神赛跑，没人知道废墟下会有怎样惊心动魄的情景……便是我，此后来到废墟累累的映秀镇小学操场上时，依然无法想象，在大灾降临时，张米亚老师怎么就做出了那样一个举动！这是不可思议的，让我们只有感动流泪……我泪飞如雨的眼前，朦胧地重现了当时的情况，是自发赶来的民众，围扑到坍塌成一片废墟的镇小学，用他们血肉模糊的手救援掩埋在废墟里的生命，我感觉得到，那个情景是悲伤的，但也是壮烈的，大家没有哭泣，没有嘶喊，有的只是手的劳作，掰开一块砖，又撬起一块水泥板……突然，在垮塌的教学楼一角，大家发现了张米亚老师。

他的姿势，把大家的眼睛看傻了，把大家的心震撼了。

在重重叠叠的废墟下，张米亚老师跪伏着，双臂紧紧地搂着两个孩子，他死了，他搂在怀里的两个孩子还活着。

救援人员把死了的张米亚老师和活着的两个学生抬出了废墟，抬

到一片开阔地上，大家想尽办法，要把活着的学生从张米亚的双臂中摘出来，但是不能，所有的办法在张米亚搂得紧紧的双臂上都失去了作用，两个睁着眼睛的学生，还牢牢地护翼在张米亚的双臂中。

请来了医疗队的医生，他们也没有办法。

万般无奈，医生取出了手术用的钢锯，一点点地来锯张米亚老师的双臂了。钢锯的一推一拉，都要发出尖利的嘶叫，看得旁边的人群闭紧了眼睛，有人说，轻一点，再轻一点……有人说，别锯疼了张老师。

年龄只有二十九岁的张米亚老师，在校园里是个爱跳舞爱唱歌的人。老师和同学们后来回忆，张老师最爱唱的一首歌，有这样两句歌词："摘下我的翅膀，送给你飞翔。"多才多艺的张老师，唱出的歌词，好像一个神秘的谶语，他必须要摘下自己的翅膀，来为他的学生飞翔助力了。

截肢的钢锯，在医生的手里不停地推拉着，咯嚓咯嚓的声响，刺激着现场所有人的耳膜……我虽未身在现场，而且过去了好些时日，可我面对那已经沉寂下来的废墟，心潮依旧难以平静。在我起伏的心里，英雄的张米亚老师，已经变成一座不朽的雕塑了！

他的妻子，同为镇小学老师的邓霞，在大地震来临时，正和他们3岁的儿子在一起，坍塌的楼房，在掩埋了张米亚老师的时候，也把享受着天伦之爱的母子俩埋在了废墟中。我向陪同的人打问，想要知道失去了丈夫、失去了爸爸的这对母子，他们的情况怎么样？陪同的人没有告诉我，让我痛苦地想起"失踪"两个字，我不要他们变成冷冰冰的"失踪"，我要他们活着，生机勃勃地活着！

杜正香

像她的名字一样，平武县南坝小学的杜正香老师，在这场撼天动地的大灾难中，用她宝贵的生命，将永远留"香"在人间。

挖出来了！挖出来了！我们的杜老师挖出来了！ 5月14日10时

许，大地震已经过去了三天，当救援的解放军官兵在南坝小学的废墟下挖出杜正香老师时，围在现场的老师和家长不约而同地惊呼出声，大家希望可敬的杜老师能活着爬出废墟。但是大家失望了，同时，又都震惊了……在那根塌下来的水泥横梁下，已经死去的杜老师，趴在瓦砾堆里，头朝着门的方向，伸展的双手，各自紧紧地拉着一个年幼的孩子，而她胸前，还紧紧地保护着三个幼小的生命。

在南坝小学，48 岁的杜正香只是一个学前班的代课老师，但她从不计较那两个表示身份的字：代课。哪有什么呢？能站在讲台上，杜正香就一定要教好她的孩子们，因此，她获得了孩子极大的爱戴，把她不叫老师，而是欢愉地叫“杜婆婆”。

如果不是为了孩子，杜正香是能够逃出危境的。搜救她的解放军战士说，看得出来，在大震来临时，杜老师不顾自己的安危，她是要把乱成一团的孩子都带出教室的，可是教室塌了，杜老师就用自己的肩背死死地抵挡着坠落的水泥横梁，让孩子们赶快逃生。

也是学校老师的杨树兰，地震发生时，正在宿舍午休，当她连滚带爬地跑到学校的操场上时，她看见了杜正香老师，刚把送小孙子上学的严明君老太太祖孙俩，狠劲地推出摇晃着的教学楼，并急转身，冲进身后的教室，连拖带抱，又救出了几个孩子，之后再次冲进教室……正是第三次的冲入，教学楼塌下来了，有一股浓重的烟尘，笼罩了塌成一堆碎砖烂瓦的教学楼。

活着的杜正香老师，给人间留下了一个如此壮烈的身影……杨树兰老师叙说着，眼睛里蓄满了清亮的泪水。

在南坝小学，杜正香老师对孩子的好，是出了名的，要不，她不会把代课老师一做就是二十多年。现在，她的月工资只有四百五十元，而且没有丝毫转正的机会。那么，她就没有别的想法吗？作为一名共产党员，她或许想过了，但孩子们爱她，她又爱孩子们，她就把自己的想法压制回去，坚持在三尺讲台上，尽心竭力地尽着一个代课老师的职责。

十四日的下午，南坝子幸存的人都来为孩子们的“杜婆婆”送行，从这边山扯到了那边山，按照当地的风俗，不断地点燃爆竹，响彻在震后显得寂静的山谷。

杜老师的丈夫，走在出殡队伍的前边，他手扶着有些简陋的梓棺，走一步，哭一声，呢喃地说，我知道你会那样的，你一定会那样的，你一辈子，把自己从来都不当事，你走了，你要走好啊！

确实是要走好的。作为一个人民教师，不论什么时候，只有始终如一地把真爱献给孩子，她就一定能获得大家的热爱，否则只能为人所唾弃，特别在生死攸关的大灾大难面前，更是如此。我在学校读书的女儿，回家来说，同学们以地震灾害为镜子，评价一个老师时，不再以他的教学能力为主，而在于他有没有真爱，没有真爱的教学能力，其价值只能等于零。

在灾区采访，我知道许多这样感人的故事。我在想，不论是谁，只要有爱，真的爱，就总是能够催人泪飞！

2008年5月29日 西安后村

热泪纷飞都是爱

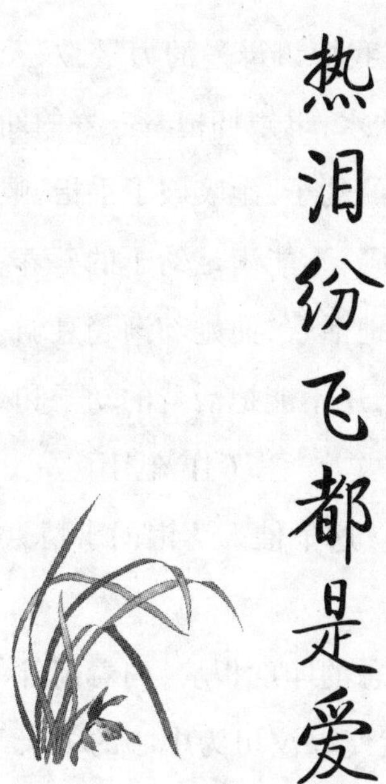

度日如年，只有身处大灾，对这个字眼才会有别样的认识。虽然过去了十多个日子，可我还是不敢闭上眼睛，总觉得山还在摇，地还在动。我痛恨灾难，却也深感到人的渺小，面对地球的一次哆嗦，就让我们眼泪横飞，我们受伤了，我们悲痛了。但我们透过泪眼，在废墟下发现着爱，正以其超拔的力量，穿越一切惊恐和迷茫，使我们感动，给我们希望。

我想说，这或许是汶川大地震留给我们最为珍贵的遗产。

母性之爱

那时候，我还在媒体工作，处理夜班稿件时，我看到了一组国际报道，其中的一篇报道，说的是亚美尼亚大地震，有对深埋在废墟的母子，八天后被救援人员奇迹般地挖刨出来。大家发现，超过生命极限的那

个幼子，因为母爱，活了下来。我惊讶母爱的力量，八天，一百九十二个小时，废墟下没有食物，没有饮水，母亲怀抱着三岁的幼子，用她的身体抵抗着废墟的压迫，温暖着她的幼子，她咬破了手指，喂在幼子的嘴里，让他吮吸……一个手指咬破了，不能满足幼子的营养，她又咬了一个……幼子有了血的滋养，健康地活着，而她却渐趋衰弱……抢救人员把她们救出废墟，费了很大的劲，还不能把活着的幼子和死去的母亲分开来……当时，我读着那凝血的文字，忍不住流泪了。我没有想到，事过许多年，在我国汶川大地震里，这个催人落泪的事情，又有了一次新的诠释。

5月12日14时28分，可恶的印度板块，向着高耸的青藏高原板块只是做了一次顽强的俯冲，就使以汶川为中心的十余万平方公里的山河，打了一个哆嗦，这便使美丽的汶川、北川、都江堰等地几乎都成了废墟。那个时候，时间是凝固了，太阳也黯淡了……但是很快，就有救援的队伍，从四面八方向地震灾区紧急汇聚，大家带来了救灾的帐篷，疗伤的药物，救命的饮食，自然，还带来了双手，紧急地在废墟下援救着宝贵的生命。

震后的第二日，有个凝固在人们脑际的奇迹出现了。

那天下午，数十名救援人员在都江堰河边的一处坍塌民宅前奋力地挖掘着，寻找可能的生还者……突然，一个令人震惊的情景出现了！那是个年轻的母亲，双膝跪地，身体向前匍匐，双手扶地支撑着她凝血的身体，顽强地抵抗着塌下来的废墟……大家想不到，在她已经变冷变硬的躯体下面，完好地守护着一个只有三个月大的女婴。救援人员发现，年轻的母亲在她变冷变硬前，没忘掀起她的上衣，把她白嫩饱满的乳房，塞进婴孩的嘴里……现场有个叫龚晋的小伙，在第一时间，目睹了那壮美的一幕，他在博客上贴文，言说女婴的笑脸红扑扑的，在废墟下，惬意地含着母亲的乳房，他说他们在场的人看到这个情景，都不由

得掩面哭泣起来。

这是一个多么幸福的场景啊!

我们没有看到,但我们可以想象,一个停止了呼吸的母亲,还要用她的肉体,支撑出一片空间,为她的宝贝喂奶,我们谁又能不为之悲恸。

龚晋没有在博客上说,他们是怎样把女婴的小嘴巴,从母亲的乳房上摘下来的?摘下来后,红着小脸蛋的女婴可会答应?她还太小,她没有吃够母亲的乳汁,她的小嘴不该从母亲的乳房上摘下来!

震撼心灵的母爱,在汶川大地震的废墟上还被发现着。5月14日上午,在北川县城,三岁的小女孩宋馨懿,在废墟下,因为她的母亲,还有她的父亲,用他们的血肉之躯,翼护着他们可爱的小馨懿,与死神顽强抗争了47个小时后,被救援人员成功地解救了出来。

发现小馨懿的救援部队,是解放军威名赫赫的红军师装甲团的官兵。他们急行军,徒步驰援受灾严重的北川县城,13日早8时,刚一跨进满眼废墟的大街,就在一处损毁严重的屋角,透过细碎的空隙,看见了一双睁得圆圆的大眼睛……英勇的装甲团官兵,被小馨懿的大眼睛震撼了,他们迅速行动起来,展开了艰苦卓绝的救援行动,一个白天过去了,一个夜晚过去了,直到第二日的上午,大家才满手是血地把小馨懿成功地救出废墟。

这个可爱的小女孩,她在装甲团的官兵营救她的时候,没有哭,也没有闹……大家事后想,小馨懿不哭不闹,全在于她的母亲和父亲,让小馨懿虽也压在废墟下,但她并不孤单,她一直和她的母亲和父亲在一起。

她的母亲和父亲,在废墟下的情景是,两个人脸对着脸,胳膊搭着胳膊,用两条鲜活的生命,搭成了一个拱形的掩体,可爱的小馨懿,就在那个拱形的空间里被保护着……装甲团的官兵,在救出小馨懿后,向她的母亲和父亲举起右手,敬了一个庄严的军礼。官兵们看得出来,这对

年轻的夫妻，是在大地震发生的一瞬间，自觉搭起那个拱形的掩体的，可爱的小馨懿在掩体下获救了，而他们俩，却被死神夺去了生命。

可爱的小馨懿……

不幸的小馨懿……她的生命获救了，可也因为严重的压迫伤，让她失去了一条下肢。认识小馨懿的人说，她上幼儿园了，最喜欢做的事是跳舞和画画，就在地震发生前不久，她在家人和邻居面前，跳了很长时间的舞。

失去一条下肢的小馨懿，不知以后还能不能跳舞？但她是一定要做梦的，就在前天夜里，江苏省医疗救援队专职护理小馨懿的护士王文发现，熟睡着的小馨懿做梦了，在梦里她大哭大叫，哭叫着她的妈妈和爸爸。

我的心在疼，知晓三岁的小馨懿做梦了，却不知三个月大的还未起名的红脸蛋的小女婴可也做梦？但愿她也能做梦，梦见她的妈妈，听妈妈在生命的最后时刻，在手机上为她写下的那句话："亲爱的宝贝，如果你能活着，一定要记着，我爱你！"

骨肉之爱

脚步，匆忙的、疲惫的脚步……

脚步，纷乱的、急促的脚步……

汶川大地震仿佛一道命令，调动起了所有人的脚步，那是奔命的脚步，那是救援的脚步，交织在一起，充塞着灾区的每一个空间。在那无处不在的脚步里，我看见了十一岁的少年张吉万，他稚嫩的肩背上，背着他三岁的小妹妹，坚决地、不屈不挠地、从北川县的深山区里走出来了。他走在逃难的人流中，被灾区采访的《南方日报》记者发现了，为他拍了一张新闻照，使他艰难的行走从此变成了一种永恒。

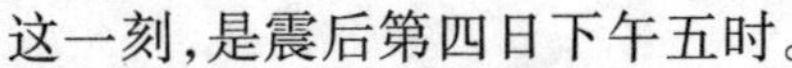

这一刻，是震后第四日下午五时。

记者有所不知，家住北川县深山里的张吉万，有父有母，但却在外地打工，他是社会上说的留守儿童，和年迈的爷爷奶奶，在祖屋里安然地度着时日，他是爷爷奶奶的掌上明珠，时常地还要偎在爷爷奶奶的怀里，撒娇说他想爸爸、想妈妈。大地震来临前，他刚吃过爷爷奶奶给他做的午饭，他还在爷爷奶奶的怀里撒了一会儿娇，这就到离村很远的学校读书去了。突如其来的地震，震垮了学校的每一所房子，他和他的同学侥幸地逃脱了出来，惊魂未定，一片啼哭……张吉万也哭了，他哭着想起祖屋里的爷爷奶奶，还有三岁的小妹，于是他飞奔回家，一路上飞沙走石，张吉万不知道躲避，他以在学校百米赛跑的速度，跨山越水，跑回到爷爷奶奶和小妹都在的祖屋，发现已很老旧的祖屋也没能逃避大地震的摧毁，像一摊烂草般地塌了下来。还好，高寿的爷爷奶奶和年幼的小妹，也都安然无恙地守在残垣断壁的祖屋前，悲伤地发着呆。

张吉万的回家，让爷爷奶奶揪着的心放宽了一些，爷爷一把把他拉进怀里，搂着他又是一场泪落，还说他们张家有幸大家都没伤着。

断水断电断粮，村上人三三两两地向山外逃难了，爷爷奶奶也要张万吉去逃难，这就有了《南方日报》记者的发现。他们在发现张吉万时，他已背着小妹走了 12 个小时，翻了三座大山，愣是走到了北川县城。张万吉说，他爱小妹，他还要继续往前走，背着小妹，去找他的爸爸和妈妈。

《南方日报》的记者说他哭了，为着张吉万的坚韧和顽强，他哭着给了张吉万一瓶瓶装水，张吉万没有喝，又给了他背上的小妹。

同样的情景，在灾区还发现着，这是《华商报》特派汶川的记者杜俊岭发现的，他发现了身材不高、而且有点瘦弱的代俊前，在逃避灾难的路上艰难地走着。

代俊前的弟弟半身瘫痪，他扑爬在 31 岁的哥哥的背上，似乎比哥

哥的身高还要长。

弟弟的嘴贴在哥哥耳朵上，央求哥哥放下他，他是没用的人，活着又能怎样？哥哥没理他的话，他就又举起拳头砸哥哥了，说你怎么就听不懂人话，撂下我赶紧走，去找我的嫂子去，你还没找见我的嫂子呢！哥哥还是没听他的话，依然背着他，双手死死扣着他的背脊，步履坚定地走在逃难的人群里。

5月12日，龙门山镇团山村村民代俊前，受雇于地质勘探队，在十余公里以外的石城门山勘探。当日中午11时30分时，勘探人员把他们采集到的标本交给代俊前，让他往山下背。途中，他还啃了两口自带的干粮，并且打盹养了会神。那个时候，天气特别晴朗，山风徐来，吹在身上真是舒服。可是到了下午1时30分左右，天阴下来，很快还下起了雨。代俊前心想，山里要是下起雨来，说不准要发生些什么。他心有预感，却绝对想不到会是一场山裂水断的大地震。在雨中，代俊前的步子走得很快，拼命地走着，突然听到阵阵沉闷的怪声，还没等他捉摸出这怪声出自哪里，就感到了脚下大山抖动了，那抖动是激烈的，一下把他摔倒在路上，他看见，山坡上的石头像在跳舞，跳着跳着就顺着山坡往下滚，他想站起来，却根本没法站得稳。

代俊前想起不远处的家，清早出门时，他的妻子到村后的银厂沟采挖中草药去了。她现在怎么样？人还好吗？

代俊前在想妻子时，很自然地还想到他瘫痪在家的弟弟，也就为他弟弟的安危担心了。

不敢迟疑，也不能迟疑，代俊前把他背着的矿石标本放在路边，做了一个记号，以便日后再找时好找，这就站起来，向窝在山坳里的团山村走去了。开始，他跑不起来，总觉得山还在摇，地还在动，他就只有小步快走，走着走着，他就跑起来了，这期间余震不断，前头的山体严重滑坡，石头象像发疯的怪物，顺着山坡乱滚，代俊前没有停止他的跑动，一

个多小时后，他跑回到已成废墟的团山村。

代俊前是要进银厂沟找妻子的。可他看到废墟中呻吟的乡亲，他走不进银厂沟，大着嗓门，吆喝着村里的青壮年，要他们组织起来，把村里的老人和受伤的人，能背的背，不能背的就扎担架抬，迅速往安全地带撤离。代俊前不是村干部，甚至也不是共产党员，可在大灾来临时，他站了出来，成了团山村父老乡亲的主心骨。

把村里人送到了村口，代俊前这才返身跑进村里，直接去了弟弟的家。

代俊前的弟弟是在外地打工时弄瘫了身子骨的，回到家里，一切都要他的妻子来照顾。地震发生时，他的妻子要背着他和三岁的小儿子一起撤离的，但他不听妻子的话，赖在废墟上不走，妻子来拉他，他竟然还抓起废墟上的砖头瓦块，去砸他的妻子。

一筹莫展的妻子哭了。

就在这时，代俊前冲在弟弟的面前，二话不说，捉住弟弟的胳膊，把他往背上一背，就向走到村外的人流赶去了……弟媳和侄儿跟在他的身后，弟媳问代俊前：我嫂子呢？我嫂子呢？代俊前闭口不言。弟弟就也在他背上问了：我嫂子呢？我嫂子呢？代俊前仍然闭口不言。弟弟的拳头这就砸在代俊前的背上和肩上了，他要他的哥哥放下他，去寻他的嫂嫂去，代俊前却一直闭口不言，一直背着他的弟弟，跑了将近4个小时的山路，跑到了地势比较开阔的白水河桥，才算是脱离危险。

银厂沟崩崖滑坡是这次大地震中最为惨烈的一处地方，安顿好村里人和弟弟一家后，瘦小的代俊前几次踏入银厂沟，他在寻找他的妻子，找见了，他会像背着弟弟一样，把他的妻子背下山来！

我们希望他背妻子下山，可是……这么大的一次地震，有多少难题无法求解，我们祝福代俊前，并且愿意与他一起等待，等待一个感天动地的奇迹出现。

人伦之爱

“亲爱的，我们结婚吧！”

守候在北川县农业发展银行废墟旁102小时的郑广明，看着他的未婚妻被救出来时，激动之情无以言表，张口就向未婚妻说了这句话。他的未婚妻叫贺晨曦，今年26岁，在地震发生前，他们已多次设想结婚的事了。因此在地震发生后，贺晨曦被埋在农业发展银行的废墟下面，郑广明第一时间找来了，他在废墟旁寻找着未婚妻的踪迹，两天后，在他不屈不挠的喊话声里，他听到废墟下未婚妻微弱的应答，这叫他兴奋得立即泪飞满面，大喊大叫，招引来救援的队伍，展开了艰难的救援活动。

一天一夜的煎熬，不停说话聊天的郑广明，嘴唇上起了一圈水泡，水泡破了，又起了一层血泡，他不停嘴地说，鼓励贺晨曦，咱们结婚吧！你是喜欢中式婚礼，还是喜欢西式婚礼？废墟下的贺晨曦说，我喜欢中式婚礼。郑广明就答应贺晨曦，那咱们就举办中式的。不过，郑广明还和贺晨曦有争辩，他说西式的婚礼也不错，新娘的婚纱就很漂亮！

这样的交谈是很美好的，极大地缓释了未婚妻深陷废墟下的精神压力，努力地坚持着，终于又捱过了两天三夜，到5月17日的下午，救援人员在废墟上打通了一条生命通道，成功地把贺晨曦救了出来。

网友为这一对恋人的生死相守写了一首诗，盛赞他们感情的笃厚。

诗曰：

在这漆黑冰冷的夜里，
我不会放弃，
与你多一刻手与手的相系，
我就能牵你穿越生与死的距离。

“来人啊，快救救我的亲人！”

像郑广明呼唤他的未婚妻一样，又有一个声音在北川县的废墟旁

呼唤着。呼叫的青年女子叫殷妞妞，地震发生两小时后，埋得较浅的她被成功救出，但她觉得未婚夫谭显松还埋在她身后的废墟里，她哀求解救她的武警官兵，再在废墟的深处挖，解救她心爱的未婚夫谭显松。

也是事不凑巧，下班后，殷妞妞约了谭显松，要到商场里去看一件她相中的衣裳，谭显松却说他一身臭汗，要先回家冲一个澡，殷妞妞跟来了，看到谭显松进了家里的盥洗间，并听到哗哗的流水声，却突然地天旋地转，强烈的地震爆发了！谭显松还喊叫殷妞妞给他拿衣服，他穿上了一起往外跑。但他的语音未落，房子即已垮下来，他们双双被埋在废墟下面。

片刻的惊慌，两个人都感觉得到，他们还活着，一个在一个不远的地方。因此，他们呼唤着，呼唤着对方的名字。那个时候，没有哭泣，谭显松不哭，殷妞妞也不哭。

殷妞妞说：老公，你要紧吗？咱一定要活着出去！

谭显松说：妞妞，我们一定能活着出去，相信我，我们决不放弃！

果然，时间不久，救援人员发现了殷妞妞，把她很快地救了出来。但是谭显松没有她幸运，他被一道水泥大梁深深地压住了，不能动弹。被救出来的殷妞妞，拒绝了所有人的规劝，坚持不离现场，双膝跪在谭显松被埋的废墟前，不停地给他打气加油，她给谭显松说，你那么爱我，你会丢下我不管吗？可是救援的武警官兵人手不够，4个人，不停地救援了十多个小时，却不能把谭显松救出来。时间一分一秒地过去，到了13日凌晨3点多钟，天又下起了大雨，武警官兵又困又乏，一筹莫展时，留下3个人继续营救，派出1人去搬救兵……妞妞还是姿势不改，双膝稳稳地跪在原地，依然充满信心地鼓励谭显松：老公，坚持下去，只要活着出来，你就是手残了、脚断了，还有我呢！我要做你的老婆，给你当手当脚，照顾你一辈子！

救兵搬来了。

来了许多的人，也带来了专业的救援工具，在大家的齐心努力下，被埋二十九个小时的谭显松被救出来了，而他的未婚妻殷妞妞，却在那一刻，从她跪的地方倒了下去，晕成一滩软泥……谭显松的左手，在送

往医院后，被做了截肢手术。在帐篷病床前，殷妞妞捉住谭显松剩下的那只右手，轻轻地揉捏着，她给谭显松说：你要我这个老婆吗？你不要都不行，我会赖着你的。

“老公啊，你一定要挺住！”

大地震造成的废墟上，随处都能听到这感人肺腑的鼓励。向废墟下喊着这句话的女子叫谢守菊。地震发生前夕，她和丈夫唐雄在家午休后正准备去上班，一阵巨响后，他们居住的楼房顷刻坍塌下来，他们同时被埋在了两个房间里。谢守菊被埋的房间有个小茶几，她伸出手还能从上面取来储存的一点豆腐干，她小口小口地嚼着，维持着生命，直到15日，被驰援而来的海南省救援队发现，并迅速地救了出来。

从废墟里得救的谢守菊，仅只受了点轻伤，她获救后说的头一句话就是：我得救了，我也要参加救援队！

但是谢守菊还牵挂着埋在废墟里的丈夫，他们都是北川县医院的医生，在废墟下，大妻俩有个约定，过一会儿互相呼叫一声，但不能不停地叫，他们要节约体力，等待救援，谁先被救出去，就到岗位上去，帮助救治伤病员。他们预知地面上最缺的应该是医生。

谢守菊首先获救了，她不忘夫妻俩的约定，向救援人员指出丈夫被埋的位置后，拒绝了救援者让她休息检查的好意，坚决地说，我没事，然后，她对着废墟下的丈夫使劲地喊：很多部队都来了，我也出来了，相信解放军，你一定会得救的。

向丈夫撂下这几句话后，谢守菊给救援了她的解放军官兵鞠了一躬，转身去了县医院设在一片空地上的救护队，做着一个医生能做的工作。

谢守菊在心里计算着时间，想着她的丈夫唐雄也该被救援人员救出了。但是没有，她在救护队里，认真地做着救护工作，想她做的那个救护对象就是丈夫唐雄，可是过了两天两夜，她还没有丈夫唐雄获救的消息……这时候，谢守菊自责起来了，她不顾一切地跑出了救护队，跑

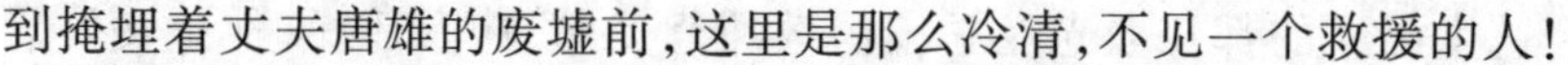

到掩埋着丈夫唐雄的废墟前，这里是那么冷清，不见一个救援的人！

谢守菊震惊了，她不知道废墟下的丈夫是死是活，但这已不重要，重要的是把丈夫挖出来，她的心才能得到安慰，不然，她将痛苦一生。

徒劳的谢守菊，疯了一样，用她的手挖刨着废墟，在一抬头的瞬间，她看见了救她的那个人。那人叫牟光迅，是海南省地震局局长，她请求他带救援人员救她的丈夫。牟光迅向她解释已经作了生命信息探测，救的价值恐怕不大，谢守菊说她不相信生命信息探测仪，她相信她的心，知道她的丈夫还活着。牟光迅被谢守菊感动了，为了安慰她，就说：我们试一试吧。

试的结果让大家喜出望外，谢守菊的丈夫唐雄果然还活着。但他埋的地点深，牟光迅指挥人在楼板顶钻出一个洞后，还不见唐雄的踪影。谢守菊就钻进洞里，向她的丈夫喊话，这就听到了丈夫微弱的声息，谢守菊就继续喊话，让他一定要挺住。

循着唐雄的声息，救援队员在二层的楼板上又钻了一个洞，并且看见了唐雄被埋的踪影，可是抗震指挥部来了电话，说是上面一个水坝要垮了，命令大家立即撤离。

充满信心的谢守菊，绝望地看着救援队员撤退着，她没有走，坚守在废墟中，她给唐雄说，你命大，咱们等着，一定会活着出来。

5月18日，指挥部解除了水坝垮塌的警令，救援队员在牟光迅的带领下，再一次来到唐雄被埋的废墟下，又经过3个小时的营救，终于在下午6时许，把在废墟里埋了139个小时的唐雄救出地面。当时的现场，一片欢呼，大家在为生命的奇迹鼓掌时，也为谢守菊和唐雄的真情而鼓掌。

师道之爱

区别人与动物的主要标志，在于人是知道脸红的，而动物不知道脸

红，逃生出来的都江堰光亚学校的教师范美忠，让人怀疑，他是丧失了脸红这个人类引以为荣的功能了。5月22日，在汶川大地震发生后的第十天，他还能悠然地坐在电脑前，打出这样一段文字，贴到“天涯论坛”。他说：我是一个追求自由和公正的人，却不是先人后己勇于牺牲自我的人！在生死抉择的瞬间……哪怕是我的母亲，我也不会管的。

范美忠的言论即出，即已遭到网民的一片谩骂。

他是该挨骂的，网民们骂他时，还不忘对他作了“人肉搜索”，发现他在地震来临时，正给学生上语文课，甚至连喊一声“同学们快跑”的话都没有，就只顾自己一个人跑出教室……此前的一场大火，在校园半夜燃烧时，还是他不顾学生的危险，最先逃出了危境。

我很想跟网民一起骂他的，但我没有时间，因为我已走进了灾区，站在了宁强县的一座帐篷医院的门口，揭开那扇不是很厚的门帘，我看到了一个完全不同于他的人民教师。

这位教师名叫王敏，她用她的实际行动已经给了失去脸红功能的范美忠一个耳光。

身为黄坝驿乡初中老师的王敏，在汶川大地震爆发的那一刻，她从教工宿舍的二楼正往操场上奔逃，却抬头发现对面的教学楼灰尘四起，剧烈摇晃，而且伴随着“轰隆轰隆”的巨响，许多学生挤在那条唯一的开放式楼梯上，随时都有被塌楼掩埋的危险……奔逃着的王敏改变了方向，她向教学楼跑来了，一边跑一边招呼学生沿着楼梯迅速撤离，然而就有两个孩子，惊吓中呆在楼梯上，不敢前行。见此情景，王敏没有迟疑，又迅速冲上楼梯，张开双臂，护着两个孩子，往楼下撤离，纷纷坠落的砖块和瓦片，这时像是一道黑色的瀑布，从高高的楼顶上倾泻而下，猛烈地砸着王敏的胳膊和脊背，眼看就要冲出教学楼了，却见一块很大的瓦片掉下来，砸到了王敏的头上，她扑爬下去，用自己的双臂和身躯紧紧地掩护着两个孩子。

侥幸的是，教学楼没有完全垮下来，学校的其他老师蜂拥而上，从

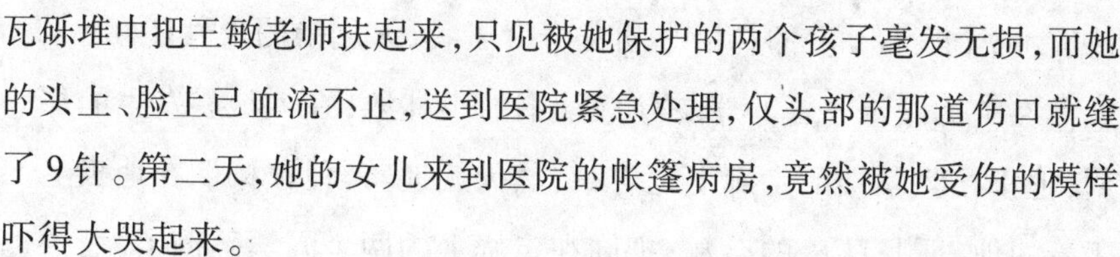

瓦砾堆中把王敏老师扶起来，只见被她保护的两个孩子毫发无损，而她的头上、脸上已血流不止，送到医院紧急处理，仅头部的那道伤口就缝了9针。第二天，她的女儿来到医院的帐篷病房，竟然被她受伤的模样吓得大哭起来。

作为80后的一代，王敏的生活没有经历过磨难，虽然她也有了孩子，但她的脸上从来都是快乐的阳光之气。在学校，她一直担任着大队辅导员的职责，与学生接触很多，用校长殷凤民的话说，在灾难到来时，王敏能够不顾个人安危，勇敢保护学生，是因为她爱孩子，爱得非常深。

王敏受伤住院，她的学生和家长来看她了，还有好多陌生人也来看她了，有人给她送来了花篮，有人给她送来了吃的……她的帐篷病房，是县医院最热闹的地方。

我来采访她，掀起帐篷门帘的一角，就看到她俏丽的脸，满是她平时所有的灿烂笑容。她把我当成看望她的人，我没做说明，向她鞠了一躬，就说，我想和你谈谈，她问我谈什么呢？我说随便，什么都能谈。她就把自己的手机打开来，翻出短信让我看，她有太多的短信，几乎都是向她表示敬意的，其中一个短信，是她原来的一个学生发来的，她在短信中说：您太勇敢了，值得我们骄傲，您永远是我们的好老师！祝您早日康复，永远年轻美丽！

大爱的人，注定会年轻美丽。我想，王敏老师是一个，汉旺镇东汽中学的老师谭千秋是又一个，还有映秀小学的张米亚老师、南坝小学的杜正香老师，他们在大地震来临时，都像王敏老师一样，把个人安危置之度外，一心想着救助和保护他们的学生，为此，他们有人还献出了宝贵的生命。

他们爱学生，学生也更爱他们。

天性之爱

听人说，人已失去了爱的天性。我不同意这个说法，是因为汶川大

地震，那个只有9岁的林浩小朋友告诉了我，人之爱的天性还在。

在映秀镇渔子溪小学二年级读书的小林浩，在大地震发生的那一刻，他正在教学楼的走廊上走着，突然天旋地转，他被摔倒在地板上。爬着的他，看见坠落的砖瓦，把同在走廊上的两个同学砸倒了，而他也没少挨砖瓦砸。来到灾区，我没能见到小林浩，但从《成都商报》记者的报道里，看到这个小家伙，是那么不把大地震当回事。他给记者说，“我使劲爬，使劲爬……我爬起来了。有个女同学昏倒在走廊上，我跑到她跟前，把她背起来，背到外边，交给校长，校长又把她交给她妈妈背走了。我知道走廊上还有一个同学，我没有停留，又爬进走廊，把那个同学背出来，这是个男同学，我把背出来的他又交给校长，校长就又交给他爸妈背走了。”多么稚气的叙述呀！我读着新闻，却忍不住想笑。

我是笑了，却笑出了一脸的眼泪。

我深感汗颜，残酷的大灾难面前，小林浩何以那样的坚强！那样的勇敢！我找不出答案，只有用天性来搪塞了，他的坚强和勇敢，全都是因为他的天性使然。

现在的他，正和十四岁的姐姐、七岁的妹妹呆在四川省儿童活动中心的救助站里，十多天了，他们在等父母的消息，但到记者发稿时，还没等到父母的消息。

我祝愿小英雄的父母，能够健健康康地和他们的儿女团聚。

这是解放军派赴灾区的唐都医院救治中心，军用帐篷搭起的手术室里，推进了一个叫董顺江孩子。他今年刚满14岁，是青川县木鱼中学初二年级的学生。地震发生时，他正躺在宿舍里的木板床上午休，是突然的地震把他从甜蜜的睡梦中摇了醒来，他没有多想，翻身起来，就往岌岌可危的宿舍楼外跑，他在学校的体育课上，是跑得最快的人，他几乎就要跑出楼外了，却发现身前身后，有两个低年级的同学，跑着摔倒在地上，他把自己飞跑的脚步收了起来，伸手前抓一个，后抓一个，又往前跑了，才刚跑了两步，楼房就已散了架，开始往下塌了。董顺江的

反应在那一瞬间只能做出一个动作，他鼓足全身的力气，把抓在手里的同学往外猛地推了一掌，两个同学得救了，他却被坍塌下来的楼板死死地压住了下半身。

没有办法，为了保证董顺江的生命安全，在解救他的当日，就有医院为他做了右脚截肢手术。但这次手术后护理没有跟上，伤口化了脓，唐都医院的医生为他再次手术，主要是伤口清创。一位医生与我恰好相熟，他术后给我发了短信，说他没见过那么坚强的孩子。他给董顺江说，孩子，你要疼了你就喊疼，你要哭了你就哭……可是，一个小时的手术，他没有喊疼，没有哭。

医生朋友的短信刺激了我，我不知道该怎么给他回信……我恍恍惚惚，只觉得自己的眼眶发热，我知道我又要流泪了。

我的泪眼对着的是一张笑脸，这是13岁女孩何翠青的笑脸，她这时候住在广元市中心医院院子里的帐篷病床上，一只胳膊是不能活动了，一条腿已被截了肢，而另一条腿上还缠着一层层白色的绷带，但她却还在我采访她时，露出了一张天真无邪的笑脸。

何翠青也是木鱼中学的学生，大地震把她埋在废墟下50个小时，与她一起获救的同学回忆，地震发生时，同学们都在睡午觉，何翠青早起了一些，她想先到教室去温习功课。谁知她刚走到二楼的楼梯口，强烈的地震发生了，窗户在晃动，楼房在摇动……何翠青的第一个念头，还是睡在宿舍里的同学，如果她不去关心同学的安危，她有时间跑下楼梯，跑到开阔的安全地带，可她折身回来，跑进了宿舍，喊醒了熟睡的同学，和她们一起逃生了。

可是大地震再没给她们逃生的时间，到何翠青把最后一个睡在床铺上的同学撕扯起来，宿舍楼便垮塌下来了。

一时之间，呛人的尘灰弥漫了所有空间，差点让何翠青窒息过去……她强忍着呼吸，听到了废墟下同学们的哭叫声。

妈妈，爸爸……

爸爸，妈妈……

黑沉沉的废墟下，唯有同学们失魂落魄的哭喊，没有他人的应答。

为了节约体力，何翠青与同学们通了气，说咱们不能乱喊叫，要轮流着呼叫……同时，她还提议，要大家互相说话，小声地说就行了，只要不打瞌睡，安心地等待救援。

应该说，这些措施是正确的，即便如此，也在时间的一分一秒中，渐渐地有人支撑不下去，声息越来越弱，最后没了呼吸……也不知过去了多长时间，何翠青突然听到头顶上有人说话，因此她鼓足了力气，拼命地呼喊起来：叔叔，救救我们……尖利的呼救声，刺破了厚厚的废墟，救援人员听到了，迅速展开了营救。

有一个同学营救出去了……

又有一个同学营救出去了……

废墟下的何翠青，透过窄小的缝隙，看得一清一楚，她也想让救援队员把她营救出去，但她知道许多事不能由了自己，她要等待，她必须等待，看着同学们不断地被营救出去，她的心脉从开始剧烈地跳动，慢慢地变得平静下来，她知道她也将会获救的。果然，在同学们全都被营救出去后，她也成功地被救出来了。

何翠青听说了，她是木鱼中学最后一个被救的学生。

听了这个话，何翠青没有哀伤，却很灿烂地笑了。她甚至对来看她的老师和父母说，我以前犯过许多错，原谅我好吗？她这么说话时，脸上依然保持着灿烂的笑。

笑，笑吧，透彻心扉地笑吧。

笑对可恶的大地震。

笑对漫长的人生。

2008年5月27日　西安后村

祥云梦飞神州

北京历史地走进了奥运节拍，8月8日8时，奥运圣火完成了欢乐神州的传递，来到绚烂耀眼的鸟巢，点燃那梦想飞扬的火炬，烛照美丽的祥云，让世界而为之冲动。

应该说，这是我们中国人给予奥运的一个特殊贡献。此时此刻，我们更加怀念顾拜旦这位现代奥林匹克之父，正是在他的不懈努力之下，于1896年，让废止了1503年的奥运会得以重新启动。伟大的《奥林匹克宪章》，旗帜鲜明地把奥运精神定为"将身心和精神方面的各种品质均衡地结合起来，并使之得到提高的一种人生哲学"。对此，没有谁会提出不同意见来。

古老的中华民族，历来重视"人文"和"人本"的思想。在浩如烟海的中国传统文化典籍中，所能看到的方块字，无不浸透着以人为本、天

人合一的基本理想。为此，奥林匹克首次走进中国，我们基于对优秀民族文化传统的创造性继承，对现代奥林匹克精神本质的深刻体悟，向世人庄严承诺，要成功举办一届人文奥运，旨在把提高人的素质、促进人的全面发展作为举办奥运会的根本目的和手段，真正做到以人为本，充分彰显奥运对人的尊重和关怀，使人的身体素质和道德文化素质得以全面提升。

以祥云为主要设计元素的火炬，先从海外开始传递，最后进入国内，在我们的神州大地上继续传递，所到之处，无不辉映着我们所大力倡导的人文奥运理想。

然而理想的实现，是要每一个人用实实在在的行动来落实的。

不要奢想谁都是奥运健儿，谁都能到奥运赛场上摘金夺银，绝大多数人，都是各自平凡岗位上的工作者。作为东道主，我们必须秉承泱泱大国的雍容姿态，抱守谦谦君子的翩翩风度，用自己的模范行动，展现文化中国的形象，展现文化中国的风范。

奥运会这个功能多样的展台，世界的目光，在此一时期，将全面聚焦在这里，我们必须对自己的理想负责，让北京奥运成为一个展示自身国际姿态和文化中国形象的现代载体，为中国融入世界提供一个良好的发展机遇。更为重要的是，奥运走进中国的时候，也正是我国实行改革开放政策30周年欢庆之日，以奥运会为窗口，既可以展示新时期中国人民的崭新风貌，也可以检验中国特色社会主义建设所取得的伟大成就。话说回来，人文奥运的精神实质，还在于锻炼人、教育人、熏陶人，以便求得人的自我完善。我们凝目祥云火炬以及团结在祥云火炬下的各国各族爱好体育运动和世界和谐的健儿们，通过奥林匹克运动，传播奥林匹克精神，推动东西方文化的交流，使2008年的北京奥运会，始终体现出其内涵深远的文化追求，达到促进人与自然、人与社会、人的精神和体魄的发展。

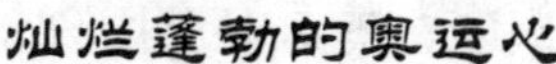

灿烂蓬勃的奥运心

时间过得真快，转眼之间，北京奥运会的火炬在现代化的鸟巢点燃了。这是举国上下普天同庆的大喜事。在此之际，我蓦然想起申办时喊得山响的一句口号：世界给我十六天，我还世界五千年。这是中国人发自心底的声音，我们不会食言，说得到就一定做得到。

来自五大洲的运动健儿和新闻记者，想来都已经感觉到了，东方文明古国的中国，在自己古老的都城北京，还有协办城市天津、沈阳、青岛等，敞开了胸怀，张扬着笑脸，鼓动着手掌，为四年一届的奥运会加油鼓劲。别说是规模空前的开幕式以及此后进行的闭幕式和正在大范围进行的艺术活动，就是北京奥运会的会徽，发给获奖运动员的奖牌等等，无不渗透着中华文化的灿烂与多彩。

在文化不断经济化，经济越来越包裹着文化色彩的今天，我们清醒地看到，文化对经济乃至政治的影响力日益彰显。中国人的目光，以其温和的视线关注着世界，我们希望世界的目光，也能以温和的视线关注中国。

这是我们灿烂蓬勃的一颗奥运心。非常愿意高举理想主义的色彩，涂染包容和谐的奥林匹克精神，热情接纳各个国家、各个民族的多姿多彩的文化，以便实现自身与人类的充分融合，发挥其强大的文化力量。

可以毫不讳言，中国人对奥运会有着不同寻常的情结，其宽博的奥运精神也存在于中华文明的精髓之中。很久以来，中国就有通过符号传递祝福的传统，福娃是北京奥运会的吉祥物，她代表中国人，向世界各国、各族人民传达着友谊、和平、和谐的美好愿望。

在奥运的赛场上，运动员奋力拼博，希望获取胜利，但绝不是为了展示自己多么厉害。有运动员这样说过："你我在赛场上是对手，在赛场下是朋友。"必须承认，这位运动员说得对，他是说给自己的，同时也

是说给全体运动员的。大家在奥运会竞技场上的输赢,又有什么要紧呢?展示才华,取长补短,我们有的是机会,给对方以真诚的祝福,手拉手,共同迎接新的挑战。

我还听人说:“奥运的真谛是夺取金牌。”这句话对吗?对,但不完全对。无论是谁,仅只怀着这样一种念想来竞赛,可能会获得一时的喝彩,但绝对不会永远受人尊敬。

灿烂蓬勃的奥运之心,是崇高的,是圣洁的,她让我们深深地陶醉……随着时间的推移,有许多事将被人遗忘,唯有奥运,会依然明媚在人们的心头。

2008 北京奥运,中华民族的精神注定会更鲜活强劲!

2008 北京奥运,崛起的中国注定会融入世界大同的潮流中去!

老谋子奉献新惊喜

人头马昂然挺立,英雄雕象如梦似幻,伊瑞克提翁神庙六少女石柱翩然舞动,橄榄树从水中庄严升起,几千年前的雅典城邦赫然再现……四年前的雅典奥运会开幕式,在世人的心头激起了怎样大的波涛,我想所有关心 2008 年北京奥运会的人,都会义不容辞地担着一份心了。那是一个标杆,一个只能办得更好,更能表现中华五千年文明的标杆,但是所有人的担心,最后都落在了张艺谋这个老陕肩上了。他能给世人一个惊喜吗?

所有热爱北京奥运会的人都在翘首以待,所有的期待都是压力。千万斤的压力啊,就在 2008 年 8 月 8 日 8 时的国家体育馆鸟巢揭开了盖头,五十分钟的文艺表演,一分钟就是百年,灿烂辉煌的五千年中华文明,在灯火绚丽的鸟巢,在总导演张艺谋的精心调度下,可以毫不谦虚、毫无愧色地说,他“老谋子”决然完成了一个世纪性的大创作,他让国人惊喜了，他让世界震撼了。

必须赞佩北京奥运会的开幕式，场面是博大恢宏的，想象是梦幻奇诡的，效果是庄严热烈的，让人一看，就很强烈地感到“老谋子”的创作团队，所秉持的那种功夫不惊人而死不休的劲头。泱泱中华，就该有这样一场感天动地的、耀日映月的大演出。

此时此刻，我们浮想联翩，为“老谋子”倾心中国百年奥运梦想的奉献而感动。他在我国1993年首次申办奥运会失败后，自觉担起了宣传中国人民热情承办奥运会的责任，组织创作班子，策划拍摄了《新北京·新奥运》的申奥宣传片，让所有看过宣传片的人，无不对中国的浓厚历史和辉煌的现实而折服。正如2001年7月13日那天，中国成功取得2008年奥运会承办权后，在意大利米兰举行的国际体育电影电视节上荣获最佳影片大奖时，评委们评价的是，宣传片精确地阐述了中国人民对奥林匹克精神的深刻理解和对奥林匹克运动的热切向往，向世界展示了北京举办一届精彩奥运会的决心和承诺以及北京奥运会的精髓。

此后不久，张艺谋受北京奥组委的委托，又组队拍摄《中国印·舞动的北京》宣传片。这部宣传片的主题非常鲜明，集中一切手段，都只为宣传中国元素鲜明的北京奥运会会徽。结果在又一届国际体育电影电视节上，无可争议地获得了最高奖。据报道，意大利米兰市中心的多莫大教堂广场设置的彩色大屏幕，从每天早10时起到晚10时止，循环播放的都是《中国印·舞动的北京》，可以说，那节奏明快绚丽的画面，彻头彻尾地舞进了热爱中国以及热爱奥运者的国际友人心里。

听吧，北京奥运会的开场锣鼓敲响了，巨大的声响以光波的形式传递出中华民族走过的历史足迹……突然，从历史的足迹上腾跃起一群飞天的仙女，悬空牵扯出银光璀璨的神圣五环，在古琴悠扬的旋律中，渐渐地隐遁而去，让位给一轴中华艺术中最为绝妙的画卷，任由几位黑衣舞者，在灿若朗月般的白色画轴上，泼墨写意，摹写出形意高古的青

铜器和精巧细致的青花瓷，此外还有盛唐时的《簪花仕女图》和大宋的《清明上河图》，其中更有画轴幻化而成的竹简，由竹简幻化而成的活字印刷，凸凸凹凹，极尽艺术地突出了中华文明的一个核心价值字符——和，和平、和谐、和为贵……唯有朴素诚挚的一个"和"字，才是北京奥运会想要奉献世界的最为崇高的理想。

水墨的画轴统率贯穿了开幕式的全过程，到了高潮的时候，以形写神，形神盎然的传统画卷，蓦然又转变为色彩斑斓的现代生活图景。在这个美丽的图景中，正如刘欢和莎拉·布莱曼合唱的主题曲一样，我和你，心连心，同住地球村……永远一家人。

是的，我们是一家人，我们来到了北京，我们走进了鸟巢，我们还都看见了新奇眩目的星光和平鸽，奋力地带着我们共同的梦想，不懈地昂扬地飞着！

回眸一笑说遗憾

还是赵颖慧，还是杜丽，在四年前的雅典奥运会上，中国枪手双姝，在枪声大作的射击场上，沉着应战，双双闯进决赛，在最后十发子弹定输赢的关键时刻，山东姑娘杜丽顶住了压力，与俄罗斯姑娘金尔金娜展开了白热化的搏斗，最后一枪，金尔金娜还排在首位，高出杜丽 0.4 环。记得当时的央视现场解说员颤抖着声音，为杜丽祈祷着。我在电视机前，握着两只拳头，紧张得都握出了水。击发，杜丽打出 10.6 环，而金尔金娜却只打了个 9.7 环，几乎到手的金牌，瞬间落入杜丽囊中。

那一刻，杜丽回眸笑了，她为胜利而笑。

那一刻，金尔金娜也回眸笑了，她为遗憾而笑。

时过境迁，2008 年北京奥运会圣火点燃的次日上午，赵颖慧和杜丽这对枪手双姝，再次站在了奥运会射击场上。也许是在本土作战，心

头的压力要大一些，预选赛，“三朝元老”赵颖慧就被淘汰了。这对进入决赛的杜丽，无疑又是一个压力，她要独自作战，为中国代表团的首金冲刺了。

杜丽是有这个机会的。可是遗憾，她像上届的金尔金娜一样，功亏一篑，遗憾得连个名次也没有拿上。眼泪在回眸的笑脸上挂着，我想，梨花带雨一定是这个样子了！

奥运竞赛就是这样，特别是射击比赛，哪里会有什么常胜将军。不说别人，只说国家队射击教练王义夫，他六次走上奥运会赛场，金、银牌都拿过，但让人难以忘怀的是亚特兰大奥运会，因为大脑供血不足和神经的极度紧张，打出最后一发子弹后即晕倒在靶台上，以0.1环的弱势，痛失就要到手的金牌。看来，是人总要留下遗憾的。

这一次杜丽没有打好，她很遗憾。这不要紧，我们还有很优秀的选手，会很快把她的遗憾弥补上来。可不，在下午的10米气手枪决赛中，首登奥运射击靶台的庞伟，不就一举夺得了这个项目的金牌吗？

包容失败方获大捷

历史仿佛存入电脑里的密码，走过几年还会壮丽地复制一次，这太叫人兴奋了。还是女子枪手杜丽，四年前雅典奥运会，是她在8月14日举枪横扫，为中国代表团取得了一块金牌，今年的8月14日，在北京奥运会的射击馆里，又是提枪连发，为中国代表团增添了一块金牌。

我们在为杜丽欢呼的时候应该知道，两次身佩金牌心情是大不相同的，雅典时她少年不知愁滋味，蓦然一个回眸的浅笑，成了她生命中至为美丽的一个经典。时过境迁，在北京奥运会上，同为伊人的浅笑，却经历了刻骨铭心的淬炼，使她的浅笑带着一层薄薄的泪光，让人看着，更多了一些动人的力量。

这不奇怪，这是她经历了一次失败后所能做出的必然神态。4天前，万众瞩目的北京奥运会第一金，在她的枪口上闪着高贵的金光，她是大有希望得到的，因为在四年前的雅典奥运会上，她就是在女子10米气步枪的靶台上挑落金牌的，她有理由，更有实力取得这块金牌。可是她失败了。用她自己的话说，过去的四天，是她一生最为难熬的日子。

再次走上射击场的靶台，她要为自己正名。但是头一枪打了8.7环，她不动神色地调整着状态，接下来一发比一发打得好，竟还打出了两个10.8环！我在电视前看着她在射击，心里为她高兴着，高兴她战胜了压力，战胜了失败，战胜了魔咒，历史地成为中国射击队拥有两枚奥运金牌的女枪手。

失败在杜丽面前成了动力，这是因为她的性格有种包容失败的力量。这太可贵了，人之为人，一生中谁不经历失败？失败了趴下去，只会呻吟痛伤，抱怨悔恨，即是弱者的表现。失败了把其作为一种收获，包容起来，看成一块基石，奋起攀登，这该是强者的作为。杜丽做到了，其他人呢？还做得到吗？

在北京的奥运赛场上，失败过的不只是杜丽，还有杨维和张洁雯以及朱启南、赵颖慧、武柳希、小华天等好些个人，他们能像杜丽一样包容失败吗？我想他们都不缺少这样的胸怀和能力，倒是我们社会大众，似乎要差一些。

想想看，在我们的惯性行为中，总是习惯把胜利者捧得高高的，把失败者抛得远远的，绵延数千年的一个观念是：成者王侯败者寇。壁垒森严地为“胜”和“败”划出了一个泾渭分明的界线。

斗转星移，沧海桑田，我们还能固守着那样一个观念不放吗？是时候了，我们必须改变自己的观念，像失败者自己包容自己一样，也来包容失败，给他们送上鼓励，给他们献上感激……这才是我们应该保有的一种情态，30年改革开放，我们的政治日益民主，经济日益繁荣，文化

日益多元，我们是该有这样一个惊心动魄的进步了！

这是我们迫切期待的，正如朝阳的灿烂又常与夕阳同辉，参天的松柏又常与铺地的花草共生，胜利的笑颜又与失意的泪水为什么不能相映？一叶落而知天下秋，包容失败就一定会迎来花繁叶茂的春天。

那对泪汪汪的毛眼眼

上河里鸭子下河里鹅，一对对毛眼眼照哥哥……陕北民歌叠语联翩的演唱，总是特别地动人心弦。北京奥运会的赛场上，虽然听不到陕北民歌的演唱，但却从运动员的表情语言里，随时随地都能体会到陕北民歌的独特神韵。

已为人妻的张宁，能够打进奥运会已属不易，决赛中又力拼羽坛“小龙女”谢杏芳，成功卫冕女单冠军，就更是大不易了。我相信大家都看到了她那双泪汪汪的毛眼眼，是怎样的动人心魄了。从1/4决赛开始，每一场大赛谢幕，我们看到的都是张宁的眼泪。我担心她的眼泪，以为是她孱弱的内心告白。其实不然，那横流的眼泪，恰是她勇敢面对、坚持奋战的宣泄。譬如1/4比赛胜了海外兵团的皮红艳，张宁流泪了，这一次她是为突围而哭；半决赛她胜了印尼黑马尤莉安蒂，张宁流泪了，这一次她是为晋级而哭；决赛胜了队友谢杏芳，张宁又流泪了，这一次她是……我不敢乱想，但又不能不想，她绝对不只是为了卫冕而哭。那对让人心软的毛眼眼里，滑落而出的泪蛋蛋，有着非常丰富的内容。

我们应该知道，她为人妻已经四年，如果不是坚持在羽毛球馆里，她怕也已为人母了。

这是毋庸置疑的。和她同龄的柔道选手冼东妹，就早于她有了自己的女儿。还有单人皮划艇运动员张秀云在8月16号的竞赛中，她三岁的女儿就在池岸上，和亲友团的人在一起，举着鼓励的大牌子，为妈妈加油。

她们是一群可亲可爱的妈妈。比赛时她们是刚强的，勇武的。从比赛场上下来，她们又都是温柔的，亲切的……仔细地看她们的眼睛，她们在电视上说起自己的孩子时，无一不是泪汪汪的……在她们的身上，我看到了一种别样的母爱。

天底下有什么能比得上母爱呢？在北京奥运会上，有个代表德国队出战体操的奥克萨娜·丘索维金娜，她和张宁、冼东妹、张秀云一样，都是33岁的"高龄"了。她5次征战奥运会，无疑是一个奇迹。而支持她走下来的，只有一个单纯的信念：为了患白血病的儿子得到比较好的治疗。

得知这个原由，我想谁都会对她肃然起敬，并为之礼赞的。

在披露丘索维金娜背后故事的网页上，我还看到了日本柔道队天后级人物谷亮子。她也多次参加奥运会，多次获得金牌。在北京奥运会上，她遗憾地只收获了一枚铜牌。但她说了，她要好好地享受奥运，并好好地在北京看一看，她热爱中国文化。可她突然接到了一个越洋电话，说是她的孩子发烧了，她便毅然放弃了个人的全部计划，起程回国，守在了孩子的病床前。

舐犊之情呀！在哪里都不会失去它圣洁的芬芳。这或许正是体育的本原之一。在全面展现竞技之美的同时，更要全面展现人性之美。爱与亲情，还有珍惜、感动、宽容、理解……只有把这一切融合起来，还原成博大的母爱，个人的体育人生才会绽放出更为绚烂的光辉。

请记住奥运赛场上的"母亲"吧，记住她们为自己获得的荣誉，记住她们给予我们的感动。当然还要记住她们泪汪汪的毛眼眼，迷人的毛眼眼……如果可以，还请奥委会铸造一枚母爱的金牌，挂在她们胸前。

是的，金牌是无价的，母爱更是无价。

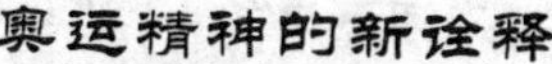

奥运精神的新诠释

“更高，更快，更强”的奥运精神，是大家所希望的，也是大家所遵守的。如不然就没有牙买加短跑名将博尔特破百米大赛的纪录后，再破200米纪录，以及我国选手陈艳青、刘春红连续打破女子举重纪录……这是非常可贵的，但更可贵的还有参赛运动员间的那份尊重，让人似乎更能体会到奥林匹克精神的美好。

在进行体操单项的那一天，我国选手陈一冰倒数第二位出场，他以近乎完美的表现征服了现场的裁判和观众。就在大家以排山倒海般的呼喊为他喝彩叫好的时候，他却颇具绅士风度地举手示意，请大家保持安静，因为后面还有一位选手即将登场比赛。

看到这一情景的人，我想在他的脑海中所能浮现的只能是这样一个词语——尊重。这太重要了。在高扬着人文奥运旗帜的的北京赛场上，是太需要陈一冰式的风度了。他尊重对方，不仅让自己的成绩显得更有说服力，而且使体操竞技的意义得以提升。

我们应该为陈一冰大声叫好，同时还应为杨威而欢呼。我不敢肯定杨威受了陈一冰的启发，但心有灵犀的是，他在赛后的记者采访时，亲吻着那枚刚出炉的银牌，说他“心里多少有些舍不得”但还是决定把这枚银牌捐给地震灾区，这是个太让人感动的举动了，他这一捐，使得奥运会的精神，得到了一次熠熠闪光的新诠释。

杨威向地震灾区捐献银牌，固然与他身为四川籍运动员有关，但更与奥林匹克运动有关。诚如他说：“当我看到了罗格决定，由国际奥委会向汶川地震灾区捐献400万美元的报道时，自己感触很深。我是参加奥运会的一名运动员，更是一名中国人。所以我最近一直在想，用一个有意义的行动，为汶川地震的重建尽一份自己的力。”

在杨威慷慨捐献奥运会奖牌的日子，距离汶川大地震差不多刚好

百日时间，以当地风俗，有幸活下来的人，都要焚香化纸祭奠遇难亲人。别的地方怎么样我不知道，我从网上看到，仅北川县城一地，就在开禁的那一天，有3万余人走进废墟，哀祭悲奠，缭绕的纸灰，弥漫了整个县城。我想他们一定知道北京奥运会赛场，以杨威为代表的参加者都是心系灾区的。在此之前，就还有中国羽毛球队主教练李永波，捐出了"汤姆斯杯"三连冠的金牌，以及张宁、高崚等十多位队员的签名球拍、球衣等拍得的善款66.5万元，用于在地震灾区修建一所"春蕾小学"……这是非常长的纪录，我在这里无法一一列出，我只有为这种博大的爱心而感动。

这是源于体育运动的爱，因为有爱，又使体育运动显得更美。是的，我们在为杨威他们给祖国带来荣誉而自豪，在为杨威他们在运动场上的拼搏而感动，那么，我们更应该为杨威他们心系灾区的爱心而叫好。

轰轰烈烈的北京奥运会已近尾声，但人类抵御自然灾害的艰苦历程却还远远没有到头。获奖的运动员不可回避地成了公众人物，我们寄希望于他们，用自己的行动带动更广泛的社会爱心，一齐伸出手来，抚慰地震带给汶川人民的伤痛。而这与奥林匹克所倡导的不屈不挠、挑战极限的精神，不仅是一种契合，更是一种升华。

柔情催泪亦刚强

因为存留在心头的那份特殊感情吧，坐在电视机前观看中国女排的奥运比赛，心里自然多了些担心和害怕。小组比赛三赢两输，跌跌绊绊进了八强，碰上了风头正劲的俄罗斯队，却突然爆发了超乎寻常的能量，3:0干净利落地收拾了这只拦路虎，昂首挺进半决赛。让热爱女排的人们长出了一口气，心说这才是咱的女排姑娘，她们心态平和，敢打敢拼。但在8月21日的晚上，碰到的是世界排名第一的巴西队，她们

的状态可谓如日中天，中国女排却不畏强手，与其展开了殊死的拼搏，最终因为技不如人而败北，但我们并不抱怨她们。她们尽力了，我看见，在她们鏖战正酣的队伍中，有一个身影是很突出的，她时而高高跃起扣球，时而鱼跃扑地救球，脸上永远是股刚毅的、不服输的劲头。她是谁呢？她就是女排老将周苏红。

看着周苏红舍命拼搏的身影，我不知为什么，眼里热腾腾的，总想大哭一场。

周苏红搏杀在排球场上，她是会想起自己的夫君汤淼的。原为中国男排骁将的汤淼，曾经约定两人同时站在北京奥运会的赛场上。这个约定是有条件的，在备战的中国男、女排阵营中，他俩是铁定的主力。然而一场意外，汤淼于去年受了伤，这个美好的约定，只能由周苏红一人来实现了。

受伤的汤淼，不能参加奥运会，甚至还不能到现场为周苏红加油。这是痛苦的，非常痛苦。但这并不影响他俩的爱情，在奥运会的激烈比拼中，又得到了一次升华。我从媒体的报道中看到，周苏红出战奥运前对汤淼说，你是我生命的一部分，而且是最重要的一部分。汤淼鼓励周苏红，说我虽然不是为你而生，但我会为你而活。他俩的话传到男、女排球队，教练和队友无不感动落泪。我们球迷呢？听到这样的话，能不心动吗？我所以想哭，就在于此，心想活人就该有这样的真感情。

无独有偶，我在8月19日的晚上，看见夺得举重项目最后一枚金牌的德国运动员施泰纳，站在领奖台上的铮铮铁汉，却难禁泪流满面。他带来了亡妻的一幅照片，当着天下观众的面，深情地亲吻着妻子的遗照，并把金牌及其荣誉全部献给了爱妻。施泰纳的爱妻苏珊，与施泰纳也有一个约定，就是双双参加北京奥运会，在赛场上为施泰纳加油助威。可是一场车祸，夺去了苏珊的生命，施泰纳就只有单身一人随着德国代表团前来北京参赛。他说了，他虽孤身一人出战举重台，但他能感

受到爱妻苏珊的身影，是随他一起来了，他能最终获取金牌，也有爱妻苏珊奉献的一份力量。

输了。赢了。在赛场之上是重要的，但在赛场之外，可能也是重要的，但绝不是最重要的。他们与恋人，与妻子或丈夫，还有家人的感情，是高于一切的。这是激烈拼搏后的一抹温情，丝丝缕缕，绵绵缠缠，缱缱绻绻，却是能够感动天、感动地的。

我不能自禁终是哭了。

让奥运驱散硝烟

续写新锐传奇的郭文珺，在10日进行的女子10米气手枪决赛中，愈战愈勇，最终挑落金牌，延续了初上奥运竞技场即夺冠的神奇。辉煌的颁奖台上，国歌奏响了，国旗升起了，我们在为郭文珺欢呼的时候，可否注意到银牌获得者帕德丽娜和铜牌获得者妮诺·萨鲁克瓦泽，她们一为俄罗斯选手，一为格鲁吉亚选手，依然满面笑容，除了向获得金牌的郭文珺表示诚挚的祝贺外，她们俩还越过郭文珺，幸福地相拥在一起，高举起手中鲜花，向现场观众频频致意。

这是个意义特殊且感人肺腑的相拥。因为我们知道，就在帕德丽娜和妮诺·萨鲁克瓦泽一起走上10米气手枪靶台的前一天，她们的国家在南奥赛梯地区爆发了激烈的军事冲突。据新华社转引自法新社的消息，仅在9日以前，猛烈的炮火已经造成至少1500人死亡，超过30000名的难民涌入俄罗斯境内。

冲突的是是非非，也有新闻分析做了深入的探讨，但这不是我在这篇文章中要说的，我想说的是，神圣的奥林匹克运动会拒绝残酷的战争。

这是奥林匹克运动创建之初就确立下的一项协定，而且受到了世界各国爱好奥林匹克运动者的普遍尊重。

两千多年前，古希腊人创办了奥林匹亚竞技会，以体育为舞台，播下了和平的种子。公元前884年，伊利斯王和斯巴达王率先签订了意义深远的《神圣休战条约》，明确规定奥林匹亚（古代奥运会诞生地）为神圣的无战区。这体现了人类自古以来对和平与友谊的渴望。

1993年10月，在联合国第48届大会第36次全会上，与会代表一致通过了由国际奥委会倡议，奥委会全体成员国签署了“奥林匹克休战”提案。提案倡导在奥运会期间和奥运会前后各一周，各成员国放下武器，停止战争，让全世界人民在和平的气氛中欢度四年一度的奥林匹克节日。

去年10月，第62届联大一致通过了由中国提出、186个会员国联署的《奥林匹克休战决议》，号召联合国成员国单独或集体采取积极行动，在奥运会举行期间实现休战。

然而不幸在北京奥运会举办的日子还是发生了。在中亚的南奥塞梯地区，格鲁吉亚军队与当地武装力量之间爆发了严重冲突，随后俄罗斯在南奥塞梯驻守的维和部队紧急采取行动，并调集增援部队，迅速开赴冲突现场。一场战争箭在弦上，让国际奥委会新闻宣传部部长吉赛·戴维斯，在北京不得不举行新闻发布会，对不断升级的南奥塞梯冲突表示遗憾。她强调，在世界上任何时间、任何地点发生的冲突，都是我们这个世界不想看到的，这是与奥林匹克理想相悖离的，我们希望通过运动让人们团结在一起。

俄罗斯的帕德丽娜和格鲁吉亚妮诺·萨鲁克瓦泽，以她们的实际行动，完美地诠释了奥林匹克精神的高贵。她们在自己的内心可能都还忧虑着两个国家的冲突，但她们在赛场上，却给世界展示了可贵的友谊。

她们使人感动，感动神圣的奥运以爱和友谊驱散战争的硝烟。

跨越疆界的美丽

郎平统率的美国排球队，在奥运赛场上和中国女排真刀真枪地打了一回，叮叮咚咚的击球声，每一个都击打在球迷的心上，让人难以平静。在这里，输球和赢球已退到了其次，大家可能想的是，咱的"铁榔头"怎么能在自己的国土上，对抗自己的球队？

持这一观点的代表人物是聂卫平。有"棋圣"称谓的聂卫平大概是太爱护中国女排的荣誉，因为他在上世纪80年代末的时候，在对日围棋擂台赛上，数次刮起战胜日本队的"聂旋风"，与此同时，中国的老女排也在国际赛场上赢得了辉煌的战果，"五冠王"的头衔绚烂夺目。"铁榔头"就是其中最为耀眼的一颗巨星。身披如此巨大的荣誉，"铁榔头"郎平率队对抗中国队，让"棋圣"聂卫平就很不满了，他在奥运开幕前出差回京的当日，在首都机场见到采访的记者，便大嘴一张，炮轰了郎平，并捎带着把所有海外教练数说了一番。他说：我就搞不懂，为什么他们就不能为国效力，非得出国去执教其他球队？自己人把自己人打赢了，很有意思吗？别忘了，你们是中国人！

听其言，我们的"棋圣"聂卫平是很愤怒了。但我不知道昨晚8时的比赛他看了没有，如果看了，他会不会把自己家的电视机砸了！在此，我想劝一劝聂卫平，咱已过了"愤青"的年纪，可别火气大伤了自己的身体，且听郎平自己是怎么说的。

郎平说，我相信中国球迷会理解我的，并会为我而骄傲，而我也会为我是中国人而自豪。美国是一个体育大国，他们愿意聘请一位中国人来教他们打排球，这是一种非常开放的态度。而且我们国家的体育界也是非常开放的，也从国外聘请了不少教练，来带我们的队伍打比赛。郎平说的都是实话，8月12日的击剑赛场上，就有一位叫鲍埃尔的法国老头，教练了中国的佩剑运动员仲满，生生地从他的法国剑客手中夺走了金牌。

现场的情景是这样的，仲满依靠鲍埃尔教给他的杀手锏劈击拿下最后一分，从而以15∶9拿下对手，为中国男子剑客圆了奥运金牌梦。第一时间冲上剑台向仲满祝贺的就是鲍埃尔，他俩紧紧地拥抱在一起，脸上泛着激动的泪光。此其时也，许多人和我一样，都还不知道这位洋老头是谁。跑到网上去查，这才知道洋老头就是我国聘请的法籍主帅。

法国是世界击剑强国，鲍埃尔是当今世界剑坛的著名教头。2006年入驻中国佩剑队，专心于仲满、谭雪等弟子的教练，如今仲满夺冠，谭雪与女子佩剑队的几位骁将，又在半决赛中打败了法国队，昂首挺进决赛，取得银牌。这样的现实，如果以聂卫平们的认识来评判，鲍埃尔不啻一个卖国的法奸。

也许是我闭塞，没有听到法国人这么说。而据网络消息称，法国来北京参加奥运会的官员还表扬了鲍埃尔，说他在推广普及欧洲先进的击剑技术上做出了有益的贡献，并对推进中法友谊起到了积极的效果。

所以说，“铁榔头”郎平率领美国女排参加奥运会，在当今世界大交流、大融合的潮流中，是一点都不错的。而且，奥林匹克运动的精神就是超越国界的，正因为此，才更为世界各国人民所赞同，所喜爱。

由此我要说，奥林匹克运动的荣誉，无不都是跨越疆界的美丽。

四个福娃惹人爱

他们不是北京奥运吉祥物福娃，但却胜似北京奥运吉祥物福娃，他们是参加奥运开幕式演出的林妙可、朱巧妍、李木子和林浩，他们是幸福的，非常幸福地在全球40亿观众面前，进行了一次幸福的表演。

“五星红旗迎风飘扬，胜利歌声多么响亮，歌唱我们亲爱的祖国，从今走向繁荣富强……”传唱了半个世纪的《歌唱祖国》，在灯火灿烂的鸟

巢中，由一袭红裙的9岁娃娃林妙可演唱出来，让许多人感动得泪流满面，她可爱大方的形象，真挚纯洁的感情，美妙甜润的嗓音，深深地刻印在人们的心里了。不仅是我国的媒体盛赞林妙可，就是国外媒体，也不惜笔墨，大赞林妙可“太可爱了，她的演唱很动人，让人们很受感动”。演唱的歌曲也非常适合这样欢乐的气氛。

同样是9岁的朱巧妍，北京奥运会开幕式结束后，人们送了她一个“风筝姑娘”的爱称。家在安徽淮南的朱巧妍，在她出演的节目中，是要借助威亚（钢丝）在20余米的空中，放飞一只翩翩舞蹈的风筝，距离是从鸟巢的一端放起，一直放到另一端。这是难度很高的表演。年龄尚小的朱巧妍，在空中的表现是那么地自如和轻松。也难怪，朱巧妍是沈阳军区前进杂技团的学员。开幕式策划了这样一个节目后，杂技团推荐了朱巧妍和另外一个女孩，幸运的是两人双双获选，只是朱巧妍列为主角，那名女孩儿做了替补而已。

朱巧妍没有辜负大家的期望。八月份到北京后，尽管天天都在排练，但她不喊苦叫累。顺利完成节目演出后，有记者采访她，她竟还说：在空中我还能做空翻呢！

李木子只有五岁，与钢琴家郎朗同奏钢琴，为开幕式营造星光浪漫……这是作曲家叶小刚和邹航专为北京奥运会开幕式所作的新曲，原名叫《放飞理想》，后改名《星光》。是夜无垠的星光，浪漫的旋律，如银河飞溅的珠玉，星星点点，洒落在欢乐的鸟巢中，使人如饮佳酿，都要迷醉在其中了。

李木子四岁学习钢琴，她的活泼可爱，在与郎朗的合作中，一点都不怯生，虽不能说天衣无缝，却也堪称万无一失。难怪表演结束后，郎朗抱起她说，你有出息。

身高2.26米的姚明再次成为奥运会入场式旗手，应该不太出人意料，而九岁的林浩与巨人并肩成为小旗手，应该说是一个大意外。

来自四川灾区映秀小学的林浩，我们并不陌生。当汶川5.12大地震发生时，在班里当着班长的小林浩和他的很多同学都未能及时跑出，被压在黑暗的废墟下。小林浩却表现出了超越年龄的成熟和镇定。他扒开压在身上的砖石，侥幸地爬出废墟后，并没有自己逃离，而是在废墟下刨出通道，一次再次地钻进废墟，营救他的同学。艰难的救援行动，先后救出了十名同学，其中有两名是他背出来的。他却不幸受了伤。

林浩被评为抗震救灾优秀少年。他以小旗手的身份，走进北京奥运会开幕式，似乎不能简单地说是一个创意，或是一个汶川元素，而是在这一出人意料的细节中，展现了一种感动和温暖，当然还有一种坚强和信念，这在小林浩不断挥舞的小幅国旗和小幅奥运会旗的笑脸上，看得最为清楚。

文珺能有几多喜

在中国射击队，小将初战奥运会即夺金牌似乎成了一个规则。过去的岁月是这样，像陶璐娜、杜丽等，今日的北京奥运会亦是这样，当屡次参加奥运会的赵颖慧和上届一战成名的杜丽在气步枪决战中铩羽而归时，首次亮相气手枪决赛靶台上的庞伟，顶住压力，令人信服地又射落了一枚金牌。

从西安出发的郭文珺能否延续神奇小子庞伟的状态？我不知道别人是怎么想的，咱老陕今天抱着电视观看女子10米气手枪决赛的人，肯定都是这么希望的：延续神奇。

预赛中，与郭文珺联袂出战的世界纪录保持者任洁早早出局，她独自出战，以落后俄罗斯名将帕德丽娜1环的成绩，向金牌发出最后的挑战，10发子弹，头1发打得不是很好，接下来发发命中高分，把帕德丽娜甩在了身后，到第7发时，她却打了个9.7环，形势在此一时刻变得严峻

起来，因为她和帕德丽娜的成绩仅有0.5环的优势，但她不慌不忙，打第8发10.8环，打第9发10.7环，有这两个关键的得分，最后一环打中8环冠军都是她的了，而她又打了个9.7环，让这枚黄灿灿的金牌完美地挂在了她的胸前。

郭文珺是好样的，她逆转战胜帕德丽娜，再次书写了新锐传奇！

这叫我不禁想问，幸福的郭文珺，你会为中国的射击运动创造几多喜？此后我们可以期待，此前我们已经知晓，在她进国家队三个月的时间，便受命参加多哈亚运会，先拿了一个个人赛的银牌，又拿了一个团体赛的金牌；就在她备战奥运会期间，她参加世界射击巡回赛，出战两站，就拿了两站冠军；奥运选拔赛，国内10米气手枪高手为了有限的出线名额大战靶台，是她以494环的优异成绩让任洁保持了9年的世界纪录黯然失色。

喜讯连连，喜上加喜，最喜的一个人应该是郭文珺的妈妈了。当然，郭妈妈在收获喜悦的同时，也应该是最紧张的一个人。在京征战的郭文珺可能还不知道，昨天杜丽泪洒赛场时，妈妈心里有多难过。为了不影响女儿打好比赛，心焦心急的妈妈不敢到现场去，在家里几个晚上都睡不好觉。现在好了，郭妈妈已买好飞往北京的机票。明天，妈妈将在女儿奏凯的奥运村相见，收获了金牌的女儿，该有一个与妈妈欢欢喜喜的奥运旅行。

像接受胜利一样接受失败

万众欢呼，万众瞩目，万众揪心，万众……在国家体育馆鸟巢，十分兴奋的观众就这样迎接110米栏的英雄刘翔，可是仅过了五分钟，万众就只能目瞪口呆！

因为脚伤，刘翔退赛了。他一瘸一拐走路的姿态，他痛苦失望的表情，叫谁看了都会遗憾不已，并牵动自己的面部肌肉痛伤起来，而导致语言理性的失控。不是吗？请到网上看看去，有专业体育评论员的质疑，更有跟帖网民的口水。我看不下去，就把电脑关了，倒在沙发上闭了一会眼，觉得心里太堵，就又起来，翻出纸笔来为刘翔的退赛说几句话。

大家想一想，从雅典一步步走到今天，刘翔为国家夺得了多少荣誉，为大家带来了多少欢乐。今天，他遇到了困难，我们为什么不能多一点理解，多一点等待，他还年轻，如果把问题解决得好，调整得有度有法，相信他还是有机会的。真正关心他、关心中国田径的人，应该有这个耐心，像接受胜利一样接受失败。

刘翔的伤是老伤，赛前的消息虽然莫衷一是，但他的大腿伤和跟腱伤，却已不是秘密。伤病是运动员的大敌，许多优秀的运动员都不是对手打倒的，往往倒在自己的伤病下。就在他之前约10分钟时，美国名将特兰梅尔在起跑后跨过第一个栏，就也突然地减速下来，他像后来的刘翔一样，也是极度地痛苦和失望。对此，我不知道美国观众会不会像我们一样，去质疑和大吐口水？我不知，但我想一定不会比我们激烈。

奥运会不只是一届，运动员也不只一个，怎么能把生命的赌注都押在一届奥运会和一个运动员身上呢？这就是我们的悲哀了。在田径场上，太少刘翔这样的英雄，所以我们就把自己的理想和盼望都押在刘翔身上，期盼他能为咱出一口气，争到就高兴，争不到就吐口水，实在是太不应该了。

听听刘翔的话吧："北京奥运会不是我生活的全部。"我是要为他的这句话叫好了。他的未来还很长，不计较一城一池的损失，不在意樱花般瞬间的灿烂，唯如此才能赢得新的辉煌。

总是新锐写传奇

纪录频破、佳绩频出的北京奥运会，热火朝天地度过了十多个日日夜夜，回想那被摘去的块块金牌，既有老将的新成就，更有小将的新辉煌。而且是初生牛犊不怕虎，一些特别的传奇，总都是由新锐所书写。

牙买加百米运动员博尔特，历史地把百米大战纪录压缩进 9.6 秒的大关……便是这样的传奇，我也只想一笔带过，我是中国人，我想盘点的是中国新锐在奥运会赛场上的传奇。

开赛头一天，13 亿中国人眼巴巴地盯着女子 10 米气手枪的决赛，这是北京奥运会的首金，我们是想拿的，参赛的杜丽也有实力拿这个金牌，但她却遗憾地丢掉了。跟在她身后站在靶台的是中国射击队小将庞伟，小伙子不比杜丽，在雅典奥运会已夺得一块金牌，他是两手空空，举着一把气手枪，一路打进决赛，最后以 688.2 环的优异成绩夺冠。当日比他要早几个时辰，女子 48 公斤级举重台上，中国姑娘陈燮霞登场了，杜丽的失利，给了她为中国代表团夺取首金的机会；她果然不负众望，6 次试举 6 次成功，最终以抓举 95 公斤，挺举 117 公斤，总成绩 212 公斤的绝对优势，首夺奥运会金牌，并创造了新的奥运会纪录。颁奖结束后，陈燮霞面对热情的观众，又是吐舌头，又是做鬼脸，尽显一个小姑娘的俏皮与可爱，惹得网上一片叫好声，并有众多网友留言：小霞，我们都想抱抱你。

两位新锐首日带了个好头，接下来的日子，又有射击选手郭文珺和陈颖，举重选手龙清泉和廖辉，跳水选手陈若琳和王鑫，击剑选手仲满，赛艇选手唐宾、金紫薇、奚爱花和张杨杨，体操选手邹凯和何可欣，射箭选手张娟娟……我在这里是数不胜数了。总之，在中国代表队获得的所有奖牌中，新锐们所获枚数过了一大半。

江山代有才人出，青年新锐在比赛中脱颖而出，也是符合历史发展规律的。这里有组数字，从侧面也能说明这一问题，就是参加北京奥运

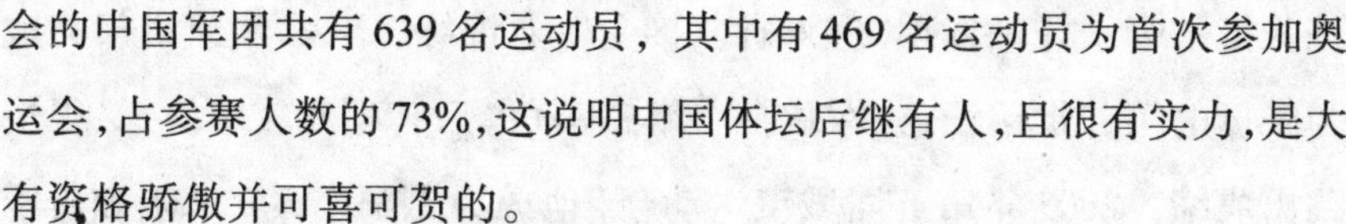

会的中国军团共有639名运动员，其中有469名运动员为首次参加奥运会，占参赛人数的73%，这说明中国体坛后继有人，且很有实力，是大有资格骄傲并可喜可贺的。

新锐们取得的成绩，不断地为他们证明着，到了18日和19日的蹦床比赛中，就又蹦出了男、女两枚金牌，他们两位分别是十九岁的女选手何雯娜、19岁的男选手陆春龙。何雯娜很漂亮，嘴甜，又爱画画，在闽西的龙岩故乡，她从小爱跟着母亲去买菜，路上见到收废品的都要问“阿姨好”。进了龙岩少年体校，不论训练多艰苦，晚上睡觉前都要画一张画。陆春龙却不然，小时候十分淘气，下课总是第一个冲出教室，在操场上翻筋斗、吊单杠、竖蜻蜓……两个19岁的新人，不论出身如何，最后爱上的都是蹦床运动，而且一亮相，又都顺风顺水地取得了金牌，真的是要为他们而高兴了。

8月20日的下午，孪生姐妹蒋婷婷、蒋文文，在女子双人花样游泳池一出场，就让人忍不住心跳加速。姐妹俩把神鸟孔雀在池水里演绎得水花四溅，无限美好，只可惜签位不佳，最后以微弱的分差屈居第四名，未能获取奖牌，但我相信看过她们姐妹表演的人，都给她们送上了用心铸造的奖牌。

新锐展示了新气象，但过四年，到下一届的奥运会上，新锐也将变成老将，但愿成了老将而不失身上的锐气，似乎才是最可贵的。

“秦”将秦“凯”水立方

跳水王子田亮无缘本届奥运会，对他葆有特殊情感的三秦父老是心存遗憾的。但是随着秦凯昨日在水立方的完美表现，与同伴王峰勇摘3米板跳水金牌，我们的遗憾蓦然全被消解了。

西安娃秦凯四岁时入市体校接受体操训练，8岁时被著名跳水教

练张挺的妻子谭敏发现，选入省队接受专业训练。不久，秦凯继田亮成为张挺的第二批弟子，并在跳台上崭露头角。后转型专攻跳板，又很快跳出成绩。2003年第五届城市运动会，他成为男子个人3米板和男子双人3米板的“双冠王”。无论是跳台还是跳板，只要秦凯参加比赛，别人就要高看他一眼。正像加拿大跳水名将德斯帕蒂对记者说的：“很多时候对秦凯没有办法，他没有失误，是一种惊人的稳定。我真的怀疑他是不是无懈可击。”正因为如此，秦凯在2007年的世锦赛上成为王者。那届比赛，他令人羡慕地身佩3米板单、双两块金牌。

梦幻般的水立方，因为秦凯和同伴王峰的高超技艺而沸腾了。热情的观众都站在看台上，鼓掌欢呼，其中就有他的恩师张挺，就有他的师兄田亮。在此之前，为了师弟秦凯的顺利夺冠，田亮毫无保留地帮助他做着准备工作。他认为秦凯的实力不成问题，但没有参加过奥运会，在这方面田亮是很有经验的。他告诉秦凯一些必须注意的小细节，以及一些用于减压的小方法。张挺在比赛结束后，站在观众席上，向他的爱徒招手表示祝贺。我注意到了，张挺的眼里噙着泪水，秦凯的眼里也噙着泪水，师徒俩噙泪笑着握了一下手。

秦凯的老爸叫秦钢，他在西安的省游泳运动中心和关心秦凯的亲友们观看了这场比赛。钢铁一般的老爸，到秦凯王峰最后一跳获得94.8分的那一刻，兴奋得跳了起来，眼里蓦地也噙满了泪水。这让我不由怀疑，水立方泛着蓝色光斑的跳水池，是掺了许多泪水的。

这是喜悦的泪水呀！纵然咸涩却也甘甜。

时尚，以奥运的名义

优雅绝伦的走板，轻盈灵动的起跳，迷目眩眼的翻转，碧波微澜的入水……在我们欢欢喜喜地看着跳水名将郭晶晶在水立方几近完美的

表演时，你可发现她手腕上始终戴着的卡地亚情侣手绳？据说这是时尚爱人霍启刚给她系上去的。这使她在北京奥运会上的卫冕之旅可谓充满了甜蜜，她不再只是那个圆脸脸的单纯跳水运动员，而是一个彻头彻尾的"时尚达人"。经常地，会以烟熏妆、高跟鞋和晚礼服示人，对皮肤和头发的保养更是一丝不苟，在每周必做的一次专业美发护理的时候，不会忘记天天用深层次保护液滋润皮肤……在外媒的大幅报道里，她当仁不让地成为"最性感运动员"。

没法知道"大力神"赫拉克勒斯在第一届奥林匹克运动会上大出风头时，可否想过后来的奥运会，让时尚借着奥运会的名义大行其道。

仔细地过滤北京奥运会，郭晶晶的时尚并不孤单，几乎所有的运动员，在镜头前晃过的时候，都能发现存在于他们身上的时尚元素，譬如发型，德国男篮的运动员，受到诺维茨基的蛊惑，全都剪上了奥运五环的标记；还有我国的马拉松名将周春秀，她的头发既时尚又个性，头的顶部是根根竖起的短发，渐渐下移，却又蓄起一撮飘逸的小辫子。再譬如首饰，项链、耳环、手镯、发卡，无所不有。典型如古巴旋风小子罗伯斯，在110米栏的比赛中，他脖子上粗重的纯金十字项链，像他一样耀眼惊人；虽然无缘女网单打决赛，却也创造了中国网球奇迹的李娜，总是佩戴着古风犹存的长耳坠，不免让人好奇，猜那是否就是她的幸运耳环？与之成为鲜明对照的，还有美国网坛的黑人姐妹大威和小威，在她们的耳朵上，毫不吝啬地佩戴着价值不菲的钻石耳环，一个前冲，或一个后撤，都能看到钻石耳环闪耀的光辉。

还有无奇不有的文身和绚丽多姿的彩妆。

最突出的文身，自然要算美国"梦八"队的超级巨星了，他们各有各的特色，各有各的深意。就说技惊天下的科比，他右臂上的文身就格外引人注目，因为他身上这唯一的文身，是为爱妻瓦妮莎刺上去的，有文身在身，他的爱妻瓦妮莎就永远在他身边。

最明艳的彩妆，自然要数中国花样游泳队的孪生姐妹蒋文文和蒋婷婷。身穿具有中国特色的红色凤凰图形泳衣，不论是在泳池边，还是在泳池中，动动静静如人体彩绘般惊艳。为了搭配身穿的泳衣，姐妹俩选择了桃红色的眼影、粉红色的腮红和大红色的唇膏……有时尚人士评论，看了花样游泳，才晓得彩妆之于人的美丽，是没有什么可取代的。

星星点点……在北京奥运会即将落幕的时候，我以我的双目所能看到的时尚元素还有不少，但我没有篇幅一一罗列了，而我却还以为，所有时尚，比起奥运比赛本身来，都是要稍逊一筹的，因为以体育竞技为标志的奥运会，才是让人最为期待的大时尚，自开始到现在，从不落伍，从不凋零，且与时俱进，总是站在时尚的前列，让人喜欢并追逐。本质地反映在体育的身上，原来就是从不过时的时尚。就说刚在排球场上获得季军的中国女排以及在篮球赛场上征战的中国女篮……她们矫健的身影，她们满脸的汗珠以及赛后喜极而泣的眼泪，总是让人心动，谁能说这不是时尚？

因此我要说，体育和健康才是最根本的时尚。

“嫩草”哪堪比“老姜”

对于“国”字号足球队，总以为自己已经心死，其实不然，在每一次快要心死的时候，却有一种不甘在心头，因此就又怀着一份期待，还要欣欣然地关注他们的表现，为他们再一次心碎，或者是欢呼。

北京奥运会，男、女足无须打外围赛，全都以主场的名义进入决赛。他们在主场竞技，给球迷的期待似乎要高一些，但小组三战结束，男足给人的结果，又是不可逆转的一次心碎，他们太粗糙、太粗暴了，连主场球迷都无法忍受地给他们喝了倒彩。最典型的表演出现在与比利时的那场对决中，当值裁判接连给了中国队两张红牌，一张出自谭望嵩的飞

踹,另一张出自郑智的肘击。这太羞耻了,我们可以技不如人,我们可以输球,但我们绝不能暴力,那只能让人看不起。

好在我们还有女足,她们初战赢了欧洲劲旅瑞典队,再战平了人高马大的加拿大队,三战技术细腻的阿根廷队,2∶0完胜对手,最后以小组第1名的资格出线,为脆弱的中国足球队壮了一些声色,也让热爱中国足球的球迷舒服地喘了一口气。

可这一口气喘得多不容易！曾记否,2004年8月11日,在雅典奥运会的赛场上,中国女足首战德国队,到最后一声哨响,我们的姑娘被德国人狠狠地连咬八口。贾平凹先生在西安的家里看球,看得他满身伤痛,忍不住写了一篇短文,把中国女足比作了一撮“嫩草”,说是德国队的一帮“肥牛”,见了嫩草焉有不吃的道理。

我佩服贾平凹先生的睿智,遣词用字极其精妙,其绝妙的“嫩草”说,是太有深意了。

以中国女足为例,原来好好的一个队伍,闯荡世界,谁不敬咱三分?可是搁在中国足协的手里,就没有这么尊重了,换一个主管,便出一个思路,而且非得按他的思路来弄,谁不听话,谁就走人。七八年下来,数一数,上马了多少主教练,又下马了多少主教练……足协的指挥棒忽儿要与世界接轨,弄出个能讲一口流利外语的张海涛来担纲,试了试不行,就又推出个男子化的概念,把武汉男足以铁腕治军著称的裴恩才又弄了来,试了试还是不行,拍了拍脑袋,又在全国搞出个海选主教练的劳什子,这次不错,选出的是马良行,应该说他这匹“马”有“良”策还真“行”,把队伍带得有模有样时,足协官员却不放心,在女足破天荒地弄了个“队委会”,要集体领导。玩了玩,马良行不愿意,回家了。足协的眼光便越过重洋,在世界上寻找主教练,先请了莱曼斯基,再请了伊丽莎白,走马灯似地换教练,没把队伍换得强起来,而却日暮一日,几乎要

提不起串儿了。

这时，老帅商瑞华浮出了水面，他被足协打捞出来，率领中国女足征战奥运会了。要知道，商帅可是在17年前，因他为女足流了两滴眼泪，被足协即摘了帅印。那时的中国女足是多么辉煌啊！糟蹋到今日，商瑞华复出带队，还能把女足带出来吗？一切的怀疑，在仅有百天的时间里不断地被校正着，商帅能把女足带出来，他奥运会小组三战，为球迷已经做了肯定的诠释。

为此我想说，贾平凹先生所说的“嫩草”，要我理解，其实不是指的球队，也不是指的球队教练，而是讲的中国足协。一任一任的当家人，看似意气风发，踌躇满志，很有章法，最后的结果却一次一次地证明，不过都是一撮“嫩草”。

“嫩草”们黔驴技穷，打捞出商瑞华这颗“老姜”，辣得确实有味。为此，他们是否可以认真总结一下，看自己“嫩”在哪里？也不失为对中国足球的一个贡献。我很高兴，中国足协已有这样好的端倪。像在女足担任领队的朱和元，就很低调地躲在商帅的背后，很少指手画脚；还有谢亚龙主席，也同样低调地不再深入女足战前的更衣室，大话连篇地给队员训话了。

老树新花更娇艳

老树开新花，娇艳更迷人。在昨日中午举行的男子体操团体赛上，黄旭、杨威、李小鹏几员老将，率领几员小将，勇夺男团桂冠，让人感动之余，不禁想起此前进行的56公斤级女子举重台上的陈艳青。她三次退役，三次复出，又一次站在北京奥运会的竞技场上，书写着一个老将的传奇。

当时的举重现场太安静了……抓举位列头名的陈艳青，在进行挺

举决赛时，头一把即举起了130公斤的杠铃，再一把又举起了132公斤的杠铃。这是她打破奥运会纪录的一举啊！现场的举重迷们在热烈地给她鼓掌，向她表示祝贺，可她没有满足到手的成绩，第三把又要了个138公斤的重量，这与她两分钟前打破的纪录相比整整高出了6公斤！正是这惊人的一个重量，在举重台上报出来后，现场的掌声匿迹不见了，波动的空气在这一刻似乎也凝固了，只看见陈艳青走到举重台口，稍事停顿，即昂首走上举重台，对着满场的观众一声大吼，然后下蹲，抓杠，提拉，推举……整套动作一气呵成。她成功了！面不改色心不跳地完成了这一超常的奥运会纪录……安静的举重场馆，顿时沸腾起来，鼓掌声，尖叫声，几乎能把钢结构的屋项掀起来。

多么可贵的安静啊！原来是痴迷的观众为孕育即将出现的辉煌所做的铺垫。

这个美丽的铺垫，毫不吝啬地献给了陈艳青，而且还在此前，献给了跳水名媛郭晶晶和吴敏霞，献给了柔道秀姝冼东妹……她们可都是几上奥运会赛场，数夺奥运会金牌的大腕。

在她们之中，尤其令人敬佩的也许当数做了妈妈的冼东妹。33岁的她，在柔道场上算得上高龄选手了，可她在10日的北京科技大学体育馆里，与杀入决赛的朝鲜选手安琴爱展开了殊死搏击，并成功地战胜对手而卫冕桂冠。

要知道，雅典奥运会女子柔道五十二公斤级比赛金牌获得者冼东妹，回国后即宣布退役。做出这个决定，她是从自身条件考虑的，这在她的病历表上写得明明白白。1996年亚特兰大奥运会之前，代表中国出战世界大赛和亚洲锦标赛的冼东妹，造成左膝十字韧带断裂，经骨科医院专家会诊，确定她左膝关节严重坏死，为了能继续她热爱的柔道运动，她接受了骨科专家的意见，在她的左膝膑骨中打进了三根钢钉。她带着这三根钢钉打进了2004年的雅典奥运会，硬是从日本人手里抢回

了一块金牌；今年的北京奥运会，她又过关斩将，再次夺得了这块沉甸甸的柔道金牌。

顽强不屈的冼东妹在2007年元月幸福地产下了女儿刘佳慧，她的称呼因此发生了很大的变化，熟悉她的人，都把原来的冼东妹叫成了“佳慧妈”。升级为人母的冼东妹，谁能想到她会复出，积极备战在自己国土上举办的奥运会？在她做出决定时，她的女儿才5个月大，而奥运会比赛的日期仅剩下1年零3个月的时间，她还能行吗？今年的法国超级世界杯，她上去就拿了金牌，紧跟着又在布达佩斯世界杯上折桂……国内的奥运选拔赛，先后举行了3站，她更是站站都夺冠，无可争议地进入征战奥运会的大名单。

冼东妹不负使命，豪气入云，一上柔道台，就连克西班牙的安娜·卡拉斯科萨，葡萄牙的特尔玛·蒙泰罗，阿尔及利亚的苏拉娅·哈达德，一举闯入决赛。遭遇年轻的朝鲜黑马选手安琴爱，就又干净利落地把对手打下擂台，为中国代表团增添了一块宝贵的金牌。

老树新花，我们有理由相信，在接下来的比赛中，还会有更精彩的瞬间不断呈现。

历史是个捉弄人的调皮蛋

男子50米步枪决赛，在雅典奥运会曾经演出了一幕令人惊讶的故事。决赛打了9发子弹，中国选手贾占波比美国选手埃蒙斯差了3环排名第二，摘金已成梦想。意外的惊喜却在最后一秒发生，贾占波最后一发打了个10.1环，成绩尚可；而埃蒙斯紧张中失了方寸，把他的最后一发子弹射向了他人的靶位，煮熟的鸭子就成了贾占波庆功的下酒菜。

时隔四年，北京的奥运会上，还是男子50米步枪决赛，还是美国的射击运动员埃蒙斯，他还会重演那叫人啼笑皆非的一幕吗？想来是没

有这种可能的，但却偏偏地让他又重演了一次。决赛打了9发子弹，埃斯蒙领先了第二名4环，这位第二名又是中国的射击手，不过人从贾占波换成了邱健，邱健发挥稳定，最后一发子弹打了10环，而埃蒙斯虽未像上届打到别人的靶上，却也只打了个让他悔恨得吐血的4.4环，又一次把金牌拱手让给了中国人。

遗憾吗？确实遗憾，但谁真正品尝过“失之东隅，收之桑榆”的甘果？不是别人，恰是失意枪手埃蒙斯。他在雅典意外地给贾占波制造了个“天上掉下个金牌牌”的故事后，却也自己炮制了个“天上掉下个林妹妹”的收获。当其时也，埃蒙斯苦闷地在希腊奥运村酒吧灌酒，同是射击手的卡特林娜走向了他，这位金发的捷克姑娘，向埃蒙斯打招呼了，告诉他那只是一个意外，没有什么好沮丧的，振作起来，我们还有机会。

这是个什么机会呢？当时的埃蒙斯和卡特林娜并不知道，总之他们认识了，成了朋友，一来二去，就还生出了爱慕之情，最终坠入情网，成就了一对美满的射击夫妻。夫妻俩恩恩爱爱，相互扶持，在射击训练馆寒暑不避地又训练了四年，他们信心满满地来到北京，埃蒙斯代表美国，卡特林娜代表捷克，参加奥林匹克竞赛了。

开头是那样美好，卡特林娜在开幕首日的比赛中，打的是女子10米气步枪。在这一项目中，中国的杜丽和赵颖慧，哪个都比卡特林娜的名头高。还有一个俄罗斯的金尔金娜，不说别的，就她那个名字，就占了两个“金”字，真是太吉祥了，卡特林娜在这样的阵营里，她打得出来吗？说实话，赛前的预测，没人能想到她，一猜的是杜丽，或是金尔金娜，再还有赵颖慧。可是你说绝不绝，偏是一个不被看好的卡特林娜，沉着应战，一枪一枪地杀出重围，摘下了万人瞩目的北京奥运会首金。

埃蒙斯自然喜不自禁，与还未换下比赛服的卡特林娜热吻在了一起。要知道，在他俩热吻的中间，还横着一道钢铁的隔离栅栏。此其时也，我在电视机前看着，真想跑上前去，帮他们挪开那个讨厌的钢铁栅

栏，好让他们夫妻有个更为酣畅淋漓的拥吻。

意外又一次出现在了埃蒙斯的身上，他会得到卡特林娜的安慰的，肯定是个比他庆贺卡特林娜夺金更激情的安慰。这就对了，人生无常，何况射击比赛的靶台，出了意外，如果气还不平，想骂也是骂得的，那就骂历史吧，骂他一声历史是个捉弄人的调皮蛋。

走进"天堂口"的体操

天堂在哪里？天堂是个啥样子？我们都不知道，但我们都很向往天堂。梦想那里如蓬莱仙境一样美丽；梦想那里如世外桃源一样幽静；梦想那里如皓月桂宫一样高贵……因此，我们把自己的理想全部下赌一样，定格在走进天堂的门径。很遗憾，我不晓得可有人实现这个理想。如果侥幸实现了，我会衷心地祝福他。但我没有看到，也没听到谁去了天堂。哪怕他权倾天下，哪怕他富可敌国，好像都没能去了天堂。

天堂的路漫漫……天堂的路太长……

但我今天要说，不是一个人，而是一群人走进了"天堂口"。他们是中国体操队的健儿和娇女。在北京奥运会上，首战团体赛，男队的几个小伙子轮番上阵，在鞍马、吊环、单杠、自由体操等项目上，各施绝技，各展其能，以几近完美的表现，征服了现场的裁判和观众，一浪高过一浪的掌声，催生出一个高过一个的得分，最后以绝对优势，摘得体操比赛质量最重的团体金牌。

小伙子荣誉登顶，小姑娘们也不含糊，隔了一个晚上的时间，参加到体操女团比赛的竞逐中。她们身轻如燕，一会儿荡悠在高低杠上，一会儿腾跃在跳马上，一会儿又翻飞在自由操和平衡木上，凭着她们优美绝代的发挥，又是无可争议地摘取了团体金牌。

有了两块团体赛金牌垫底，在各个单项的角逐上，一彪悍将和靓妹，比得就更放松和自在，其中除了程菲的两次意外失手，参加男子全

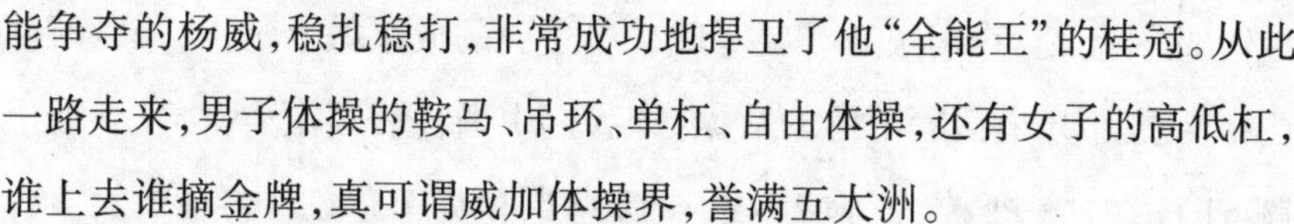

能争夺的杨威，稳扎稳打，非常成功地捍卫了他“全能王”的桂冠。从此一路走来，男子体操的鞍马、吊环、单杠、自由体操，还有女子的高低杠，谁上去谁摘金牌，真可谓威加体操界，誉满五大洲。

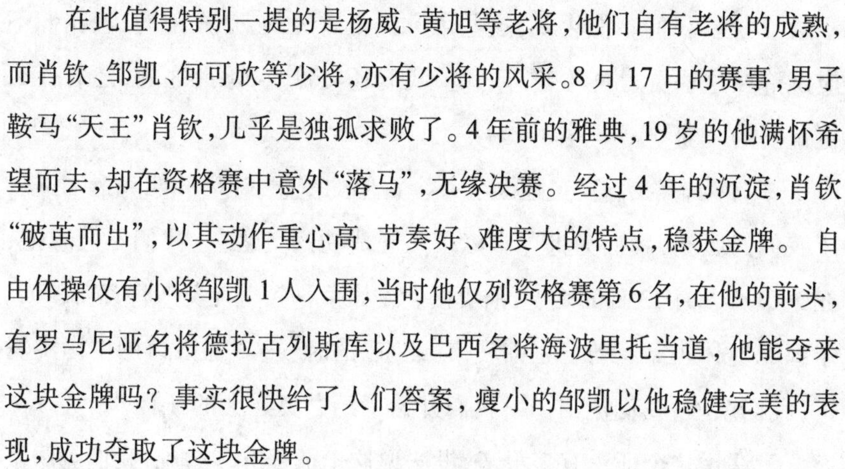

在此值得特别一提的是杨威、黄旭等老将，他们自有老将的成熟，而肖钦、邹凯、何可欣等少将，亦有少将的风采。8月17日的赛事，男子鞍马“天王”肖钦，几乎是独孤求败了。4年前的雅典，19岁的他满怀希望而去，却在资格赛中意外“落马”，无缘决赛。经过4年的沉淀，肖钦“破茧而出”，以其动作重心高、节奏好、难度大的特点，稳获金牌。自由体操仅有小将邹凯1人入围，当时他仅列资格赛第6名，在他的前头，有罗马尼亚名将德拉古列斯库以及巴西名将海波里托当道，他能夺来这块金牌吗？事实很快给了人们答案，瘦小的邹凯以他稳健完美的表现，成功夺取了这块金牌。

8月18日，天津小伙陈一冰走上吊环的竞技场，全能赛他曾经退出，让人对他有了这样那样的猜测，最主要的猜测是他要保存实力，虽可以预测，却没有绝对的定数。意外的赢和意外的输，意外的转赢为输和意外的转输为赢，都是可能发生的事。这正是竞技体育的魅力所在，想想看，所有的奥运项目如果都是那种没有悬念的表演，我们谁还热热闹闹地来参赛？热热闹闹地来观看？

赢了就得意忘形是要不得的，输了就垂头丧气也是要不得的，还有也不得把赢者捧上天，把输者下地狱更是要不得的……正确的态度是，保持一种良好的心态和风度，赢了固然要欢喜，输了却也不能太悲哀。

永不熄灭的生命理想

在国家体育中心“鸟巢”熊熊燃烧了16天的奥运火炬，在完成了她的一段历史使命后，暂时地熄灭了。我们知道，再过4年，她还会又一次地被点燃，烛照我们永不熄灭的生命理想。

此时此刻，我们很有必要对此次奥运会的成果做个盘点，非常鲜明的成果是那几个活蹦乱跳的数据，即我们中国代表团全力拼搏，获取金牌51枚，银牌21枚，铜牌28枚，金牌总数和奖牌总数占参赛的第1位和第2位。我们不能否认，这些个数据是辉煌的，是光荣的，但我们不应沉醉在这些看得见的荣誉之中，我们还应盘点，除此之外，还有什么更重要的收获。

不言而喻，我们真正地圆了一个百年的梦想，让奥林匹克运动进入了我们的国土，我们为世界奉献了一届成功的奥运会。我们不会忘记，在2001年7月13日的晚上，前奥委会主席萨马兰奇在莫斯科宣布，2008年国际奥林匹克运动会主办城市“北京”的时候，13亿人口的中国沸腾了，我们欢呼，我们流泪……我们开始了筹办奥运会的征程。

没法说这个征程有多艰辛，没法说这个征程有多磨难，我们克服艰辛，克服磨难，全都走过来了，豪迈而骄傲地走过来了。

国运盛则体育兴。我们百年一梦，一梦百年，从赫拉神庙到万里长城，从奥林匹亚山到珠穆朗玛峰，现代奥林匹克的运动史，几乎与中华民族的现代史相叠印。1896年4月6日，第一届现代奥运会的圣火，在雅典卫城圣殿山下点燃，而在此同一时刻，甲午战争的硝烟在遥远的故国尚未散尽，积淀着耻辱与伤痛的《马关条约》，让中华民族的苦难陷落得更加深重，更加黑暗。

中国什么时候有能力派出运动员参加奥运会？中国的运动员什么时候能够获得一枚金牌？中国哪年哪月能够成功举办一届奥运会？

1908年，第四届奥运会闭幕不久，《天津青年》杂志发表文章，一连问了3个问题。现在终于可以说，这3个问题都不成为问题了。1932年7月，23岁的东北大学学生刘长春远涉重洋，代表中国参加了第10届美国洛杉矶奥运会；1984年7月29日，射击运动员许海峰，在第23届奥运会上抢挑金牌，实现了中国奥运史上金牌“零的突破”；2008年8

月，北京奥运会圆满完成各项赛事活动，胜利地落下帷幕。

所以说，我们已经没了遗憾，这很重要，但却不能涵盖我们成功圆梦的全部意义。

譬如我们所提倡的人文奥运，强调以人为本，注重人的全面发展，同时也注重人和自然的和谐共生，因此，奥运会之后必将是奥运遗产发挥作用的机遇期。奥运精神与民族精神的结合，从而取得更加积极的精神文明成果，全面带动和提升社会的文明水平。当然，文明是一个民主进步的漫长过程，而奥运会只是历史的一瞬，我们要想使人文奥运的效益最大化和长效性，是必须着眼于过去、现在和未来的衔接，着力于良性机遇的构建，确保奥运风尚持久保持，而这恰是北京奥运人文诉求的成功和标志。我们期待，抓住奥运会成功举办的历史机遇，在全社会形成一种人人相互尊重、和谐相处的社会氛围，使奥运会成为当代中国一个大亮点的同时，又以此激励中国的现代进程健康推进、渐行渐远。

是的，我们承认16天的奥运会是短暂的，但奥运会带给我们的启示是永恒的。奥运的人文火炬不会熄灭，将永远光焰四射，激励国人“更快、更高、更强”地实现社会和谐与经济发展。

2008年8月21日西安后村

跋

好像是，人活到五十岁，像道坎儿一样，不想思量也要思量的。我尊敬的贾平凹先生，在他五十岁时，因为心有所想，他写了篇《大话五十》的文章，我认真地读了，感觉他是真该"大话"的，而且绝对有"大话"的理由。

不可避免的，我五十岁时，也是想写一段文字，为自己的五十岁作个纪念。但我那时，心里很乱，几次提笔，又几次放了下来。我不知道自己该写什么，又怎样来写。我能像平凹先生那样"大话"吗？显然不行，就是在今天，我的年龄又翻过了五岁，都已累计五十五岁了，我想我仍然不能"大话"。我必须要有这个自知之明，那么我就"小话"一下吧。

我得承认，后世尊为圣哲的孔子，为人生五十岁所设定的命题，绝对是个天才的题目。他说了，"五十而知天命"。那么，何为"知天命"？孔子又天才地没作解释。因此，我在浩若烟海的文牍中，发现了多种多样的体会和领悟。我不能说哪一种体会就好，也不能说哪一种领悟就不好，我感觉每一种说法，都有它的道理，而且也都说得过去。但我还有我的理解的。

那么，我的理解是什么呢？

我找来一幅孔子的画像，手举在我的眼前，和他眼对眼地交流着。我知道画像上的孔子是不能言的，而我面对着他的画像，却也不能言。我担心着我的言语，说出来不合他老人家的意，他会否吐我一脸唾沫？于是，我就只能默默地举着他，和我在这个阳光明媚的早晨，做着一种持久的对视。我奇怪，对视的时间一久，两千多年前的孔子，在一页薄

薄纸面上，活跃起来了。我不敢保证，生前的孔子就长了那么两颗好看的兔儿牙？但在纸面上活跃起来的孔子，却真真切切地生着两颗让人着迷的兔儿牙。

孔子的兔儿牙轻轻地启动着，他对我说，让我不要有顾虑，想怎么说就怎么说，说真心话。

受了孔子的鼓励，我不再担心了。而且我能保证，我说的是真心话。想想活到这把年纪，还不敞开胸怀说真心话，大概就没有多少机会了。而这，也正是我对“知天命”说的一种解读。

如此说来，人也是真够悲哀的，负累终年，却实在很难真实地活人。

但我却还想说，这又能怪谁呢？可能谁都不能怪的，社会生活原本就是一堆染了色彩的泡沫，五颜六色，很漂亮，也很虚假。

所以，便是五十岁的年纪，要说真心话，也是要冒很大风险的。

好在我现在五十有五，冒点风险应该是不怕的了。

我冒风险说的话，是我对“知天命”这个天才命题的又一种解读。我以为，人活到五十，所以要知天命，是因为我们的肉体，已经经历了春天和夏天，甚至已经经历了初秋，而步入金黄的深秋了。时间对于每一个肉体，其实没有多少可以忽视的了！如果你有了自己的收成，却还存在遗憾，你就要抓紧时间，把你的遗憾补充起来；如果你有了自己的成功，却心中还有理想，你也应该抓住时间的尾巴，让你的理想更加圆满起来。

这是一点错都没有的，因为人过五十，可以有效运用的时间确实很有限了。

我正是在五十岁的这一年，在《西安日报》《西安晚报》的工作岗位上，突然天机顿开般想到这么许多，并且认真地回想自己，到这时候还有什么遗憾或者理想？我又自然地想到了文学。既然如此，我还有什么犹豫呢？没有了，我自觉地、奋勇地向我神圣的文学大梦走来了。

但我走得一点都不大方，甚至还有些胆怯，我怕我五十岁的脚步，在文学的路上会走得非常坎坷，也可能走得非常稚嫩，走得要让人取笑的。

因为人生的路，千条万条，哪一条路都比文学的路好走。想想我自己，中学毕业回到农村种地，我很快就熟悉了农业生产的许多技能，可以毫不夸张地说，在我生活的村子，哪怕是白了胡子的老人，说起我，也要称赞我是不错的庄稼把式；在地里种着庄稼，我却又自学着木匠的手艺，也不是正式拜了师傅地学，完全凭着自己的悟性，先在家里给人成批地做蜂箱、钉蜂架，慢慢地做着，就开始打制娶媳妇嫁女要的描金箱子和板柜了。更进一步的，我还学会了做风箱和打架子车，这样两种木制作品，是最见一个木匠功夫的，我仍然可以豪迈地说，在我生活的那一方天地间，因为我做的风箱总是气足，而我打的架子车又都劲儿訇，所以要比别的匠人多卖几个钱！我后来还做了一段财务工作，下来又做了一阵新闻工作……什么样的事情做起来，只要有心，善于用心，其实都是不难做到的。而文学，似乎不是那么容易，便是有心，也真正地用了心，结果也不一定就好。

我就有这样的经历，在上个世纪80年代初，曾十分醉心于文学的创作，虽然也可说小有成就，但我的付出，与那样的小成就是远远不能相称的。

忽然地到了五十岁，再一次扑到文学创作的道路上，我熟悉和要好的几个朋友，都很惊讶我，放着舒服自在的日子不过，给自己找罪受吗？

当然也有朋友是支持的，对我重新走上文学创作的道路，给予了热忱的支持和帮助。

我在这里想要真诚地说一声：谢谢！

我感谢我的朋友，不论是怀疑我自找罪受的人，还是大力支持帮助我的人，正是他们的怀疑和他们的帮助，让我的脚重新踏上文学创作的

道路后，一步步走得特别的踏实，特别的坚定，我知道，帮助是一种支持，而怀疑更是一种鼓励。

张军孝先生主持着西安出版社的工作，值此建国六十年之际，在大过年的日子，和我约在南郊的家里聊天，他感慨西安的作家，立足于西安，创作了许多优秀的文学作品，而西安出版社却很少出他们的作品。他为此遗憾着，设想出一套西安作家的精品系列丛书，并以此向建国六十周年献礼。对军孝先生的这一创意，我打心眼里高兴着，答应他，一定要全力配合，使他的美意，迅速变为现实。

我紧张地整理着我的新作，我是要把我认为的好作品自选出来，参与到这套创意非凡的活动中去。但我知道人是一样的，自己的娃娃自己爱，没法取舍时，就把《新华文摘》《小说选刊》《中篇小说选刊》《读者》以及中国散文排行榜上榜作品都选进来，给自己装一装门脸了。

我愿读者朋友喜欢我的作品。

2009年3月12日西安后村